LES ENFANTS D'ÉLISABETH

DU MÊME AUTEUR
CHEZ LE MÊME ÉDITEUR

Le Destin des jumeaux Fabrègues
La Transbordeuse d'oranges
Les Herbes de la Saint-Jean

Hélène Legrais

LES ENFANTS D'ÉLISABETH

Roman

Production Jeannine Balland
Romans Terres de France

PRESSES DE LA CITÉ

ISBN 978-2-258-07169-8

A Elisabeth Eidenbenz,
qui a « fait ce qu'elle devait faire. Point. »

Préface d'Elisabeth Eidenbenz

La période passée à la maternité d'Elne est la plus importante et la plus riche de ma vie, beaucoup plus que ce que j'ai fait avant et après, et j'en suis très reconnaissante.

Le Secours suisse nous a donné la possibilité d'aider les réfugiés nécessiteux et nous avons mené cette tâche à bien. J'étais très jeune et je n'avais aucune expérience, mais j'étais pleine de bonne volonté et toujours prête à aider. Je voulais mettre toutes mes forces à la disposition d'autrui et me donner au maximum. J'ai entrepris cette tâche avec une grande confiance en Dieu et les meilleures dispositions. C'était un travail qui exigeait beaucoup de cœur et ce fut aussi une grande satisfaction pour moi.

Les femmes venaient de toute l'Europe et étaient internées dans les camps, certaines avaient trouvé un logis chez des particuliers, mais toutes étaient déracinées, sans patrie, avec un futur incertain. Elles étaient au plus bas physiquement et moralement. Il fallait les encourager, leur donner un peu de force morale pour affronter la vie. Nous avons essayé de les distraire pour qu'elles aient également de la joie, à côté de leurs soucis. Le soir, nous chantions, nous organisions des fêtes, nous dansions, je leur lisais des contes de Noël traduits du bernois. Au début, nous avons eu une actrice espagnole qui nous récitait des poèmes. Je me souviens encore de l'un d'entre eux intitulé *Un duro al año*.

Il n'était pas facile de vivre ensemble en harmonie avec toutes ces femmes différentes. Mais elles connaissaient toutes le même sort, elles avaient perdu leur patrie, elles avaient été expulsées et elles attendaient un enfant.

Nous avons vécu une époque dure et difficile, au cours de laquelle les femmes juives avaient peur pour elles-mêmes et surtout pour leurs enfants. Pendant quelques semaines, elles ont pu se reposer dans une atmosphère familiale et amicale.

Chaque naissance procurait une grande joie et était une source d'émotion. Nous nous sommes aussi occupées d'enfants souffrant de maladies liées aux conditions de vie dans les camps. Les mères étaient généreuses et beaucoup de bébés ont pu être sauvés grâce au lait qu'elles leur ont donné.

Je ne faisais que mon devoir. C'était normal, indispensable, d'aider les opprimés, les gens poursuivis. Je suis persuadée que, dans les périodes sombres où règnent violence et haine, humanité et tolérance sont nécessaires et possibles.

Bien que plus de soixante ans se soient écoulés, tous ces souvenirs, ces événements, restent vivants. C'était une période extraordinaire que je n'oublierai jamais. Ce que nous avons vécu est marqué dans ma mémoire et y restera pour toujours.

En 1991, j'ai reçu un coup de téléphone d'un homme qui me disait être né à la maternité suisse ; il voulait me connaître. Quelques jours plus tard, Guy Eckstein est venu me voir à Rekawinkel. Depuis lors, Guy m'a permis de reprendre contact avec beaucoup de « mes » enfants de la maternité et de les revoir, ce qui me rend très heureuse. C'est la richesse de mes vieux jours...

Témoignage de Guy Eckstein, né à la maternité d'Elne

Le livre que j'ai ici l'honneur de préfacer parle d'une femme qui a sa place parmi les plus grands modèles d'humanité. Elle s'appelle Elisabeth Eidenbenz et elle est restée pendant la plus grande partie de sa vie presque inconnue. Et pour cause, s'il est un mot qui qualifie son attitude, c'est bien la discrétion. Et pourtant...

Ame généreuse et citoyenne du monde, cette fille de pasteur suisse, institutrice de son état, n'a que vingt-quatre ans lorsqu'elle part pour l'Espagne s'occuper des enfants pris dans la tourmente de la guerre civile. Et elle a vingt-six ans lorsque, au printemps 1939, Franco étant vainqueur, un demi-million de républicains passent les Pyrénées. C'est alors qu'elle met sur pied, avec l'aide de fonds privés émanant d'organisations humanitaires suisses, à Elne, dans les Pyrénées-Orientales, une maternité de fortune sous l'égide du Secours suisse aux enfants victimes de la guerre. Cela afin d'accueillir les réfugiées espagnoles sur le point d'être mères, regroupées par les autorités françaises, dans les pires conditions d'inconfort et de promiscuité, dans les camps du littoral du Roussillon. Bien qu'elle n'ait au départ aucune connaissance spécifique en obstétrique et en pédiatrie, elle va, sans désemparer, bénévolement, et pour le plus grand bonheur de ses pensionnaires, remplir son rôle de directrice de la fin de 1939 jusqu'en avril 1944.

Au milieu des privations et de la barbarie, la maternité suisse d'Elne devient alors, grâce au dévouement et au courage lucide d'Elisabeth, un îlot de paix certes relative, mais à tout le moins un lieu de don et de générosité.

Quelque six cents enfants y sont nés, d'abord des réfugiés espagnols, ensuite des Juifs et des Tziganes : tous des « indésirables », comme on les appelait alors, qu'Elisabeth Eidenbenz a ainsi, avec opiniâtreté, tenus à l'écart des camps de la mort. Quelques jours avant Pâques de l'année 1944, la Wehrmacht réquisitionnera le château-maternité, laissant trois jours à Elisabeth et à ses protégés (bébés, enfants et adultes) pour quitter les lieux.

Au lendemain de la guerre, Elisabeth Eidenbenz poursuivra son périple humanitaire en Autriche, où, à l'initiative des Eglises protestantes de Suisse, elle s'occupera des enfants réfugiés des pays d'Europe de l'Est.

Je suis un des bénéficiaires de l'action qu'elle a menée au service des autres, et surtout des plus faibles.

Mon destin a miraculeusement croisé le sien quand mes parents, apatrides et réfugiés polonais en Belgique, ont fui l'avancée des troupes nazies en espérant gagner l'Espagne via Perpignan. Ma mère était enceinte et il lui fut fortement déconseillé d'aller accoucher à l'hôpital de Perpignan, par crainte qu'elle n'y soit pas acceptée ou qu'elle soit dénoncée en tant que Juive et déportée avec son bébé dans un camp d'extermination.

C'est alors qu'elle entendit parler de la maternité suisse d'Elne, où je suis né le 10 octobre 1941 et où j'ai été allaité par la cuisinière espagnole, María-Teresa.

Cela explique sans doute pourquoi j'aime l'Espagne, sa langue, sa littérature, sa musique !

Ma mère et moi sommes restés six mois à la maternité d'Elne, tandis que mon père était réfugié à Thuir, à une quinzaine de kilomètres de distance. Afin de lui permettre d'échapper à la déportation, des paysans de l'endroit, Juju et Tétin Capdet, acceptèrent au péril de leur propre vie de lui donner refuge clandestinement dans leur maison. Sa cachette se trouvait au-dessus d'une étable, dans un grenier à foin.

Ma mère, installée dans une maison du même village avec moi, fut dénoncée. Sans autre recours, elle reprit contact avec Elisabeth Eidenbenz, laquelle, évidemment, nous accueillit et nous cacha une nouvelle fois pour quelques mois. Ma mère et moi sommes donc doublement redevables à Elisabeth Eidenbenz de nous avoir sauvé la vie.

Après la guerre, mes parents revinrent en Belgique. Ils entreprirent de retrouver la trace de leur bienfaitrice suisse, en vain.

A partir de 1946, chaque année, ils sont revenus avec nous, leurs enfants, devenus au fil du temps quatre, en Roussillon, pour rendre visite à la famille Capdet à Thuir et se recueillir devant le château à nouveau à l'abandon.

En 1991, j'ai eu cinquante ans et, à mon tour, je me suis rendu à Elne avec ma famille. J'y ai obtenu de la mairie copie de mon acte de naissance, lequel était cosigné par « Elisabeth Eidenbenz, domiciliée à Elne, âgée de vingt-huit ans, directrice de la maternité suisse d'Elne ». J'ignorais alors si elle était encore de ce monde, mais je commençai une quête obstinée. Après d'intenses recherches, quel ne fut pas mon bonheur, en septembre 1991, d'enfin la retrouver vivante, en Autriche. Il ne m'est pas possible de relater dans le détail cet événement, car les sentiments qu'il m'a inspirés sont indicibles. Au-delà de la chaleur qui s'est échangée, je retiens néanmoins le souvenir prégnant d'une femme habitée par une immense compassion et le respect d'autrui. Après quoi elle a écrit à ma mère :

« Vous ne pouvez guère vous faire une idée de l'étonnement qui fut le mien lorsque, il y a une quinzaine de jours, un monsieur m'a appelée de Genève [...]. Je suis contente que vous gardiez un bon souvenir de moi. Cela montre que, en ces temps difficiles et peu sûrs, vous avez pu vous sentir quelque peu à l'abri à la maternité [...]. Je souhaite vivement que vous puissiez oublier ces années difficiles et vous réjouir maintenant de vos enfants et petits-enfants qui sont votre récompense pour tous les soucis et les tourments que vous avez eus. »

Aucune distinction, aucun remerciement public ne lui avait alors été attribué, mais elle ne s'en souciait guère, tant sa nature est toute empreinte de discrétion et de modestie.

L'hommage public tant mérité survint finalement les 22 et 23 mars 2002, à Elne, sur le lieu même de son action et en présence d'une quarantaine d'enfants qu'elle avait fait naître, dont moi-même. A cette occasion, Elisabeth fut honorée de la médaille des Justes parmi les Nations décernée par l'Etat d'Israël et, dans un message lu par le représentant suisse, l'ancienne présidente de la Confédération helvétique, madame Ruth Dreifuss, célébrait « à travers l'exemple lumineux de madame Elisabeth Eidenbenz et de ses nourrissons [...] le souvenir de femmes et d'hommes dont l'engagement ne marquait pas d'autre motivation que celle de la lutte pour la justice et les droits de l'homme ».

Le 12 février 2006, la reine Sofia d'Espagne lui a remis la médaille d'or de l'*Orden Civil de la Solidaridad* pour son travail humanitaire en faveur, particulièrement, des enfants de la guerre civile d'Espagne.

Dans cette maternité, il a régné un sentiment magnifique de solidarité entre les femmes d'origines et de religions différentes. Elisabeth Eidenbenz et ses amis ont agi par idéalisme et non par dessein de carrière, de gloire ou d'héroïsme. Ils ont su désobéir aux ordres engendrés par la barbarie en suivant un appel intérieur qui leur commandait de dire non, de refuser. Il faut parfois désobéir pour rester un être humain. Sauver l'humanité en combattant l'horreur administrative par la générosité du cœur : voilà ce qu'incarne Elisabeth Eidenbenz. Elle a accompli son travail au péril de sa vie et fait preuve de « résistance humanitaire ». Mais, si bien des familles doivent la vie et la naissance de leur enfant à Elisabeth Eidenbenz, les débiteurs, les responsables sont aussi les gouvernements et les pays qui n'ont pas su répondre à cette générosité de l'âme. A la lâcheté collective, au silence, et surtout à l'indifférence, elle et ses amis ont opposé un courage individuel remarquable. En dépit de toutes les absurdités et des drames qui rythment notre existence quotidienne, c'est une très grande et sobre leçon de fraternité et d'humanisme, permettant de continuer à espérer dans le genre humain, qu'ils nous ont léguée.

Elisabeth Eidenbenz, qui vit à Rekawinkel près de Vienne, a aujourd'hui quatre-vingt-treize ans et ses pensées sont toujours tournées vers les enfants dans le malheur. Ainsi, lorsqu'elle m'a appelé au téléphone en octobre dernier pour me souhaiter mon anniversaire, elle m'a dit que cette année, contrairement aux autres, elle ne m'enverrait pas de fleurs, mais qu'elle avait fait à la place un don à une institution humanitaire catholique pour « les enfants des rues » de Moldavie !

Merci à Hélène Legrais d'avoir écrit ce témoignage bouleversant, plus édifiant et authentique que la réalité historique même. Elle trouve toujours les mots justes et a mis au service de cette œuvre des qualités d'écriture et de conteuse remarquables. Merci à elle d'avoir composé cet hymne d'amour aux enfants, à la générosité du cœur, à la beauté des paysages du Roussillon et, en même temps, d'avoir donné en héritage aux personnes plongées dans la déréliction une source lumineuse d'espoir. A titre personnel, je lui suis reconnaissant de m'aider par son livre à transmettre à ma famille, à ma femme, Tania, à mes enfants, Sylvie, Muriel et Emmanuelle, à leurs compagnons et à mon petit-fils, Damien, le sentiment de reconnaissance que je dois à madame Elisabeth Eidenbenz.

Chère Elisabeth Eidenbenz, ma mère et moi nous vous devons tout, vous m'avez donné la vie. Au nom de la mémoire de mes parents, Hénia et Maurice, et de toutes les femmes qui ont accouché dans cette maternité, au nom de tous les enfants qui y sont nés, merci. Merci du fond du cœur.

Guy Eckstein
Genève, janvier 2007

1

Elne (Pyrénées-Orientales), 24 décembre 1939

A l'appel enrhumé et discordant du Klaxon, le haut portail de fer forgé s'ouvrit prestement, comme si quelqu'un se tenait prêt à bondir à côté du battant. La voiture quitta la départementale bordée de platanes et vira à droite dans l'allée de terre sans presque ralentir.

Un cahot lui arracha un gémissement. Son ventre gonflé avait heurté la portière. Elle tenta de se redresser, mais une quinte de toux sèche déchira sa poitrine et l'obligea au contraire à se plier en deux, le nez dans la couverture de laine rugueuse qui recouvrait ses genoux. Cette satanée bronchite ne voulait pas céder. Et ce n'était pas les quelques cuillères de sirop qu'on lui avait fait avaler au camp qui en viendraient à bout !

Teresa resserra le col de sa vieille vareuse sur son cou. L'humidité glaciale de la plage lui collait à la peau, même ici, à des kilomètres de la mer plombée de décembre.

L'Opel brune avait enfin réduit sa vitesse. Le vent secouait avec fureur les têtes sombres des cyprès au garde-à-vous le long du chemin raboteux où tournoyaient des nuages de poussière. Toujours tassée sur son siège, Teresa se dévissa le cou, juste le temps d'apercevoir du coin de l'œil le portail qui se refermait derrière la voiture, implacable. Une nouvelle prison. Une de plus qui ne disait pas son nom.

Dans un crissement de pneus, l'automobile s'immobilisa au pied d'une double volée de marches, qui s'enroulait de part et d'autre d'une terrasse circulaire faisant office de perron. Au-dessus se dressait la masse sombre d'un grand bâtiment de trois étages surmonté d'une verrière en forme de campanile. La pénombre empêchait de distinguer les détails de la frise de mosaïque, des pilastres nervurés et des volutes de fer forgé du balcon, qui ornaient la façade de briques rouges, mais l'ensemble était élégant et cossu.

— *¡ Qué maravilla*[1] !

Une main soutenant ses reins douloureux, Susana s'extirpa de l'Opel avec un cri d'admiration.

— *Mira*, Teresa, un vrai château !

Teresa dédaigna de répondre. Sa compagne de voyage s'était ainsi extasiée durant tout le trajet depuis Argelès. Les coquettes villas nichées au cœur des pinèdes, indifférentes au sort des réfugiés parqués à quelques centaines de mètres à peine de leur jolie clôture peinte en blanc. Les champs, et les vignes, où choux frileux et ceps dénudés s'alignaient en rangs impeccables. Les silhouettes minuscules qui s'y échinaient, courbées, le dos au vent. Et les quelques boutiques aperçues en traversant Elne, et les femmes qui échangeaient devant les étals les dernières nouvelles, le fichu noué sous le menton, le panier plein tirant sur leur bras. Comme si rien n'était arrivé. Comme si la vie n'avait jamais été autre et qu'elle continuerait ainsi indéfiniment. Comme si les verrues purulentes des camps ne défiguraient plus les plages du département. Comme si la France n'était pas en guerre…

Susana n'arrêtait pas de poser des questions. La jeune femme qu'on leur avait présentée comme la directrice de

1. « Quelle merveille ! »

cette maternité mise sur pied dans l'urgence par l'*Ayuda suiza a los niños de España*[1] y répondait par phrases brèves, les yeux fixés sur la route qui sinuait dans la lumière des lanternes qu'elle avait dû allumer. En cette saison, la nuit tombait très tôt, et à cinq heures de l'après-midi le crépuscule noyait déjà d'ombre la campagne environnante.

Elle ne ressemblait pas à l'image que Teresa se faisait d'une directrice. D'abord, parce qu'elle était très jeune. A peine plus âgée qu'elle-même apparemment. Vingt-cinq ans peut-être. En tout cas guère davantage. Ensuite, elle était tout sauf impressionnante : un petit bout de femme menu aux yeux limpides et au large front intelligent. Rien de commun avec la matrone énergique et autoritaire qu'on s'attendait à voir à ce poste. Cependant, le médecin-chef du camp n'avait pas protesté lorsque, après un rapide examen silencieux, elle avait décidé d'emmener Teresa, qui n'était pourtant encore qu'à deux mois du terme de sa grossesse. La directrice avait annoncé sa décision en bon espagnol teinté d'un drôle d'accent à la fois heurté et chantant. Sa voix douce n'admettait pas de réplique.

— Quelle chance nous avons, n'est-ce pas, Teresa ?

Pivotant sur elle-même, Susana ne se lassait pas d'exprimer bruyamment son admiration. Teresa ne put réprimer un rictus désabusé. De la chance, vraiment ? Qui aurait eu le cynisme de choisir un tel mot pour parler d'elles ? Le corps amaigri, déformé par ce ventre énorme qui le faisait paraître encore plus frêle et vulnérable, infesté de poux, rongé par la gale, miné par la dysenterie et la bronchite aiguë. Misérables. Pitoyables. Voilà les termes qui convenaient pour les décrire…

1. Le Secours suisse aux enfants d'Espagne.

Deux jeunes femmes en bonnet et tablier blancs impeccables, une brune et une blonde, dévalèrent l'escalier de gauche à leur rencontre. La première offrit son bras à Susana pour l'aider à monter les marches. Teresa refusa avec hauteur celui que lui tendait la seconde. L'infirmière blonde parut surprise, mais pas décontenancée pour autant. Elle changea seulement de côté, croyant sans doute à une blessure qui rendait tout contact douloureux. Teresa se dégagea d'un coup sec.

— Un combattant marche seul !

Déjà elle s'avançait vers l'escalier.

La blonde interloquée esquissa un geste pour l'arrêter, mais la directrice lui fit signe de ne pas insister. Retenant d'une main la méchante couverture enroulée autour de sa taille épaissie, qui empêchait désormais les pans de sa veste d'uniforme de se fermer, Teresa entreprit de gravir les marches le plus dignement qu'elle le pouvait. Chaque pas lui coûtait, mais elle parvint au sommet sans faiblir, sans même prendre appui sur la rampe de pierre. C'est ainsi, vacillante et fière, qu'elle franchit le seuil du bâtiment pour entrer dans le rectangle de lumière qui se découpait dans le noir.

Des flammes claires dansaient dans la cheminée, répandant une douce chaleur dans la salle octogonale aux murs lambrissés. Teresa, fascinée, eut du mal à en détacher son regard. Sept ou huit femmes étaient réunies autour d'une grande table de bois blanc. Certaines tenaient des nouveau-nés dans leurs bras, les autres semblaient sur le point d'accoucher. Elles interrompirent leur bavardage à son arrivée et tournèrent vers elle des visages souriants et curieux.

— *Señoras*, je vous amène deux nouvelles venues…

Toujours cet accent heurté et chantant. Dans son dos, Teresa entendit la directrice refermer la porte sur le froid de la nuit et, d'un coup, l'ambiance douillette générée par cette intimité de femmes se referma sur elle. Elle n'en avait plus l'habitude et se sentit suffoquer, prise à la gorge.

Susana en revanche paraissait très à son aise. Les pensionnaires s'étaient levées et l'entouraient avec des sourires et des murmures accueillants. Ses joues creuses rosissaient de plaisir et ses yeux sombres brillaient d'un éclat qui ne devait plus rien à la fièvre. Elle s'épanouissait, faisait déjà partie du groupe...

Sentant sans doute qu'elle ne serait pas la bienvenue, aucune des femmes ne s'était risquée à approcher Teresa, toujours drapée dans sa couverture râpée et sa réserve hautaine.

La directrice déboutonna son manteau de drap sombre, qu'elle alla suspendre à un clou près d'une des fenêtres. Sans se retourner, elle fit signe aux deux nouvelles de la suivre.

— Que diriez-vous d'un bain bien chaud avec une serviette de toilette et du savon ? Vous vous sentirez mieux une fois propres ! Le souper n'est que dans une heure et demie. Sœur[1] Nelly vous donnera ce qu'il faut pour vous soigner. Nous avons du baume du Pérou, c'est très efficace contre la gale !

Tout en parlant, elle les précédait dans un escalier de marbre blanc qui montait en tournant vers les étages. Encore des marches. Etait-ce un effet de la chaleur ? La fatigue pesait à présent sur les épaules de Teresa, tel un linceul de plomb. Sa tête était si lourde. Elle dut faire un effort pour la lever. Le plafond paraissait transparent, comme s'il était en verre. Elle apercevait l'envers d'une

1. C'est ainsi qu'on désignait les infirmières.

chaise sur le palier du dessus. Elle n'avait jamais rien vu de pareil. A moins que ce ne soit encore la fièvre qui lui jouait des tours…

— Venez avec moi.

Teresa sursauta. C'était à elle que la directrice s'adressait.

— Suivez-moi dans le cabinet de toilette. Sœur Nelly va s'occuper de votre amie…

— Susana n'est pas mon amie, l'interrompit-elle plus sèchement qu'elle ne l'aurait voulu. Je la connais à peine… On a dormi dans la même baraque pendant quelques jours, c'est tout.

La directrice leva une main apaisante.

— Oui, bien sûr, le camp est si vaste…

Elle ouvrit une porte.

— Entrez ici et déshabillez-vous. Je vais faire couler l'eau chaude.

Dans la vitre peinte en bleu de la fenêtre sans rideaux qui s'ouvrait dans le mur d'en face, Teresa entrevit une forme hâve, un fantôme qui avait ses yeux et sa vareuse. Cela faisait des mois qu'elle ne s'était pas vue dans une glace. Elle se fit peur.

Elle laissa tomber la couverture et la poussa du bout du pied dans un coin. Elle n'arrivait pas à se résoudre à enlever le reste. Elle n'était pourtant pas prude, avant. Mais dénuder ce corps meurtri et enflé qu'elle ne reconnaissait pas, et l'exposer ne serait-ce qu'à sa propre vue était au-dessus de ses forces. Sa veste, le pantalon retenu par une ficelle et les lambeaux de chemise qui recouvraient sa peau étaient la cuirasse qui l'empêchait de s'effondrer, son ultime rempart.

— Eh bien, vous n'êtes pas encore déshabillée ?

La directrice revenait, une serviette sur l'épaule. Elle la prit pour essuyer ses mains mouillées tout en dévisageant Teresa avec un sourire engageant.

— Je vais vous aider à retirer cette vieille veste d'uniforme. Elle est raide de crasse et elle grouille sans doute de vermine. Il vaudrait mieux la brûler…

— Jamais !

Teresa fit deux pas en arrière pour se mettre hors de portée. La directrice ne parut pas s'en formaliser. Sa voix ne trahissait aucune impatience lorsqu'elle reprit :

— Alors nous la laverons ! C'est sans doute un souvenir, peut-être appartenait-elle à un soldat de vos amis, quelqu'un qui vous est cher ?

— C'est la mienne.

Cette fois elle eut la satisfaction de voir la directrice ciller. Ainsi donc son impassibilité exaspérante avait ses limites.

— Je suis milicienne. Je me suis engagée le jour même de mes dix-huit ans, annonça Teresa fièrement.

La directrice avait recouvré ses esprits. Elle leva un sourcil interrogateur. Intéressée.

— Vous étiez brancardière ? Chargée des transmissions ?

— Combattante.

Les sourcils se froncèrent au-dessus des yeux clairs. Teresa porta l'estocade.

— Avec un fusil. Dans une brigade d'infanterie. J'ai combattu à Teruel… où j'ai eu plus peur de mourir de froid que d'une balle fasciste. Et sur le front de l'Ebre, où la balle en question m'a rattrapée. J'ai été blessée au bras. Voulez-vous voir la cicatrice ?

Elle s'apprêtait à faire glisser sa manche, mais la directrice semblait penser à tout autre chose.

— Vous avez tué ?

La voix était toujours aussi égale, mais le ton n'admettait pas la dérobade. Teresa haussa les épaules.

— Quelquefois, je suppose. Quand ça mitraille de partout, comment savoir qui a touché… Mais on me confiait surtout des missions de liaison. Comme estafette, je n'avais pas mon pareil, je me glissais partout sans que ces maudits *requetes*[1] aperçoivent même mon ombre !

Le souvenir de ses exploits militaires passés l'avait fait se redresser. Le menton levé et le cou raidi. Presque au garde-à-vous. Mais une nouvelle quinte de toux la plia en deux. La directrice s'empressa.

— Nous reparlerons de tout cela plus tard... il faut d'abord vous soigner.

Elle fouilla dans la poche de son grand tablier blanc à bavette, qu'elle avait enfilé par-dessus son pull-over et sa jupe.

— Tenez : voici le baume du Pérou dont je vous ai parlé. Enduisez-en généreusement tous les endroits où vous avez des plaies. Et voilà du Flit contre les poux. Vous enlevez tout ce que vous pouvez avec ce peigne fin et, une fois les cheveux lavés, vous pulvérisez. Un foulard par-dessus pendant la nuit et le tour devrait être joué...

Après avoir vérifié de la main le bon ordonnancement de ses cheveux clairs nattés, enroulés en couronne autour de sa tête, elle tendit en souriant deux doigts vers les mèches inégales qui bouclaient dans le cou de Teresa :

— Il n'y aura pas besoin de sortir les ciseaux, c'est aussi bien, puisque vous avez déjà les cheveux courts !

— Et encore, là, ils ont repoussé !

A nouveau un froncement de sourcils. Mais, cette fois, Teresa n'avait plus la force ni l'envie d'expliquer. A quoi bon ?

Qu'aurait-elle pu y comprendre, cette jeune Suissesse bien propre ? Et que lui dire ? Qu'elle avait refusé de quitter ses compagnons de combat avec qui elle avait déjà vécu tant d'heures tragiques et qu'elle avait coupé

---

1. Miliciens carlistes ralliés à Franco.

court, presque à ras, ses longs cheveux noirs avec la lame émoussée d'un vieux canif quand elle avait vu les gendarmes mobiles séparer les hommes des femmes par de nouveaux barbelés au camp ? Elle n'était pas la seule d'ailleurs à avoir agi de même : une trentaine de miliciennes s'étaient ainsi dissimulées au milieu des hommes, soldats parmi d'autres soldats, le calot rabattu sur les yeux, les poings au fond des poches, le col de la capote relevé... Les gardes n'y avaient vu que du feu. Teresa avait ainsi partagé pendant plusieurs mois une *chabola*[1] faite de roseaux et d'un bout de tôle ondulée à moitié enterré dans le sable avec une demi-douzaine de ses frères d'armes. Jusqu'à ce qu'elle ne puisse plus leur dissimuler sa grossesse. Et c'était Andrés lui-même qui l'avait suppliée de se dénoncer afin de rejoindre l'îlot des femmes et de bénéficier ainsi de conditions de vie un peu meilleures. Une maigre paillasse dans une baraque glaciale sans même un plancher pour isoler du sable, cinquante grammes de pain et un verre de lait en plus valaient-ils de se retrouver ainsi seule et abandonnée ? Comme si la défaite, l'exil, les humiliations et les privations ne suffisaient pas ! Désormais, elle n'était même plus une combattante. Juste une femelle pleine qui attendait de mettre bas... Non, décidément, personne ici ne pourrait comprendre !

Un spasme soudain tordit ses entrailles. La dysenterie encore... La sueur perlait à son front. Son ventre tendu émit un gargouillis de mauvais augure. Son regard traqué chercha désespérément un endroit où se soulager. Vite.

— Les toilettes sont derrière l'escalier.

Elle fila en courant par la porte que la directrice, compréhensive, lui tenait ouverte. Elle l'entendit vaguement qui ajoutait :

1. Hutte.

— Au fait, je m'appelle Elisabeth. Si vous avez besoin d'autre chose, vous savez où me trouver...

Mais un nouveau gargouillis, lui rappelant l'urgence de la situation, la jeta dans le réduit salvateur.

Teresa n'aurait jamais imaginé qu'un jour les larmes lui monteraient aux yeux en voyant simplement des toilettes carrelées de blanc. A croire qu'elle n'était plus qu'un intestin. Voilà à quoi l'avaient réduite dix mois de captivité.

Au début, les autorités du camp n'avaient même pas prévu de latrines. Le misérable troupeau que les gardes mobiles venaient de convoyer jusqu'à la plage n'avait qu'à faire dans la mer. Plus tard, on avait creusé une fosse ouverte à tous les vents au bord de laquelle les internés étaient censés s'aligner, côte à côte, les fesses à l'air. Les autres avaient beau l'entourer, pour faire écran, Teresa préférait souvent se retenir... quand elle le pouvait.

Car il n'y avait pas d'eau potable non plus. Les pompes installées tout au plus à trente mètres du rivage donnaient une eau saumâtre qui avait eu tôt fait de rendre tout le monde malade. Et c'était à chaque instant des courses effrénées pour essayer d'atteindre l'eau glacée et nauséabonde avant qu'il ne soit trop tard. Ensuite, les Français avaient installé des cabines métalliques, toujours à même le sable...

Retrouver des toilettes propres, civilisées, l'avait bouleversée. C'était comme si on lui rendait un peu de sa dignité. Cette idée lui faisait honte : comme si la dignité humaine se mesurait à une cuvette en faïence et à une chasse d'eau actionnée par une chaîne ! Elle ressentait encore un vague écœurement tandis qu'elle redescendait l'escalier pour rejoindre la salle commune, un foulard autour de ses cheveux humides.

Se plonger dans l'eau chaude avait été un délice. Cependant, elle avait écourté son bain le plus possible ; pas question de s'amollir, de se laisser aller. Ne jamais baisser sa garde.

La directrice avait paru étonnée de la rapidité avec laquelle Teresa était sortie de la baignoire, mais elle n'avait fait aucun commentaire. Sans un mot, elle lui avait enlevé sa vareuse qui n'avait plus de couleur et le pantalon troué qu'elle ne pouvait plus fermer depuis longtemps contre la promesse de les lui rendre propres. Elle lui avait apporté en échange une robe sans ceinture et un chandail de laine. Teresa répugnait à abandonner son uniforme de combattante pour la panoplie de la parfaite femme enceinte, mais elle devait bien reconnaître qu'elle se sentait mieux, ainsi libérée de ce carcan raidi de crasse qui l'engonçait. De cela aussi elle avait un peu honte. Elle avait l'impression de renier ses frères d'armes.

— Teresa, attends-moi !

L'appel, venu du palier au-dessus d'elle, lui fit lever la tête. Elle eut du mal à reconnaître la silhouette qui se hâtait maladroitement, gênée comme elle l'était par son gros ventre, pour la rejoindre. Ce n'était pas tant qu'elle soit vêtue de propre et enturbannée comme elle-même ; la différence venait surtout de ce que le visage de Susana, débarbouillé au savon, avait perdu les couleurs trop vives qui durcissaient ses traits. Sans ce maquillage outrancier, elle paraissait soudain si jeune et vulnérable. Elle ne devait pas avoir plus de seize ans.

Teresa en avait aperçu des filles comme elle au camp : l'œil charbonneux, la lèvre rouge, le rire haut perché et le déhanchement lascif quand elles croisaient le regard brûlant d'un homme au travers des barbelés. Elles allaient par deux ou trois, se chuchotant à l'oreille des commentaires qui les faisaient glousser comme les petites dindes qu'elles étaient. Oh, il ne fallait pas confondre : elles n'avaient rien à voir avec la demi-douzaine de professionnelles qui avaient repris leurs activités galantes dans la *casa de la Sevillana*, un cabanon en bois divisé en boxes par de simples couvertures, où des hommes au regard fuyant se glissaient en échange de quelques cigarettes, d'une pièce de dix francs… ou d'un million de *pesetas* républicaines qui ne valaient même plus le papier sur lequel elles étaient imprimées ! Les filles comme Susana, déboussolées, à la dérive, tentaient seulement d'oublier leur détresse, et ce monde qui leur refusait une place et leur déniait jusqu'au droit de vivre, en s'étourdissant.

Teresa avait méprisé leur frivolité aguicheuse, elle leur en avait même voulu : la République avait permis aux femmes d'accéder aux plus hautes responsabilités dans les entreprises, les syndicats, jusqu'au gouvernement, et bien sûr dans l'armée, où Teresa avait ainsi connu une femme officier qui commandait deux mille hommes ! Partout, elles avaient forcé le respect de leurs camarades masculins. Et voilà que ces écervelées salissaient tout ce que leurs aînées avaient obtenu de haute lutte, parfois même au prix de leur sang, par leurs miaulements de femelles en chaleur ! Oui, elle leur en avait voulu.

Mais aujourd'hui, en découvrant les lèvres pâles et gercées de Susana, qui lui souriaient sans arrière-pensée, et ses joues creusées qui gardaient encore un peu du duvet soyeux de l'enfance, elle s'en voulait de son intransigeance. Une vague de pitié la submergea. Susana n'était encore qu'une enfant, une petite sœur qu'il fallait aider à grandir. Et, sans même y réfléchir, Teresa passa son bras sous le sien pour l'aider à descendre les dernières marches…

Le groupe des femmes réunies dans la salle octogonale du rez-de-chaussée s'était amenuisé. Les plus valides devaient aider à préparer le repas et à mettre la table ; on les entendait s'activer en bavardant joyeusement. Seules restaient autour de la table une brune au teint mat comme une Andalouse dont le ventre énorme semblait sur le point d'éclater et les mères berçant toujours leur progéniture.

Susana se précipita vers les nouveau-nés avec un petit cri de ravissement. Les mamans, flattées dans leur vanité procréatrice, se rengorgeaient tout en débitant poids, taille et autres chiffres comme le nombre d'heures qu'avait duré leur accouchement. Cette litanie était censée, semble-t-il, témoigner de leur réussite de femme et en rendre le fruit encore plus beau. Et Susana, docile, de s'extasier devant chacune des petites frimousses fripées, celles des tout premiers bébés à être nés ici, à Elne : José, qui avait inauguré la salle d'accouchement le 7 décembre dernier, avant Juan, María Carmen et Isabel, qui n'avait que trois jours. La petite Ramona, née tôt le matin même, se reposait avec sa maman dans la chambre réservée aux accouchées. Il y avait aussi quelques enfants plus âgés, quelques mois déjà, qui avaient dû naître dans les camps avant d'arriver ici avec leurs mères.

— *Mira,* Teresa, comme ils sont mignons ! J'espère que mon fils sera aussi beau…

Susana posa ses deux mains à plat sur son ventre rebondi, la mine conspiratrice.

— Une vieille de Figueras m'a tiré les cartes au camp et elle a vu que ce serait un garçon !

Un murmure approbateur parcourut les mères. L'une d'elles renchérit même, affirmant que le ventre « pointu » de Susana confirmait sans contestation possible le pronostic de la vieille. La jeune femme était aux anges.

— Tu entends, Teresa ? Approche-toi qu'on regarde si ton ventre aussi est pointu…

Teresa croisa plus étroitement son chandail de laine autour d'elle, comme pour se défendre des regards braqués sur elle.

— Tu ne veux pas savoir ce que ce sera ? en conclut Susana, se trompant sur sa réaction. Après tout, c'est ton droit. Viens quand même faire risette à ces chérubins ! Ils sont à croquer...

Teresa n'avait nulle envie de se joindre au chœur de louanges, mais elle ne voulait pas faire de peine à Susana. Après tout le mal qu'elle avait pensé d'elle, elle lui devait bien cette petite concession. Elle s'avança et se pencha vers le premier marmot, qui dormait béatement dans les bras maternels. Ses cils posaient une ombre délicate sur ses joues et il avait la bouche entrouverte. Sa main minuscule pendait, inerte, par-dessus le bras de sa mère. Teresa fixait cette main molle et sans vie.

C'était la seule chose qui émergeait des gravats. On aurait pu croire qu'il s'agissait du bras désarticulé d'une poupée cassée. La bombe larguée par l'avion italien avait frappé l'immeuble de plein fouet. Et puis les sirènes avaient sonné la fin de l'alerte et la population s'était répandue, hagarde, dans les rues de Barcelone dévastée. Teresa et son unité avaient reçu l'ordre de rechercher des survivants sous les décombres. Ils s'étaient mis au travail avec ardeur, sourds aux lamentations et aux pleurs qui s'élevaient de toutes parts, tendant l'oreille pour tenter de percevoir le moindre grattement, le moindre gémissement étouffé, de sous les amas de briques et les blocs de béton... jusqu'à ce que cette petite main les arrête dans leur élan.

Les yeux agrandis d'horreur, Teresa recula jusqu'à la porte tandis que la directrice annonçait :

— *Señoras,* c'est l'heure du repas... A table !

2

Une caresse légère comme un souffle. Un bout d'étoffe soyeux ? Le creux d'une épaule ? Andrés. « Tu as la peau douce comme une fille. » Son rire. Ses dents si blanches. Le murmure de la brise dans les branches. Le vent forcit. Il prononce son nom. Il l'appelle…

— Teresa !

La chaleur des mains d'Andrés sur son corps. La caresse fraîche du vent sur ses paupières et son front… Il insiste :

— Teresa, il est tard… Il est temps de se lever.

Elle ouvre les yeux d'un coup, se redresse comme mue par un ressort, rejette les couvertures dans le même mouvement.

Un pâle rayon de soleil perce à travers les cyprès, zébrant le mur à gauche du lit. Il doit faire beau dehors. Mais qu'y a-t-il au-dehors ? Et où se trouve-t-elle ?

— Allons, allons, *perezosa*[1], tout le monde est déjà debout depuis longtemps…

La voix du vent était en fait celle d'une jeune femme aux cheveux châtains plutôt courts, coiffés en arrière ;

1. « Paresseuse ».

elle était enceinte jusqu'aux yeux. Teresa laissa son regard errer autour d'elle. Tout lui revenait en mémoire à présent. La maternité suisse. La veille au soir, elle n'avait pu avaler une seule bouchée du délicieux repas préparé par la cuisinière. Pourtant on avait apporté sur la table de la viande et des légumes, et même des fruits. Des oranges rondes et juteuses cueillies l'après-midi dans le verger derrière la maison. Et du pain frais. Et du café au lait à volonté. Mais comment se gaver de toutes ces victuailles alors qu'Andrés et les autres, dans leur gourbi des sables, devaient se contenter de la sempiternelle trinité pois chiches, carottes, riz jusqu'à l'écœurement ? Cette pensée lui avait si fort noué la gorge qu'elle avait laissé son assiette presque pleine malgré les encouragements de la directrice. Les autres femmes la regardaient d'un drôle d'air, partagées entre la pitié et la curiosité. Ce qu'elles pouvaient penser laissait Teresa indifférente. Elle n'avait rien de commun avec elles. A part bien sûr son pénible état.

La directrice avait senti ses réticences et à l'heure du coucher elle avait conduit Teresa dans une chambre inoccupée.

« La maternité n'est ouverte que depuis quelques semaines et nous avons de la place... J'ai pensé que vous préféreriez dormir seule cette nuit. »

Teresa avait remercié d'un signe de tête las.

La pièce était très simplement meublée de lits en fer flanqués chacun d'une caisse en bois vide servant à la fois de table de chevet et de petite armoire, mais les draps étaient d'un blanc immaculé, les couvertures épaisses et chaudes et, dans un angle, derrière un rideau, il y avait un coin toilette. Chaleur, propreté et intimité... le vrai luxe ! Elle s'était déshabillée, avait enfilé la chemise de nuit qu'elle avait trouvée pliée au pied du lit le plus proche et s'était allongée en se promettant de rester éveillée.

Comment profiter d'un tel confort alors que les camarades peinaient à trouver le sommeil, transis dans leurs capotes humides, avec ce maudit vent qui sifflait tel un démon entre les planches mal jointes ? La tramontane balayait la plage d'Argelès par le travers et, chaque fois qu'elle se levait, la température, déjà froide en ce mois de décembre, semblait dégringoler encore de quelques degrés tant les rafales, coupantes comme du verre, transperçaient les vêtements et les corps. Les internés couraient alors derrière les baraques s'abriter des nuées de sable et d'embruns.

Ce soir encore il se déchaînait, ce vent qui rendait fou. Teresa voyait par la fenêtre les nuages galoper dans le ciel nocturne et les cimes sombres des arbres se balancer avec violence, griffant les vitres de leurs doigts crochus. Mais ici les coups de boutoir de la tramontane se heurtaient à des murs épais et des fenêtres bien closes et plus elle hurlait de dépit, plus Teresa se sentait à l'abri. Non, c'était décidé : ce soir elle ne dormirait pas. Les yeux ouverts dans le noir, elle avait appelé à la rescousse toutes les heures tragiques qu'ils avaient vécues ensemble pour partager encore cette nuit avec ses camarades, malgré la distance…

Elle y avait cru jusqu'au bout. Jusqu'au bout, elle avait refusé ne serait-ce que d'envisager la défaite. Leur cause était juste, elle en était convaincue, donc les républicains ne pouvaient être battus. Durant l'effroyable et interminable bataille de l'Ebre, alors que les fascistes grignotaient inexorablement le front, mètre par mètre, elle avait hurlé des encouragements, s'était improvisée infirmière, confidente et même écrivain public pour les camarades qui n'étaient pas allés à l'école et ne pouvaient écrire à leur famille. Comme si à elle seule elle pouvait ranimer leur courage et leur foi et les empêcher de prononcer les mots de « retraite » et même de « défaite » qu'ils commençaient à murmurer. Mais bien sûr sa seule conviction n'avait pas suffi. Ils avaient dû se replier, encore et encore.

La population s'était mise à fuir. Les Catalans fermaient derrière eux la porte de leur maison, en pleurs. Les autres, qui avaient déjà connu plusieurs fois l'exode depuis leur Andalousie, leurs Asturies ou leur Castille natales, avaient renoué leurs paquets et repris la route, résignés, silencieux. Et Barcelone était tombée. Ordre leur avait été donné de partir vers Gérone. Pour établir une nouvelle ligne de front. Pour résister encore. On attendait des armes de France. Puis ils s'étaient retirés sur Figueras. Les armes n'arrivaient pas. Mais qui croyait encore que la situation pouvait être renversée ? La frontière avec la France n'était plus qu'à quelques kilomètres. La route escaladait la montagne en lacet. La neige pleurait des larmes glacées. Leur camion doublait des files ininterrompues de civils hagards. Les femmes ployant sous un énorme balluchon, leur plus jeune enfant sur la hanche, les autres accrochés à leur jupe, les lèvres bleues de froid. Les vieillards brinquebalés à dos de mulet ou dans des charrettes à bras. Les hommes hirsutes traînant derrière eux les valises trop lourdes qui renfermaient leurs ultimes possessions : un peu de linge, une couverture, des photos, quelques bijoux, tout ce qui leur restait en ce bas monde. Il y avait là, au coude à coude, des journaliers et des médecins, des ouvriers et des avocats, des professeurs et des paysans. Les plus riches, partis en voiture, abandonnaient leur véhicule, en panne de carburant, et s'immergeaient à leur tour dans le flot humain. Ils continuaient à pied, comme les autres.

A un moment donné, Teresa avait cru reconnaître le visage rond et les lunettes de Federica Montseny, la première femme entrée au gouvernement espagnol. La couverture roulée qu'elle serrait farouchement contre elle devait protéger un bébé. Une fillette d'environ six ans, les yeux agrandis de frayeur, ne la lâchait pas d'une semelle et toutes deux suivaient une civière où gisait une vieille femme. Le temps d'appeler Andrés pour lui demander d'aller les chercher pour les hisser dans leur camion, et « Federica » avait disparu dans la foule. Etait-ce le ministre de la Santé ou seulement une femme qui lui ressemblait ? Teresa ne le saurait sans doute jamais[1].

A la frontière, les gendarmes français, obéissant aux consignes, ne laissaient passer que les civils et les blessés. Teresa et ses camarades de combat avaient dû attendre plusieurs jours, serrés les uns contre les autres dans le camion, avec la neige qui giflait la bâche. Et encore bien heureux d'avoir ce mince abri. Les autres soldats bivouaquaient à même le sol, contre un rocher ou au revers d'un talus. Au loin, entre deux bourrasques, on entendait la canonnade qui se rapprochait.

Enfin, le 5 février, l'ordre était arrivé d'ouvrir la frontière à tous. Le capitaine avait rameuté ses troupes : il s'agissait de passer en bon ordre, en rang et au pas. Des combattants, vaincus pour l'instant, mais qui n'avaient rien perdu de leur dignité et de leur fierté, c'était l'image qu'ils devaient donner. Avant de franchir la barrière, Teresa avait fait comme beaucoup de ses compagnons : les larmes aux yeux, elle avait ramassé une poignée de terre espagnole, de sa terre natale, et l'avait gardée dans son poing fermé tandis que son groupe entrait en France. Les gardes casqués

1. Federica Montseny, ministre de la Santé de novembre 1936 à mai 1937, a effectivement fait l'exode à pied avec ses deux enfants et sa mère mourante.

les avaient obligés à jeter leurs armes, en tas, comme de vulgaires fagots de sarments. Sans son fusil qui ne l'avait pas quittée depuis des mois, même pour dormir, Teresa s'était sentie presque nue, terriblement impuissante.

« C'est ça, l'armée républicaine espagnole ? »

L'officier français s'était avancé d'un pas, bien campé dans ses bottes, dédaigneux. Un jeune lieutenant d'infanterie famélique avait rectifié sa tenue poussiéreuse et s'était mis au garde-à-vous.

« Mon colonel, je souhaite simplement que, lorsque Hitler attaquera la France, l'armée française tienne aussi longtemps que l'armée dont vous vous moquez aujourd'hui ! »

Cette fière réponse avait agi sur Teresa et ses camarades comme un coup de fouet. Ils avaient relevé le menton, redressé les épaules, et reboutonné leurs uniformes en loques.

Andrés avait pointé un index accusateur au nez d'un bidasse goguenard.

« Bientôt, ce sera votre tour… »

Teresa avait été prise d'une furieuse envie d'entonner *El Himno de mujeres libres*, l'hymne du groupe de femmes libertaires qu'elle avait rejoint à Barcelone quelques mois avant de s'engager, histoire de montrer ce que valaient les femmes de son pays :

Puño en alto, mujeres de Iberia
Hacia horizontes preñados de luz[1]…

Mais elle avait eu peur d'être repérée et qu'on la sépare des hommes, alors elle avait fait comme eux et défilé au pas, la tête haute, en chantant l'*Internationale,* le poing dans lequel la terre d'Espagne était toujours bien au chaud brandi très haut.

1. « Poing levé, femmes d'Ibérie, vers des horizons remplis de lumière… »

De ce qui s'était passé ensuite, elle ne gardait que quelques images fragmentaires, tels des éclats de miroir épars, comme si sa mémoire refusait de laisser s'imprimer en elle le film de cette débâcle pitoyable et désespérante.

La longue marche harassante au pied des montagnes, droit vers le pâle soleil levant de l'hiver. Le désert de dunes jusqu'à l'eau grise. L'incompréhension. Où les amenait-on ? Nulle part. Ils étaient arrivés. La pagaille. Même les gendarmes avaient dû dormir les premières nuits sur le sable nu. Le vent. Le froid. La faim. Les poux. Les rats. La dysenterie. Les humiliations. Les spahis marocains derrière les barbelés, sinistres répliques des *moros* de Franco. Les fusils pointés dès que quelqu'un faisait mine de vouloir sortir. Allez, allez ! Etait-ce là la patrie des droits de l'homme ?

C'est à ce moment semblait-il que la fatigue l'avait vaincue et qu'elle s'était endormie, bien au chaud sous les couvertures. La honte soit sur elle ! Comment avait-elle pu ainsi laisser une paire de draps propres lui faire oublier ses compagnons ?

Elle se leva brusquement comme si le tissu blanc lui brûlait la peau et retint un cri de douleur. Maudit ventre !

La jeune femme qui l'avait réveillée opina du chef d'un air entendu.

— Vous ne devriez pas faire de geste brusque. Vous en êtes à combien ? Sept mois ? Moi, j'aurais déjà dû accoucher…

Elle posa une main attendrie sur sa taille rebondie :

— Mais le bébé se fait attendre. Ce serait drôle s'il se décidait à arriver aujourd'hui, n'est-ce pas ?

Devant le regard ahuri de Teresa, elle précisa en riant :

— C'est Noël, voyons !

Toutes les femmes, Susana en tête, étaient excitées. On entendait babiller et pouffer de rire à tous les étages. Teresa n'avait pas envie de se joindre à cette agitation. Elle se sentait encore coupable de s'être vautrée dans le confort durant la nuit. Cette ambiance de gynécée lui pesait. Elle n'avait plus l'habitude d'être entourée uniquement de femmes. Elle étouffait.

Profitant de ce que le personnel de la maternité était occupé à de mystérieux préparatifs et que les autres femmes, du moins celles qui avaient déjà accouché, desservaient la table après le repas, elle partit à la découverte de sa nouvelle « prison ».

Il fallait reconnaître qu'elle avait plutôt belle allure : c'était un grand hôtel particulier, un château même, qui datait sans doute du début du siècle. A Sabadell, où elle avait grandi entre les immeubles décrépis couverts de poussière rouge et les usines textiles aux grandes fenêtres à barreaux, entre le tic-tac des navettes, le grincement des métiers et la sirène qui rythmait l'embauche et la débauche des ouvriers, Teresa n'avait guère fréquenté ce genre d'endroit et n'avait donc pas la prétention d'émettre un jugement éclairé en matière d'architecture. Cependant, elle ne put s'empêcher de remarquer l'originalité du plan en croix grecque. De jour, le puits de lumière qui perçait son centre et permettait d'apercevoir le bleu du ciel au travers de trois planchers de verre – car il s'agissait bien de verre ! – était encore plus impressionnant.

Le bâtiment comportait en fait quatre niveaux. Le rez-de-jardin regroupait les communs, buanderie, cuisine et resserre. Le rez-de-chaussée en haut du perron par lequel elle avait fait son entrée la veille s'ouvrait sur la grande salle octogonale où les femmes se réunissaient durant la journée, salle qui trouvait sa réplique de l'autre côté de la cage d'escalier et où on servait les repas. Un monte-plat permettait de hisser les marmites fumantes de la cuisine à l'office, à côté de la salle de séjour. Le premier étage était consacré aux enfants avec la nursery, elle aussi octogonale, orientée plein sud, la salle d'accouchement et les chambres réservées aux accouchées. Tout était propre, clair et lumineux. Le second étage était divisé en chambres de trois ou quatre lits, sauf celle de la directrice, qui lui servait aussi de bureau et qu'elle occupait seule.

Mais l'escalier montait encore plus haut, jusqu'au ciel. A vivre depuis des mois comme une méduse échouée au ras de la mer, Teresa eut soudain des envies d'altitude, de vue dégagée et de paysage allongé avec volupté jusqu'à l'horizon. De s'élever au-dessus de cette morne réalité qui avait encore les couleurs du cauchemar.

Ce damné ventre lui pesait et son occupant s'agitait comme pour protester, mais rien ne pouvait l'empêcher de se hisser, marche après marche, vers ce bout de bleu où de petits nuages filaient comme le panache de fumée blanche d'une locomotive à vapeur.

Elle déboucha enfin sous la verrière aux fines armatures métalliques posée sur le toit. Au pied du bâtiment, le parc s'étendait en couronne jusqu'à la clôture et au portail. Il était semé d'arbres fruitiers, dont certains, qu'elle ne pouvait reconnaître de si haut, balançaient dans le vent leurs branches dénudées, tandis que les autres, sur l'arrière, arboraient un feuillage sombre et brillant. Sans doute les orangers dont les fruits avaient ensoleillé la table du dîner.

Derrière la grille, la route ondoyait entre deux rangées de hauts platanes vers un village dont on apercevait les premières maisons de briques coiffées de tuiles rousses. Au-delà du ruban gris, les champs et les vignes protégés par des haies de roseaux blonds et de hauts cyprès noirs déroulaient un manteau d'arlequin aux tonalités sourdes de terre et de vert poussiéreux. Mais le regard ne s'y attardait guère, attiré comme il l'était, tel un aimant, par la montagne majestueuse qui dominait la plaine de toute sa puissance et de toute sa beauté. Le soleil couchant incendiait le sommet enneigé d'or et de cuivre. On aurait dit un volcan crachant feu et lave.

— Vous êtes là ? Vous savez, dans votre état ce n'est pas très prudent de monter jusqu'ici !

Elle n'avait pas entendu la directrice gravir l'escalier derrière elle. Décidément, dans son genre, cette femme était surprenante.

— Le paysage est magnifique vu d'ici, reprit-elle en passant son bras sous celui de Teresa. Je monte souvent l'admirer. Cette verrière, c'est la première chose que j'ai remarquée du château d'En Bardou quand je passais à vélo sur la route pour aller faire le marché à Elne.

Teresa, qui était restée le regard fixé sur le pic en fusion, s'arracha à sa contemplation et posa sur la directrice un regard étonné. Elle ignorait si c'était le résultat recherché par la jeune Suissesse au regard clair, mais c'était réussi : elle était parvenue à l'arracher au ciel pour la ramener sur terre, ici, à la maternité.

— Lorsque Karl Ketterer, un compatriote encore sous le choc d'avoir vu des réfugiées espagnoles accoucher dans la paille aux haras de Perpignan, m'a demandé de venir le rejoindre, il avait choisi Brouilla, pas loin d'ici, pour y installer une maternité. C'était un très joli château avec une grande terrasse. Près de quarante enfants y sont nés. Mais nous avons dû partir.

— Pourquoi ?

La directrice émit un petit gloussement amusé.

— Le gardien du château nous avait loué la bâtisse sans en avertir le propriétaire ! Quand ce monsieur l'a appris, il n'a pas apprécié. C'est alors que je me suis souvenue de ce bâtiment abandonné avec ce si joli clocheton que j'admirais chaque fois que j'allais au ravitaillement. Il avait été construit pour une famille de la grande bourgeoisie roussillonnaise, qui l'avait revendu. Depuis lors, il appartenait à une famille d'agriculteurs qui ne se servait que du parc, qu'elle avait transformé en verger. La bâtisse était dans un état lamentable : des herbes et des buissons poussaient sur le toit et leurs racines descellaient les dalles, le plafond était écroulé et il pleuvait à l'intérieur sur trois étages. Mais j'étais convaincue que c'était l'endroit idéal !

Teresa se surprit à acquiescer :

— Et vous aviez raison.

La directrice hocha légèrement la tête comme pour la remercier de son approbation.

— C'est ce que je suis allée leur expliquer à Zurich. La direction de l'Aide suisse aux enfants a finalement voté une subvention de trente mille francs suisses pour les travaux, et voici le résultat !

Elle resserra sa prise autour du bras de Teresa :

— Mais je ne voudrais pas que pour l'admirer vous tombiez dans l'escalier et perdiez votre bébé ! Allez, venez, il est presque six heures et nous avons une surprise pour vous toutes. Il faut rejoindre les autres dans la grande salle du rez-de-chaussée. On viendra vous chercher quand tout sera prêt.

A sept heures tapantes, la directrice et les infirmières vinrent délivrer les femmes qui ne tenaient plus en place depuis trois bons quarts d'heure déjà. Après avoir été ignorées, traitées comme des indésirables, des moins que rien depuis de longs mois, voilà qu'on organisait une fête pour elles ! L'émotion était palpable.

Presque intimidées, elles suivirent leurs hôtesses jusqu'à la salle à manger située à l'arrière du bâtiment. Il y eut des exclamations de joie et puis un long silence. Les lumières avaient été éteintes et l'obscurité n'était trouée que par les petites flammes des bougies qui dansaient au creux de mandarines évidées, sur les tables recouvertes de nappes blanches et ornées de bouquets de gui et de houx. Le personnel de la maternité avait décoré la pièce de guirlandes multicolores et un colis était posé devant chaque couvert. Susana ouvrait de grands yeux d'enfant émerveillée et des larmes brillaient dans ceux de nombreuses femmes.

Teresa elle-même avait la gorge nouée. Ses parents, anarchistes et militants de la CNT[1], ne fêtaient pas Noël, par conviction politique, mais leur fille avait toujours aimé cette période de l'année durant laquelle elle s'échappait du petit appartement où ils s'entassaient à cinq, avec les grands-parents, pour essayer d'apercevoir, au détour d'une porte cochère entrouverte ou par une fenêtre illuminée, les décorations chatoyantes installées par les familles riches pour la Nativité. Elle avait une prédilection pour la douce lueur des bougies, si fragiles quand elles vacillaient au moindre courant d'air, mais dont émanait pourtant une telle sérénité. Petite, il lui arrivait même de se faufiler dans les églises pour rester de longues minutes en contemplation devant ces buissons de lumières qui illuminaient le pied des statues. Bien sûr, elle n'en avait jamais rien dit à ses parents : qu'est-ce qu'elle n'aurait pas entendu sur l'opium du peuple ! Elle avait préféré endurer en silence les lamentations de sa mère sur « cette fichue gamine qui n'en faisait jamais qu'à sa tête ». C'est drôle, cela faisait des années qu'elle n'avait pas repensé à ses petites fugues « lumineuses ». C'est vrai qu'au front on n'avait guère le loisir d'allumer des bougies !

1. Confédération nationale des travailleurs, prononcer Cé-éNé-Té à l'espagnole.

— Que chacune s'installe à sa place. Les noms sont inscrits sur les colis.

Du geste, la directrice les invitait à s'attabler. Ce fut la bousculade. Susana se précipita avec un petit cri d'extase et ses doigts impatients entreprirent aussitôt de déchiqueter le papier qui emballait son paquet.

— Du calme, jeune *señorita !* Vous ouvrirez vos cadeaux après le dessert !

Elles s'assirent tandis que la cuisinière s'appliquait à découper de magnifiques volailles rôties, dorées à point. Le délicieux fumet qui s'en dégageait faisait saliver Teresa et elle eut honte une fois de plus de profiter de tant de magnificence tandis que ses camarades devaient se contenter de morue cuite à l'eau dans leurs baraques d'Argelès. Apparemment, elle n'était pas la seule à penser à ceux qui étaient restés là-bas, dans les camps. La jeune femme qui était venue la réveiller ce matin semblait elle aussi bouder la nourriture appétissante qui remplissait son assiette.

Elle était venue se présenter à Teresa pendant qu'elles attendaient dans la pièce du devant. Elle s'appelait Remei et était couturière. Professeur de coupe, avait-elle précisé avec fierté, dans un atelier de Badalona. Elle avait passé la frontière en camion par la côte, à Portbou. Elle se souvenait avec une frayeur rétrospective des bateaux qui tiraient depuis la mer sur le convoi qui serpentait en suivant la route en lacet le long du littoral rocheux. Et avec émotion de l'accueil de la population de Cerbère, le premier village français après la frontière, descendue dans la rue en pleine nuit de février pour donner à manger aux malheureux fugitifs épuisés, tendant qui une miche de pain, qui un *tupi*[1] de soupe fumante. Certains, apitoyés par tant de détresse, avaient

1. Petite marmite.

même accueilli des mères avec leurs enfants à leur table, où ils avaient pu se réchauffer autant de la chaleur du feu que de celle de leurs hôtes. Le maire du petit port que dominait une immense gare ferroviaire était intervenu auprès des autorités : il s'était porté garant personnellement de tous les réfugiés originaires de Portbou, la cité jumelle de l'autre côté de la crête. Ils seraient hébergés chez l'habitant. Mais les autres avaient dû repartir.

Remei avait passé quelques mois à Argelès avec son mari, Joan, et ses parents, avant d'être transférée dans un autre camp, sur la plage de Saint-Cyprien. Par un des caprices dont l'administration avait le secret, les siens avaient été renvoyés à Argelès au moment de son départ pour la maternité et elle s'inquiétait pour eux. Surtout pour son père, qui n'y voyait presque plus. Il n'était pas difficile d'imaginer où allaient ses pensées tandis que sa cuisse de poulet refroidissait devant elle.

Susana, elle, en était à se resservir. Le jus de cuisson coulant de la commissure de ses lèvres, elle sauçait allègrement son assiette avec du pain, sans se soucier des convenances, et reprit même un autre morceau de poulet. La tarte maison et les fruits secs subirent le même sort. Cette petite sotte serait sûrement malade, mais personne n'osait l'arrêter tant son plaisir était grand après des mois de privations.

Tandis qu'elle croquait encore quelques amandes, la directrice annonça qu'il était l'heure d'ouvrir les colis. Ils venaient de l'Aide suisse aux enfants et contenaient chacun une brassière pour le bébé tout juste né ou à venir et un vêtement pour la maman. Susana, arrivée du camp avec une mince veste demi-saison, se pavanait dans un manteau vert écossais. Teresa avait reçu pour sa part une robe en lainage, tout comme Remei, qui appréciait la qualité du tissu en connaisseuse.

Dans les paquets, il y avait aussi tout un assortiment de friandises. Cela faisait plus de trois ans, depuis le début de la guerre et des restrictions, que ces femmes n'avaient plus vu de chocolat et de petits fours et elles ne se lassaient pas de les regarder sans oser y toucher.

— Tout cela a l'air si bon ! Mon Joan, qui est si gourmand, serait aux anges, soupira Remei, la voix tremblante. Si seulement je pouvais lui faire parvenir la boîte de gâteaux et les tablettes de chocolat, il partagerait un peu notre Noël.

— Nous allons trouver un moyen de les lui envoyer, promit Teresa, qui pensait elle aussi à Andrés et aux hommes de sa section. Nous n'aurons qu'à les confier à la directrice quand elle retournera au camp.

Elle avait lancé cette idée sans même y réfléchir ; elle avait simplement l'habitude de chercher une solution à chaque problème. Dans sa vie d'avant comme au front. Mais cette simple résolution lui fit un bien fou. Enfin elle reprenait l'initiative. Elle allait leur montrer qu'une milicienne comme elle ne manquait pas de ressources… même avec un ventre de baleine !

— Alors c'est décidé, acquiesça Remei, radieuse, en remballant les petits fours dans le papier d'emballage, je n'y toucherai pas !

3

Enfin, ça y était, Remei était en plein travail au *Marueco*[1] ! C'était le nom que les femmes avaient donné à la salle d'accouchement parce qu'on y transpirait et qu'on y souffrait beaucoup. Et puis les cavaliers maures de Franco ne revenaient-ils pas les terroriser encore dans leurs rêves ?

Elles avaient aussi baptisé chacune des chambres du nom d'une ville espagnole : Madrid, la nursery, Séville, la pièce pour les enfants malades, Cordoue, celle pour les femmes enceintes, et Barcelone, Bilbao, Santander, Saragosse, San Sebastián... Un peu d'Espagne en terre d'exil pour leur tenir chaud au cœur. Mais, au *Marueco,* il n'était pas question de faire de beaux rêves !

Depuis ce matin, Teresa se surprenait à saisir le moindre prétexte pour gravir l'escalier jusqu'au premier étage et guetter les bruits et gémissements qui filtraient à travers la porte. Elle en avait pourtant entendu des plaintes de blessés sur le front, mais elle n'aurait pu expliquer pourquoi celles-ci la faisaient tressaillir au plus profond de son être, comme si elles résonnaient dans chacune des fibres de son ventre...

Elle jeta un nouveau coup d'œil à la pendule. Les

1. Maroc.

douleurs avaient commencé dans la nuit et il était déjà presque midi. On finissait de mettre le couvert dans la salle à manger. L'issue ne devrait plus tarder et c'en serait fini de la longue attente de Remei.

Elle qui était persuadée que son bébé arriverait comme un jésus pour Noël avait dû s'armer de patience ; il ne paraissait pas pressé de venir au monde. Le jour de l'an était passé. Assises en rond devant la cheminée, les femmes avaient fredonné à tour de rôle leur chanson favorite. Le personnel suisse avait apprécié en particulier les vieilles cantilènes espagnoles qui avaient fait monter une buée d'émotion aux yeux de plus d'une. Remei avait choisi une berceuse dans laquelle il était question d'un olivier et d'une jeune fille brune. Pour forcer le sort. Mais rien ne se déclenchait. La petite brune prenait son temps.

Au fil des jours, la future maman était de plus en plus saisie par le cafard en voyant les autres accoucher. Quand son tour viendrait-il enfin ?

Elle avait montré à Teresa l'enveloppe bleue que son mari avait préparée avant son départ du camp et dont elle devait se servir pour lui annoncer la naissance : un quadrillage tracé aux quatre coins devait alerter le nouveau papa au premier coup d'œil. Il lui avait promis de s'arranger pour venir aussitôt par le premier camion qui passerait à la maternité. L'idée de revoir son Joan remplissait Remei de joie et augmentait d'autant son impatience.

Teresa n'avait pu s'empêcher d'éprouver un pincement au cœur devant ce tendre dispositif. La seule « attention » qu'Andrés avait eue pour elle avait été de menacer de la dénoncer si elle ne rejoignait pas d'elle-même la baraque des femmes enceintes. Il est vrai qu'elle refusait qu'il évoque seulement sa grossesse. Le moindre mot à ce sujet la mettait hors d'elle. Avait-elle vraiment réussi à se persuader qu'en niant la réalité celle-ci disparaîtrait ? Par moments, c'était encore le chaos dans sa tête et elle s'isolait dans un coin de la maternité. Elle aurait préféré sortir dans le parc, l'arpenter dans tous les sens, se fatiguer pour ne plus penser, mais il faisait très froid. L'herbe gelée crissait sous les pas et une fine pellicule de glace recouvrait les bords du ruisseau qui longeait la route. Même en marchant vite pour se réchauffer, Teresa ne tenait guère plus qu'une dizaine de minutes au-dehors. Auparavant, elle était plus résistante. Elle détestait la mauviette qu'elle était devenue. Le nœud qui enserrait sa gorge ne se desserrait pas.

A table, les autres femmes l'encourageaient à se forcer à manger un peu plus. Concha, une des compagnes de chambre de Remei, poussait vers elle le plus beau fruit de la corbeille en lui disant :

« Tu nourris ton bébé en même temps que toi. Il a besoin de vitamines si tu veux qu'il naisse en bonne santé et qu'il vive ! »

Mais le voulait-elle vraiment ?

Remei ne comprenait pas son attitude. Elle-même était folle de joie à l'idée d'avoir son premier enfant. Elle pariait sur une petite fille. Elle voulait l'appeler Margarita. C'était le titre d'une poésie apprise à Saint-Cyprien et qu'elle aimait à réciter, le soir, à la veillée. Et si c'était un garçon ? Alors, ce serait Robert. Mais, la veille, la belle Mercedes au regard triste avait donné naissance à une petite Rosa María et Remei voulait y voir un bon présage.

Elle ne se lassait pas de montrer la layette qu'elle avait préparée à Argelès et devant laquelle les autres femmes enceintes se récriaient d'admiration. Il fallait avouer qu'elle avait profité de la moindre opportunité avec goût et ingéniosité. Lors d'une distribution de vêtements collectés par des associations d'entraide, elle avait récupéré des pulls en laine fine, et même un qui contenait de la soie. La laine détricotée, le fil lavé et rembobiné en pelote, elle avait ainsi pu confectionner une brassière rayée rose et blanc et de minuscules chaussons blanc et bleu rebrodés de rosettes avec une bride.

Son mari avait coupé en cachette dans la clôture du camp des bouts de fil de fer barbelé pour lui confectionner des aiguilles à tricoter et un crochet très fin. Remei était fière de montrer avec quelle dextérité elle s'en servait pour border d'un picot en cordonnet l'encolure et les manches des chemisettes destinées au bébé et pour lesquelles elle avait sacrifié une de ses chemises de nuit en percale. Chacune avait sa couleur : rouge, jaune, bleu.

Remei puisait dans le « coffre au trésor » qu'elle avait posé sur la table pour trouver la bonne nuance. Ce « trésor » qui ne l'avait pas quittée depuis le début de l'exode ne payait pas de mine, une simple boîte métallique de biscuits Solsona, mais il renfermait tout ce qui lui restait de sa vie d'avant, sa vie de couturière à Badalona : des dizaines de fusettes de fils multicolores aux reflets chatoyants, en vrac. Remei les caressait du bout du doigt, les yeux pleins d'étoiles, comme si elles étaient autant de pierres précieuses. Elle racontait volontiers que, chaque fois que le désespoir la gagnait dans la grisaille sombre du camp, elle n'avait eu qu'à ouvrir sa boîte pour redonner à sa vie les couleurs de l'espoir.

Un après-midi, elle avait déposé quelques-unes de ces fusettes au creux de la main de Teresa en l'invitant à choisir : elle lui prêterait celles qui lui plairaient le plus pour broder les vêtements de son futur bébé. Mais Teresa avait poliment décliné son offre : elle était bien incapable de broder ou de coudre quoi que ce soit.

« L'Espagne a suffisamment de femmes habiles à tirer l'aiguille au coin du feu, maintenant ce dont elle a besoin c'est de femmes instruites, capables de prendre des responsabilités et de participer à la vie du pays. Il faut construire une Espagne neuve », lui répétait sa mère en brandissant sous son nez, avec une moue de dégoût, comme s'il s'agissait d'un torchon malpropre et puant, une de ces merveilles de napperon en dentelle qu'elle confectionnait presque les yeux fermés.

Quoique refusant de mettre les pieds dans une église, elle n'hésitait pas à passer des nuits entières à exécuter des blondes d'une finesse quasi arachnéenne pour le baptême d'une nièce ou d'un petit voisin.

« Je ne le fais pas pour le curé, tenait-elle à préciser, mais un petit être aussi fragile doit commencer sa vie dans quelque chose de doux et de beau. Tu comprendras quand tu auras des enfants. Ce jour-là, je t'en ferai des kilomètres... »

Mais elle n'était plus là pour offrir ses dentelles à celui ou celle qui l'aurait faite grand-mère.

Teresa secoua la tête avec irritation. Elle avait vraiment de drôles d'idées depuis quelque temps. Voilà qu'elle cédait à la nostalgie comme une midinette ! N'empêche qu'elle regrettait aujourd'hui de ne pas avoir récupéré après l'enterrement quelques échantillons du savoir-faire maternel. Mais elle était si pressée de rejoindre son unité, de faire son devoir. Pouvait-on s'appesantir sur un deuil familial quand toute une nation était à l'agonie ? Aujourd'hui, néanmoins, elle devait bien s'avouer que ces menus souvenirs de sa vie d'avant, avant qu'elle n'endosse l'uniforme et ne se jette corps et âme dans la lutte au point de s'oublier, lui manquaient. Parfois, cela lui aurait fait du bien d'avoir elle aussi sa « boîte à fils de couleur ».

En parlant de boîte... Remei ! Où en était-elle ? Il était deux heures passées. Les mamans finissaient de faire la vaisselle au rez-de-jardin, mais les femmes qui n'avaient pas encore accouché étaient dispensées de travaux ménagers. Teresa remonta sans bruit l'escalier jusqu'au premier étage. Alors qu'elle posait le pied sur le palier en verre, un couinement aigu retentit. Elle s'adossa au mur, le cœur battant à se rompre. Comment ce petit cri discordant pouvait-il ainsi l'émouvoir aux larmes ? *Hostia*[1], mais que lui arrivait-il ?

La porte du *Marueco* s'ouvrit sur ces entrefaites et sœur Nelly en sortit, escortant un homme à la fine moustache brune qui finissait de reboutonner les poignets de la chemise élimée dont il avait dû rouler les manches sur ses avant-bras. Madame Fillols, la souriante sage-femme d'Elne qui officiait d'ordinaire à la maternité, avait été appelée tôt ce matin au chevet d'une femme du village et on était allé chercher d'urgence un médecin espagnol interné à Saint-Cyprien. Il s'apprêtait à y retourner, non sans emporter avec lui un carton de médicaments et du ravitaillement pour améliorer un peu le triste ordinaire du camp.

Sœur Nelly croisa le regard de Teresa, toujours collée au mur.

— Tout bien passé. Tu peux entrer voir l'amie.

C'était un sujet de plaisanterie entre les femmes : l'infirmière ne parlait pas aussi bien l'espagnol que la directrice, qui avait passé plusieurs mois à Madrid pendant la guerre civile et convoyé des enfants de la capitale jusqu'à Valence pour les mettre à l'abri. Sœur Nelly, elle, baragouinait un sabir fait de mots collés les uns aux autres sans souci de grammaire ni de conjugaison. Mais c'était toujours mieux que le suisse allemand qu'elles utilisaient entre elles ! Et puis, elle était si gentille.

Remei reposait sur le brancard, les traits pâles et tirés, mais les yeux brillants de bonheur. Elle tenait serré sur

1. Interjection de colère, de dépit. Peut se traduire par « Putain ! ».

son cœur un paquet enveloppé d'un châle en tricot blanc d'où émergeait une petite tête rouge et fripée, à peine plus grosse que le poing. Le nez aux narines minuscules était tout gonflé. Sans doute avait-il pâti de l'accouchement.

— Le docteur a dit que cela devrait s'arranger, expliqua Remei, rayonnante de fierté. Mais, même s'il reste un peu de travers, ce n'est pas grave. C'est un garçon.

Teresa ne savait que faire de ses mains et n'osait pas toucher le petit crâne duveteux niché contre la poitrine de sa mère. Elle se croisa gauchement les bras.

— Alors, voici Robert !

Remei se mordit la lèvre inférieure, partagée entre embarras et fou rire.

— En fait, c'est Rubén.

— Mais comment ? Tu as changé d'avis ?

Remei avait de plus en plus de mal à garder son sérieux.

— Sœur Nelly n'a pas bien compris ce que je lui disais. Et, comme elle m'a entendue il y a quelques jours dire que Rubén, le fils de la lingère, était très mignon, elle a cru que je voulais appeler mon bébé comme lui !

Devant la mine effarée de Teresa, elle ne put contenir son hilarité.

— Ce n'est pas grave, Rubén, c'est joli aussi. Mais je ne sais pas comment je vais expliquer ça à Joan !

Indifférent au malentendu dont il avait été l'objet et qui agitait les adultes au-dessus de lui, le petit Rubén suçait son pouce avec application.

Remei n'avait pas de raisons de s'inquiéter : tout à sa joie d'avoir un garçon, l'heureux papa ne parut même pas se rendre compte du « glissement » de prénom. Il débarqua sept jours après l'accouchement en compagnie de son frère Emilio. Les deux hommes avaient profité d'un camion qui venait chercher des colis et du lait en poudre à la maternité. Il ne restait que le temps de charger, mais c'était mieux que rien.

Quand elle aperçut les deux têtes hirsutes et mal rasées dans l'entrebâillement de la porte de la chambre où elle se reposait, Remei poussa un cri perçant, vite étouffé dans les bras de son époux. Le hasard avait bien fait les choses : c'était l'heure de la tétée. Joan put donc contempler sa femme et son fils pendant une dizaine de minutes, un moment trop court, à peine le temps de se rassasier les yeux et le cœur de ce tableau dont il rêvait sans doute depuis des semaines, couché en chien de fusil dans un des baraquements qui peu à peu remplaçaient les gourbis improvisés.

Teresa, à qui Remei avait tenu à présenter « ses » hommes, en profita pour échanger quelques mots avec Emilio. Il avait été blessé en Aragon avant d'être fait prisonnier par les franquistes ; libéré, il avait payé un passeur pour venir en France, où se trouvait déjà le reste de sa famille. Il avait retrouvé ses deux frères, Joan et Dominique, au camp de Saint-Cyprien et cherchait désespérément un moyen de rejoindre sa femme et son fils, réfugiés à Troyes.

Sa capote délavée, raidie par le gel, gouttait sur la frise colorée qui courait tout autour du carrelage de la pièce du devant tandis qu'il tendait sa main vers les flammes. Ces derniers temps, il avait fait jusqu'à moins sept degrés la nuit et le jour la température ne dépassait pas les six degrés. Les tuyauteries d'eau avaient crevé et des chandelles de glace pendaient au robinet de la fontaine à côté de la maison du gardien. Même à l'intérieur du château, il faisait froid. Les chambres étaient des glacières. Les femmes restaient toute la journée en bas, près de la cheminée ; il aurait été trop coûteux de chauffer toutes les pièces. Jusqu'alors, en plus de la salle octogonale, on faisait du feu seulement dans la nursery et la salle d'accouchement. Là, il avait fallu en allumer un aussi dans la chambre où les nouvelles mamans, dont Remei, se remettaient de leurs couches.

A Argelès comme dans les autres camps sur les plages, ce devait être l'enfer. Le frère de Joan éludait pudiquement les questions trop précises, mais Teresa n'avait aucune peine à imaginer les mauvaises couvertures de l'armée qu'on empilait sur les épaules grelottantes, l'écharpe qu'on nouait autour de la tête contre le froid qui serrait les tempes, le vent acéré comme une lame qui s'insinuait en sifflant entre les planches contre lesquelles s'adossaient les châlits, et le sable glacé qui engourdissait les pieds au travers du cuir troué des chaussures. De plus, les canalisations ayant gelé, il n'y avait plus d'eau potable depuis plusieurs jours. Et elle qui était là, bien au chaud, l'estomac plein !

Emilio essayait de plaisanter, mais ses lèvres gercées avaient du mal à sourire. Puis Joan redescendit en courant de l'étage. Le moteur du camion ronflait déjà en bas du perron et les deux hommes disparurent comme ils étaient venus dans la brume grise de janvier.

Leur visite avait apporté dans la maternité une bouffée de l'air des camps. Même Remei, qui rayonnait de bonheur l'instant d'avant, s'était laissée aller sur ses oreillers, en larmes.

— Je ne sais pas quand je reverrai Joan, sanglotait-elle, il m'a dit qu'on formait des brigades de travail et qu'il allait sûrement quitter Argelès. Comment vais-je faire à mon retour là-bas, par ce froid, avec mon bébé ? Et mes parents qui sont malades ? Que va-t-il nous arriver, Teresa ? Qu'avons-nous fait pour mériter d'être traités ainsi ?

Ces questions, elles se les posaient toutes. Mais personne n'avait de réponse.

Le lendemain, une petite fille vint au monde. Sa mère voulut à toute force l'appeler « Concentración ».

— Pour que personne n'oublie ce qu'on nous a fait subir ici ! répétait-elle, en pleine révolte.

La directrice, appelée à la rescousse comme d'habitude, passa un long moment à lui démontrer quel fardeau un tel prénom serait pour l'enfant. Quel homme oserait dire un jour « Je t'aime, Concentración » ? Et puis dans quelques mois ça en serait terminé de ces camps de la honte, et dans quelques années tout le monde les aurait oubliés. Elle dut déployer toute sa ferme persuasion pour la convaincre d'opter plutôt pour « Concepción ».

Teresa se jura que, le moment venu, elle ne se laisserait pas fléchir. Par la directrice ou par qui que ce soit. Le prénom qu'elle choisirait serait plus qu'un symbole, une profession de foi. C'était la première fois qu'elle pensait à donner un nom à ce qui bougeait dans son ventre.

— A qui en voulez-vous, Teresa ?

Elle pensait pourtant que personne ne l'avait vue s'éclipser du château et se réfugier dans l'orangeraie. La vague de froid était passée et, même si les températures restaient basses, elle avait grand besoin de prendre l'air. Elle n'en pouvait plus d'être ainsi enfermée. En plus, les bébés étaient malades. Ils étaient une quinzaine à présent, bien alignés dans leurs corbeilles en osier sous les fenêtres, tout autour de la nursery, et la grippe les avait presque tous frappés. Remei se rongeait les sangs : le petit Rubén avait une forte fièvre et vomissait le peu de lait qu'il arrivait à téter, alors bien sûr il perdait du poids. Les infirmières avaient conseillé aux femmes enceintes d'éviter le premier étage et de rester à l'écart, dans leur chambre ou dans quelque autre endroit où le virus ne traînait pas. Teresa avait sauté sur l'occasion pour s'extraire du huis clos étouffant de la maternité et pour savourer enfin quelques instants de solitude. Quelques instants trop brefs.

Décidément, la *señorita Isabel* avait le don de la surprendre !

En fait, comme elle le lui avait dit le premier soir, la directrice s'appelait Elisabeth. Elisabeth Eidenbenz. Mais ce prénom n'existait pas en espagnol et seules les infirmières suisses l'utilisaient. Pour les pensionnaires du château, c'était donc la *señorita Isabel.*

Teresa avait compris au hasard des remarques et des conversations qu'elle était la fille d'un pasteur des environs de Zurich. Elle-même avait fréquenté dans son enfance l'école protestante de la rue del Sol à Sabadell. Ses parents, anarchistes convaincus, l'avaient choisie pour sa réputation de tolérance et le fait que, contrairement à la règle dans les écoles catholiques, la prière n'y était pas obligatoire. Teresa avait gardé un bon souvenir de monsieur Estruch et de doña Magdalena, son épouse, et du coup elle avait un préjugé favorable à l'égard de tous les protestants.

C'était sans doute dans sa famille que la directrice avait appris à se mettre ainsi, avec autant de naturel que de discrétion, au service de ceux qui étaient dans le besoin. Elle était institutrice au Danemark quand le service civil international avait fait appel à elle. Il s'agissait d'aller s'occuper des enfants pris dans le feu de cette guerre fratricide atroce qui déchirait l'Espagne. Ce conflit ne la concernait pas, mais elle n'avait pas hésité. Imaginer ce petit bout de femme rassurant ses jeunes protégés terrorisés, tandis que le bus qui les emmenait vers des régions plus sûres cahotait sur les mauvaises routes défoncées par les obus, emplissait Teresa d'un immense respect.

La directrice revint à la charge :

— Vous êtes une femme en colère, Teresa.

Elle n'était pas seulement courageuse, elle était têtue aussi. Et Teresa l'avait suffisamment vue à l'œuvre depuis son arrivée pour savoir qu'elle ne renoncerait pas avant d'avoir ce qu'elle voulait ! Sans s'énerver. A l'usure.

Mais pourquoi venir jusqu'ici pour poser une question dont elle connaissait sans doute la réponse ? Après tout, s'il fallait lui mettre les points sur les i, Teresa se sentait d'humeur à lui en arrondir de bien gros, bien noirs...

Elle enfonça ses poings au fond des poches du manteau qu'elle avait emprunté à Susana pour sortir et inspira profondément.

— En colère ? Oui, évidemment. Vous pensez que je n'ai pas de raisons de l'être ?

La *señorita Isabel* ne répondit pas. Elle avait emporté son éternel appareil photo avec elle. Appuyée contre le tronc d'un oranger, elle en triturait nonchalamment la bague de réglage comme si elle réfléchissait au meilleur angle de prise de vue pour le cliché qu'elle voulait réaliser. Elle attendait.

— Vous ne savez pas ce que c'est, *señorita Isabel.* Vous n'avez sûrement jamais été dans cette situation ! Quand on est trahi de toutes parts et par tous, d'abord on est abasourdi, sans réaction, incrédule. Cela ne peut tout simplement pas être. Et puis la rage vous prend, vous brûle, vous dévore et ne vous quitte plus !

— Qui vous a trahie ?

Teresa ne put retenir un mouvement d'impatience. Fallait-il vraiment tout lui dire ?

— Mais tout le monde ! Et d'abord les grands propriétaires repus et les bourgeois frileux, les grenouilles de bénitier et les banquiers rapaces qui ont appelé de leurs vœux la mort de la République et ont accueilli à bras ouverts les soldats de Franco.

— Cela vous a étonnée ?

Toujours cette voix calme, pleine de bon sens. Teresa, dégrisée, interrompit son va-et-vient exalté.

— Pas vraiment, vous avez raison. Ils n'avaient jamais voulu de la République, ils ne l'ont donc pas trahie. On ne peut pas être déçu par des gens dont on n'attend rien, n'est-ce pas ?

— Alors par qui ? insista la directrice. De qui attendiez-vous davantage ?

Teresa laissa échapper un ricanement amer.

— Ceux en qui nous croyions, ceux sur qui nous comptions, pauvres fous que nous étions. Ces prétendus pays démocratiques qui n'ont pas levé le petit doigt pour nous aider et nous ont regardés crever sous la botte des nationalistes sans bouger !

La directrice avait sorti un mouchoir blanc de sous sa cape de gros drap de laine et elle entreprit de nettoyer l'objectif de son Rolleiflex. Cette indifférence, qu'elle savait pourtant seulement apparente, acheva d'exaspérer Teresa.

— Ils ont fait la sourde oreille parce qu'ils avaient peur de la contagion révolutionnaire, peur aussi que Hitler et Mussolini ne se retournent contre eux ! Oh ! je sais ce que vous pensez : que, même avec leur aide, nos divisions internes nous auraient entraînés vers le gouffre. Et vous avez raison. Mon oncle Alberto était communiste et, quand j'étais petite, plus d'une fois les réunions de famille ont bien failli finir en pugilat. Et même en pleine guerre contre les fascistes, leurs ennemis communs pourtant, communistes et anarchistes ont continué à se bouffer le nez !

La directrice se taisait toujours. Le ressentiment remonta soudain à la gorge de Teresa tel un flot de bile acide.

— J'y ai cru, moi, quand Paquita Boris[1] a exhorté chacun à la résistance sur les ondes de Radio Barcelone, quand elle a demandé que l'on défende chaque mètre de terrain jusqu'à la mort sous peine d'être déclaré traître à l'Espagne et à la République, et passé par les armes. Et j'étais prête à mourir. J'ai cru aussi Lluís Companys[2] quand il nous promettait que nous allions vers des jours meilleurs. Six jours après, Barcelone tombait presque sans combat et nous n'étions pas morts ! On n'arrêtait pas de nous donner l'ordre de reculer, et reculer encore. On nous parlait de contre-attaque alors qu'on était déjà en fuite ! Il est vrai que d'autres n'avaient pas attendu aussi longtemps pour fuir !

— De qui voulez-vous parler ?

— De mon père !

C'était sorti tout seul. D'un coup. Elle s'arrêta, étonnée d'avoir lâché ce mot qu'elle n'avait plus prononcé depuis des mois. Il était temps de mettre un terme à cette conversation qui prenait un tour beaucoup trop personnel à son goût.

Elle n'avait parlé de ses parents à personne, pas même à Andrés. Elle n'allait certainement pas se confier à une femme qui n'était après tout rien pour elle ! Pourtant, elle fut surprise de s'entendre expliquer :

— Il est mort subitement. Une crise cardiaque, a dit le docteur. Pourtant il n'avait jamais souffert du cœur ! En fait, il n'a pas supporté de voir Franco gagner jour après

1. Pasionaria catalane.

2. Président de la *Generalitat* de Catalogne.

jour du terrain. Peut-être pressentait-il déjà la défaite. Quoi qu'il en soit, il a préféré s'éclipser plutôt que d'assister au triomphe des fascistes sur un idéal qu'il avait défendu sa vie durant !

La *señorita Isabel* leva un sourcil perplexe.

— Une fuite, c'est ainsi que vous interprétez sa mort ? N'êtes-vous pas un peu injuste envers lui ?

Un rictus douloureux déforma les lèvres de Teresa.

— Et ma mère l'a rejoint deux mois plus tard ; elle ne pouvait pas vivre sans lui, elle s'est laissée mourir. Ils étaient si unis, dans le quotidien comme dans la lutte politique. Ils ne formaient qu'un seul être.

— C'est admirable, un amour pareil, hasarda la directrice.

La voix de Teresa s'érailla tandis qu'elle montait dans les aigus.

— Admirable ? Et moi alors, est-ce qu'ils ont seulement pensé à moi ? Je n'avais pas besoin d'eux, moi ? Mais, non, rien ni personne n'existait en dehors de leur couple ! J'ai toujours été de trop et ils m'ont laissée seule sans remords.

La *señorita Isabel* leva la main comme si elle voulait la poser sur l'épaule de Teresa, mais elle y renonça ; un tel désespoir n'admettait aucun réconfort. Elle garda aussi pour elle les paroles de consolation qui lui montaient aux lèvres, par habitude, et qui cette fois auraient été presque insultantes. De toute façon, Teresa ne les auraient pas entendues : à présent qu'elle était lancée, rien ne pouvait l'empêcher d'aller jusqu'au bout. Le torrent furieux qui bouillonnait en elle et minait son âme avait rompu les digues qu'elle avait patiemment édifiées pour ne pas s'effondrer et pour continuer à avancer. Il fallait qu'il s'écoule jusqu'au bout, quitte à emporter dans son tumulte le peu d'assurance qui la tenait encore debout. Après seulement elle serait libérée. Il suffisait d'attendre.

— Et, pour couronner le tout, il y a eu ça ! poursuivit-elle en montrant d'un doigt rageur son ventre, qui soulevait les pans de son manteau. La trahison ultime. Jamais cela n'aurait dû arriver !

La directrice essayait de ne pas perdre pied, mais elle avait du mal à suivre les pensées de Teresa, qui s'emballaient. Elle plissa son grand front pâle.

— Excusez-moi de vous poser pareille question, mais avez-vous été violée ?

Teresa parut un instant décontenancée.

— Par Andrés ? Quelle drôle d'idée ! C'est quelqu'un de très droit et, quand il ne combat pas, il sait aussi être doux. C'est même cela qui m'a séduite en lui. Je plaisantais en lui disant qu'il avait un sourire de fille.

— Alors, si vous vous aimiez et qu'il ne vous a pas forcée, où est la trahison ?

Teresa, dont le visage s'était un peu détendu à l'évocation de son « homme », esquissa une moue de dégoût.

— Mais jamais je n'ai pensé que je pouvais tomber enceinte ! J'avais si froid en dedans et sa peau me tenait chaud. Dans ses bras, j'oubliais les cris, le sang, la mort. Il m'aidait à tenir, afin que je puisse continuer le combat.

Un sanglot rauque lui déchira la gorge.

— Mais mon corps m'a trahie ! Il n'avait pas le droit. Il était tout entier au service de la République et de l'Espagne. C'était sa mission, et il a failli. J'ai failli !

Elle en bégayait de frustration.

— Que voulez-vous faire dans cet état ? Je ne suis plus qu'une loque informe incapable de marcher un quart d'heure sans m'écrouler sur une chaise. Et je ne suis plus bonne à rien puisque je ne peux plus me battre.

Les larmes débordaient à présent de ses yeux et inondaient ses joues sans qu'elle fît un geste pour les essuyer. Elisabeth lui tendit le mouchoir qu'elle tenait toujours à la main.

— Bien sûr que si ! Et maintenant c'est pour votre enfant que vous allez le faire. Il a besoin de vous.

Teresa eut un haut-le-corps.

— Pour ce que j'ai à lui offrir ! Un horizon limité aux fils de fer barbelés d'un camp d'internement, une patrie qu'il ne connaîtra peut-être jamais et aucun avenir.

Elisabeth tamponna ses paupières humides, délicatement, mais avec autorité.

— Vous vous trompez, Teresa, c'est lui qui va vous donner un avenir. Et qui sait si celui de l'Espagne n'est pas en train de naître ici, dans cette maternité ?

4

— Llibertat[1], c'est le prénom que je lui ai choisi.

L'infirmière blonde, qui ne comprenait pas un mot de catalan, ne réagit pas. Elle acquiesça vaguement sans perdre le sourire bienveillant qu'elle arborait sans doute à chaque accouchement. La *señorita Isabel* en revanche resta la plume en l'air au-dessus de la feuille de papier où elle s'apprêtait à noter toutes les indications nécessaires pour aller déclarer cette nouvelle naissance à la mairie d'Elne. Teresa ne lui laissa pas le temps d'objecter quoi que ce fût.

— Et ne me dites pas que ce sera un fardeau trop lourd à porter pour une petite fille ! N'est-ce pas au contraire le plus beau programme qu'on puisse lui proposer pour sa vie future de femme ? Et quel homme n'aurait pas envie de hurler qu'il aime la liberté, surtout par les temps qui courent ? Non, décidément, Llibertat, c'est le prénom parfait.

— Et, si elle veut un jour rentrer en Espagne, ne risque-t-il pas de trop la « marquer » ? réussit néanmoins à glisser la directrice.

— Au fer rouge, comme la fille de « rouges » qu'elle est ? Ne vous inquiétez pas : il est hors de question que

1. « Liberté » en catalan.

ma Llibertat revienne en Espagne tant que Franco y sera !

La veille encore, elle aurait été incapable de plaisanter sur un sujet pareil. Mais, à cet instant précis, tandis qu'encore tout endolorie elle regardait la sage-femme française habiller sa fille sur la table en bois blanc poussée contre le mur, et que l'infirmière blonde dont elle avait le plus grand mal à se souvenir du prénom (Betty ? Bethli ? Elle confondait toujours) finissait de débarrasser les linges souillés, elle se sentait presque euphorique. Elle avait l'impression de flotter, légère, soulagée, libérée.

Libérée d'abord de la souffrance. Dire qu'elle pensait savoir ce qu'était la douleur depuis qu'elle avait pris cette balle dans le bras ! Des heures et des heures à n'en plus finir à griffer les draps, avec ces crampes atroces qui vous bloquent les reins et cette brûlure qui vous fouaille sans répit le ventre tel un poignard incandescent.

Au début elle avait serré les dents, une milicienne se doit d'être courageuse et dure au mal. Et puis elle avait tout oublié : la dignité dans la souffrance, le sacrifice consenti, la victoire de l'esprit sur la chair. Tout à part cette torture de chacune des fibres de son corps. Alors, comme les autres, elle avait gémi et pleuré, et même crié. Comme toutes les femmes rassemblées ici dans la maternité, et comme toutes les autres femmes avant elles. Fugitivement elle avait pensé qu'elle souffrait peut-être même davantage, que quelqu'un ou quelque chose lui faisait payer son orgueil insensé qui l'avait incitée à se vouloir différente des autres. Et puis, cela aussi, elle l'avait oublié.

Elle ne savait même plus combien de fois elle avait poussé et combien de fois elle était retombée sur les oreillers, épuisée et désespérée à l'idée de devoir recommencer encore.

Elle était enfin libérée de l'angoisse aussi. Quand elle avait aperçu ce vilain pli soucieux se creuser entre les gracieux sourcils bruns de madame Fillols, une main invisible et glacée s'était refermée sur son cœur. Tandis que la sage-femme d'Elne essayait de lui expliquer, dans un mélange de français et de catalan, que l'épaule du bébé était coincée et l'empêchait de sortir, l'image de Susana était venue flotter sur l'écran de ses paupières crispées par l'effort et la douleur.

La benjamine de la maternité était partie au *Marueco* confiante, souriante même, promettant d'en revenir avec « le plus beau petit garçon que vous ayez jamais vu ». Mais l'enfant était sorti violet, le cordon enroulé autour du cou, et il n'avait pas crié. Susana avait beaucoup pleuré, comme une gamine dont quelqu'un venait de casser la poupée. La directrice l'avait prise à part pour lui parler et sécher ses larmes avant de la ramener au plus vite au camp, retrouver des filles de son âge. Teresa n'avait pas été la seule à penser que c'était peut-être mieux ainsi. Qu'aurait fait Susana d'un bébé, elle qui n'avait pas encore fini de grandir ?

Mais, tandis qu'elle craignait à son tour pour la vie de son enfant, Teresa s'en était voulu d'avoir eu de telles pensées. Que savait-elle de ce que Susana avait pu éprouver en voyant son bébé mort ?

Heureusement, cette fois, la sage-femme avait vu ses efforts couronnés de succès : avec dextérité elle avait réussi à faire pivoter Llibertat, qui avait enfin pu pousser son cri libérateur.

Teresa aurait hurlé avec elle si l'émotion ne lui avait pas noué la gorge : c'en était fini pour elle de subir !

Madame Fillols, ses jolies oreilles, ornées d'élégantes boucles d'or, rougies par l'effort, déposa entre ses bras un paquet gigotant, braillant de toute la force de ses poumons tout neufs. Elle avait déjà un sacré caractère, sa Llibertat !

La *señorita Isabel* se pencha au-dessus d'elle en souriant.

— Nous pourrons toujours l'appeler Lili...

Il fallait toujours qu'elle ait le dernier mot.

Quelques jours plus tard, Remei et son petit Rubén repartirent pour Argelès où les attendaient Joan, Emilio et tout le reste de la famille. Llibertat endormie sagement – c'était bien le seul moment où elle était sage ! – dans la nursery au premier étage, Teresa, qui venait tout juste de quitter la chambre des accouchées, sortit leur dire au revoir sur le perron, sa robe désormais trop grande flottant autour d'elle. Elle aida Remei à mettre dans le coffre de l'Opel le sac en toile contenant ses affaires et la précieuse layette de Rubén, ainsi que la corbeille avec son petit matelas bourré de paille que la maternité offrait à chaque bébé pour qu'il puisse continuer à dormir un tant soit peu confortablement au camp. Et puis la voiture démarra.

Teresa se sentait plus triste qu'elle n'aurait pu l'imaginer lors de son premier matin au château, quand celle qu'elle avait prise pour la tramontane était venue la tirer d'un sommeil coupable. C'était il y a deux mois, c'était hier. Elle espérait que l'avenir se montrerait plus clément avec eux qu'il ne l'avait été jusqu'alors. Et surtout qu'ils ne seraient jamais séparés. Allons bon, voilà qu'elle allait se mettre à pleurer !

Une main apparut par la vitre entrouverte de la portière arrière de l'Opel au moment où celle-ci ralentissait à la hauteur du portail avant de virer en direction d'Elne. La main agita dans le vent un rectangle clair avant de disparaître à l'intérieur de la voiture. La lettre qui annonçait à Andrés la naissance de sa fille. Teresa avait mis plusieurs jours à l'écrire. Dix fois elle l'avait commencée et dix fois elle avait jeté la feuille froissée à la poubelle.

« Il n'y a pas beaucoup de papier, tu ne devrais pas le gâcher ainsi », l'avait gourmandée Remei.

Si elle s'imaginait que c'était facile ! Jamais Andrés et elle n'avaient parlé ensemble d'avoir un enfant, pas même quand celui-ci s'était annoncé sans crier gare ni leur demander leur avis. Bien sûr c'était sa faute à elle, Teresa. C'est elle qui avait sèchement découragé toute tentative de discussion. Comment savoir quel était à présent l'état d'esprit de son « homme » ? Jusqu'à l'accouchement elle ne s'était guère posé la question, centrée comme elle l'était sur les bouleversements qu'elle sentait dans sa tête comme dans son corps. Mais désormais elle appréhendait sa réaction. Ou, pis peut-être, son absence de réaction.

Ils s'étaient rencontrés au fond d'un fossé. Un tir nourri d'artillerie les avait obligés à plonger à l'aveuglette pour se mettre à l'abri. Les côtes meurtries par les pierres ébréchées du talus, la tête rentrée dans les épaules et les paumes plaquées sur les oreilles pour étouffer le bruit assourdissant des détonations, ils n'avaient même pas eu conscience de la présence de l'autre jusqu'à la fin de la canonnade. Ce n'était qu'une fois le calme revenu qu'ils s'étaient dévisagés avec stupeur, avant d'éclater de rire. Un obus avait fait exploser non loin d'eux un geyser d'argile et leurs visages étaient recouverts d'un masque rouge que trouaient seulement leurs yeux écarquillés et les dents blanches d'Andrés, hilare. Peut-on tomber amoureuse de dents ? En tout cas, Teresa avait trouvé ce sourire irrésistible. Et aussi la douceur avec laquelle il avait essayé de nettoyer son visage avec un pan de sa vareuse. Comme elle était, elle aussi, couverte de poussière, le résultat n'avait pas été fameux, mais qu'importait !

A partir de ce moment-là, il avait suffi que leurs regards se croisent avant un mouvement ou un engagement pour qu'ils aient tous les courages. Et puis, au soir d'une journée particulièrement éprouvante qui avait vu le ciel s'embraser pendant des heures et la terre trembler sous les coups de boutoir des mortiers, les rafales de mitrailleuses déchirer l'air avec un sifflement aigu et les camarades tomber par dizaines tels des pantins disloqués, la bouche ouverte dans la poussière, ils s'étaient retrouvés au fond d'une grange. Les lueurs mouvantes du feu du bivouac, dehors, faisaient danser des ombres fantomatiques sur les murs lépreux, crevassés de lézardes, et on pouvait voir les étoiles qui constellaient le ciel nocturne clignoter au travers du toit effondré. Leurs corps s'étaient unis avec fièvre pour oublier les relents de mort qui collaient à leur peau. Dans les bras d'Andrés, elle s'était sentie si vivante...

Leur liaison l'avait aidée à tenir bon, mois après mois, et elle n'en demandait pas plus. Bien qu'eux-mêmes mariés, ses parents, en bons anarcho-syndicalistes qu'ils étaient, n'étaient pas des inconditionnels de l'institution matrimoniale et ne l'avaient pas élevée comme tant de ses petites camarades d'enfance dans l'obsession de conserver jalousement sa virginité jusqu'au jour où on la mènerait à l'autel. Mais que savait-elle vraiment d'Andrés ? Bien peu de chose en fait, pas plus qu'il n'en savait sur elle d'ailleurs. Il était de Tarragone et venait d'être nommé instituteur quand il avait été mobilisé. C'était tout. On ne ressent pas le besoin de parler du passé quand l'avenir est si incertain. Seul compte l'instant présent, qui peut être le dernier.

Elle n'avait guère eu de nouvelles de lui depuis son arrivée à Elne. Juste un petit mot de remerciements par le biais du conducteur d'un camion pour le chocolat et la boîte de gâteaux qu'elle lui avait fait parvenir en début d'année. Il assurait que ces friandises avaient mis « un peu de soleil dans l'estomac et dans le cœur » de ses compagnons et de lui-même. Il lui apprenait en outre que Sergi, le joyeux luron de la bande, atteint d'une double pneumonie, avait été transporté à l'hôpital Saint-Louis à Perpignan, et Andrés faisait part de son inquiétude : les religieuses qui y servaient comme infirmières étaient réputées pour avoir la dent dure envers « ces bandits rouges, violeurs de nonnes et assassins de curés » ! Ce n'était que tout à la fin de la lettre qu'il s'était autorisé à demander, d'une écriture fébrile : « Et toi, comment vas-tu ? Est-ce que tout se passe bien ? »

Tout, c'était bien sûr sa grossesse et le bébé à venir, autant de mots que Teresa avait toujours refusé de prononcer et qu'il n'osait du coup même pas écrire. S'était-il inquiété, le soir, tandis qu'il cherchait le sommeil sur sa paillasse ? Avait-il, bien avant elle, pensé, rêvé à cet enfant qui était le sien et qui allait voir le jour dans un monde au bord du chaos qui ne voulait pas de lui ? Elle découvrait avec embarras qu'elle n'en savait rien. Pis : qu'elle n'avait jamais pensé à lui en tant que futur père.

Comme le camion repartait tout de suite, elle avait simplement transmis un message oral au conducteur, un Asturien au visage creusé, que les épreuves avaient vieilli avant l'âge, avec mission de le répéter à Andrés : elle pensait bien à lui et au malheureux Sergi, et « tout » allait bien.

A présent que Llibertat était née, elle devait à son amant, qui ignorait encore qu'il était devenu papa, toutes les explications qu'elle avait fuies jusqu'ici. Mais que les mots étaient difficiles à trouver !

Finalement, c'était en regardant sa fille, leur fille, gigoter avec entrain dans sa corbeille qu'elle avait réussi à déverser sur le papier bleu que la maternité mettait à la disposition de ses « pensionnaires » le trop-plein qui débordait de son cœur, et que Remei emportait à présent au fond de sa poche vers Argelès !

La réponse d'Andrés lui parvint une semaine plus tard, par le courrier normal, apporté par le facteur. Il n'avait pas pu attendre un nouveau camion de ravitaillement et s'était procuré un timbre avec le peu d'argent qui lui restait. Les *pesetas* républicaines n'avaient plus cours, mais certains spéculateurs qui rôdaient autour du camp les rachetaient à un taux ridiculement bas. Teresa s'isola dans le jardin pour lire la lettre.

On était au début de mars et le fond de l'air était plus doux. Il y avait dans l'azur du ciel un je-ne-sais-quoi de tendre, comme un avant-goût du printemps tout proche. Le parc de la maternité ressemblait à une estampe japonaise : de la neige rose des pêchers en fleur émergeait la masse bleutée du Canigou encapuchonné de blanc. Le « volcan » qui l'avait tant impressionnée à son arrivée se donnait des airs de Fuji-Yama. Cette sérénité du paysage prolongeait celle qu'elle commençait à ressentir au plus profond d'elle-même et elle sortait pour la savourer aussi souvent que le lui permettaient l'appétit braillard de la petite Llibertat et les travaux du ménage auxquels elle était désormais astreinte comme les autres.

Elle attendit d'avoir rejoint son coin favori, sous un arbre un peu tordu dont les branches retombantes l'abritaient des regards indiscrets, pour déchirer le haut de l'enveloppe. Ses doigts impatients en sortirent trois feuillets couverts d'une écriture serrée. Empêché de parler pendant des mois, Andrés avait du retard à rattraper !

Teresa pouvait sentir dans le frémissement de la plume et les mots qui se pressaient au point parfois d'être attachés tout ce que son amant avait retenu au seuil de ses lèvres et combien il avait dû lui être dur de se plier aux exigences de celle qui refusait d'admettre qu'elle portait son enfant. Elle avait l'impression de découvrir un autre homme : volubile, enthousiaste, émouvant.

Pas un mot pour lui reprocher son attitude butée. Sans fausse pudeur, il laissait libre cours à sa fierté d'être père. Il s'inquiétait de savoir si sa fille tétait bien et si elle prenait du poids. Il approuvait sans réserve le choix de son prénom et demandait que, lors de sa prochaine venue à Argelès, la *señorita Isabel* lui apporte les papiers nécessaires pour pouvoir reconnaître Llibertat, afin que la petite porte son nom.

Il ajoutait qu'il avait pensé un moment s'engager dans la Légion étrangère française pour continuer à se battre contre le fascisme, puisque la France était désormais en guerre contre l'Allemagne de Hitler, mais bien sûr, maintenant qu'il était père, il avait « changé ses plans ».

Il concluait par des mots tendres qui firent monter des larmes aux yeux de Teresa. Décidément, elle devenait sentimentale.

Le ruban gris de la route défilait avec régularité sous les roues de l'Opel. Llibertat, pour une fois réduite au silence, ouvrait de grands yeux étonnés sur les genoux de Teresa. Sans doute était-elle seulement fascinée par les taches de couleur qui glissaient à toute vitesse derrière la vitre, mais elle semblait perdue dans la contemplation du paysage rutilant sous le soleil d'avril.

C'était une sensation étrange de refaire ainsi la route à l'envers.

Dans un premier temps, la *señorita Isabel* avait refusé tout net. Mais, quand Teresa était décidée, elle savait se montrer persuasive. Elle avait rappelé son refus d'admettre sa grossesse, montré la lettre d'Andrés, expliqué à quel point elle avait à cœur d'effacer ses neuf mois de déni en faisant à son homme la plus belle des surprises. La directrice, ravie au fond de voir sa pensionnaire recouvrer et son sourire et sa combativité, avait capitulé : le dimanche suivant, elle devait aller chercher une mère de trois enfants, enceinte du quatrième, qui arrivait à son terme et, c'était d'accord, elle emmènerait Teresa avec elle pour qu'elle puisse présenter Llibertat à son père.

De grandes touffes de roseaux se balançaient nonchalamment dans la brise ; on approchait de la mer. Teresa sentit sa gorge se nouer en reconnaissant le bois de pins et les villas blanches. Instinctivement, elle serra sa fille plus fort contre elle. Elle avait oublié combien le cri sardonique des mouettes pouvait être sinistre, même au soleil.

Des familles de Français endimanchés, les femmes en chapeau et les enfants en socquettes blanches, se pressaient aux abords des barbelés. Le camp d'Argelès était devenu une des curiosités du département et un but de promenade.

Quelques groupes, moins exubérants, brandissaient une pancarte avec un nom ou même plusieurs : des Espagnols installés en France depuis des années, qui venaient voir si, dans le camp, ils n'avaient pas de la famille pour laquelle ils pouvaient se porter garants et permettre ainsi à des cousins, des grands-parents de sortir de cet enfer. Comme il y avait souvent des transferts de camp à camp, ils revenaient régulièrement au cas où l'un d'eux serait arrivé.

On remarquait aussi quelques journalistes, reconnaissables à leurs appareils photo. Ils longeaient la clôture à la recherche d'une brèche ou d'une sentinelle à corrompre pour entrer en cachette. Teresa se souvenait de l'un d'entre eux, un Anglais avec des taches de rousseur, qui était passé de hutte en baraque pour poser des questions que traduisait un brigadiste[1] qui parlait sa langue. Outré par ce qu'il découvrait au fur et à mesure, il avait promis de « dénoncer ce scandale qui déshonorait la France et le genre humain dans son entier » avant de repartir par où il était venu.

L'avait-il fait ? Peut-être, mais rien n'avait changé pour autant. Et les reporters se faisaient plus rares depuis la déclaration de guerre à l'Allemagne, en septembre dernier.

Enfin, entre les badauds, rôdaient les affairistes et profiteurs de tous poils avec leurs sacoches ou leurs sacs à dos en toile. Ils échangeaient des boîtes de lait ou un poulet contre une montre ou une chaîne en or. On les voyait se pencher, le regard plissé, sur les quelques bijoux de famille sauvés durant l'exode que des réfugiés venaient leur présenter à travers les croisillons de fil de fer barbelé, puis, après quelques palabres, tendre les maigres vivres convoités tout en empochant prestement le collier ou la bague.

Tout en freinant à l'approche du grand portail d'entrée qui faisait face au baraquement confortable réservé à ceux qui acceptaient de repartir vers l'Espagne et Franco, la *señorita Isabel* lâcha à l'encontre de ces vautours un mot en suisse allemand que Teresa ne comprit pas, mais qui n'avait visiblement rien d'aimable.

Elle retint sa respiration pendant que la directrice montrait son laissez-passer au poste de garde, mais le

1. Membre des Brigades internationales.

militaire en faction, habitué à voir la voiture du Secours suisse chargée de femmes enceintes ou avec des enfants, ne lui jeta pas même un coup d'œil. La *señorita Isabel* se gara juste après le grand portique qui marquait l'entrée : elle ne pouvait aller plus loin sous peine de voir les roues de l'Opel s'enliser dans le sable. Même tassé par les milliers de pieds qui le foulaient depuis maintenant plus d'un an, il restait mou par endroits.

— Attendez-moi dans la voiture, ordonna la directrice en coupant le contact. Il vaut mieux éviter d'avoir à donner des explications : officiellement vous êtes toujours internée dans ce camp et la direction pourrait saisir l'occasion pour vous garder. Après tout, ajouta-t-elle avec un sourire à l'adresse du bébé qui ouvrait toujours de grands yeux étonnés, notre Lili a plus d'un mois et les autorités pourraient trouver que votre séjour à Elne a assez duré. Ne tentons pas le diable !

— Et Andrés ? voulut intervenir Teresa.

Mais la *señorita Isabel* avait pensé à tout.

— Je vais le faire appeler pour lui remettre les papiers qu'il a demandés et je vous l'amènerai discrètement. Je le réquisitionnerai pour porter les affaires de la dame que nous venons chercher.

Sur ce, elle claqua la portière et s'éloigna d'un pas décidé vers le baraquement de l'infirmerie.

Teresa était nerveuse. Pour tromper son impatience, elle rajusta la petite veste de lainage blanc que portait Llibertat et, mouillant son doigt de salive, s'efforça, sans grand succès, d'aplatir les quelques fins cheveux qui hérissaient le crâne duveteux de sa fille. Il fallait qu'elle soit belle pour rencontrer son père.

Teresa sortit ensuite le miroir de poche dont sœur Nelly lui avait fait cadeau lorsqu'elle était repartie pour la Suisse et vérifia le bon ordonnancement de sa coiffure. Ses cheveux avaient poussé depuis son départ du camp et bouclaient désormais sur ses épaules. Andrés n'allait pas la reconnaître !

Rempochant le miroir, elle jeta un coup d'œil par le pare-brise. Pourvu qu'il ne soit pas à l'autre bout de la plage ! Elle avait tant hâte de le revoir… N'était-ce pas lui là-bas, qui s'approchait de la clôture, les mains dans les poches de sa capote informe ? Mais non, elle était bête : l'annonce le convoquant à l'infirmerie n'avait pas encore été faite. Les haut-parleurs diffusaient comme d'habitude des séries de paso doble qui devaient sans doute représenter pour ces militaires ignares l'essentiel de la culture espagnole !

La main en visière au-dessus des yeux, Teresa essaya d'apercevoir un visage ami : un de ses compagnons d'armes chargé d'une corvée, et pourquoi pas Susana, riant au bras de ses amies, ou encore Remei ayant appris que la *señorita Isabel* était à l'infirmerie et accourant pour lui montrer comment son Rubén avait grandi. Mais le camp était subdivisé par d'autres barbelés en zones plus petites, réservées suivant le cas aux militaires de telle ou telle arme, aux blessés ou aux familles, et les internés les plus proches, derrière leur clôture intérieure, étaient encore trop loin de la voiture pour qu'elle puisse reconnaître qui que ce soit.

En tout cas, il y avait toujours autant d'enfants à s'obstiner à jouer entre les baraques. La proposition du Comité d'aide et d'accueil aux réfugiés n'avait donc pas eu de suite. Avant le départ de Teresa pour la maternité, le bruit courait au camp que des représentants de plusieurs partis politiques, communistes, socialistes, radicaux, ainsi que des associations familiales, s'étaient regroupés à Perpignan pour demander que chaque famille catalane prenne un enfant espagnol sous son toit. Cette offre généreuse, qui leur prouvait qu'il y avait une autre France que celle qui les gardait enfermés comme des criminels, avait mis du baume au cœur des exilés. Malheureusement, elle n'avait visiblement pu se concrétiser.

Un mouvement du côté de la baraque de l'infirmerie lui fit tourner la tête : soutenant une femme en pleurs, la *señorita Isabel* revenait, les bras chargés de paquets. Et Andrés ? Où était Andrés ? Teresa sentit le sang refluer de son visage tandis qu'une main glacée serrait sa gorge. Il s'était passé quelque chose...

Tout en se débattant avec les balluchons qui l'encombraient, la directrice s'évertuait pendant ce temps à convaincre la femme désespérée de monter dans la voiture :

— Cessez de pleurer, Candelaria. Vos voisins de baraquement sont des gens charmants et ils s'occuperont très bien de vos enfants jusqu'à ce qu'on vienne les chercher. C'est l'affaire de quelques jours, tout au plus. Ils partiront ensuite en train jusqu'à Talloires, près du lac d'Annecy, où se trouve une de nos maisons d'enfants. Là-bas, ils trouveront de l'air pur et une nourriture saine et abondante. Pendant que vous leur ferez un petit frère ou une petite sœur, eux se referont une santé. Je vous assure, c'est la meilleure solution pour tout le monde !

La dénommée Candelaria risqua un sourire à travers ses larmes et, toute reniflante, s'engouffra, elle et son ventre, dans l'Opel où la *señorita Isabel* avait finalement réussi à caser ses affaires.

Ce n'est que lorsque la directrice se laissa tomber, un brin essoufflée, derrière le volant que Teresa put enfin articuler :

— Mais... où est Andrés ?

Elisabeth lui fit signe de se taire.

— Après ! souffla-t-elle en démarrant le moteur.

Elle attendit d'être hors de vue du camp et de ses sentinelles pour s'arrêter au bord de la route. Teresa était sur des charbons ardents.

— Allez-vous me dire à la fin pourquoi vous n'avez pas fait appeler Andrés ? éclata-t-elle, un poids de plomb pesant sur sa poitrine.

La directrice posa une main apaisante sur son bras.

— Lorsque je l'ai demandé, on m'a répondu qu'il n'était plus au camp.

— Il a été transféré ?

Grimace fugace sur le visage grave de la jeune Suissesse.

— Avec deux autres camarades, il a essayé de s'évader.

Une évasion ! C'était donc cela le « changement de plan » qu'il annonçait dans sa lettre. Il avait voulu fuir le camp pour venir retrouver les deux femmes de sa vie à Elne, en espérant sans doute les emmener ailleurs, là où ils pourraient ensemble se construire une vie.

— Il a été... commença-t-elle, incapable de finir sa phrase.

— Tué ? Non, non, rassurez-vous ! Seulement repris.

Teresa sentit le soulagement l'inonder.

— Il est en prison ?

— Au fort du Miradou à Collioure.

Elle remit le contact. Nul besoin d'en dire plus, elles savaient toutes les deux ce que cela signifiait : le capitaine qui commandait ce camp disciplinaire réservé aux principaux chefs républicains et aux fortes têtes éprouvait une haine féroce envers les Espagnols antifascistes. Sa réputation de cruauté avait depuis longtemps dépassé les murs du fort et même en France des voix s'étaient élevées pour protester. Andrés était à présent en son pouvoir.

5

Rien dans le tiroir. Et sous la pile de papiers au coin du bureau ? Rien non plus. Pourtant il devait y en avoir une quelque part : à son arrivée ici, la *señorita Isabel* en avait sûrement eu besoin ! Mais où pouvait-elle l'avoir rangée ? Les doigts tremblants, elle explora le dessus de l'étagère à côté de la fenêtre d'où la directrice avait une vue époustouflante sur le Canigou. Ne pas faire de bruit surtout. A cette heure-ci, la plupart des femmes étaient réunies dans la salle du bas. Quant à celles qui venaient d'avoir leur premier enfant, le personnel était occupé à leur donner des leçons de puériculture dans la nursery.

Teresa s'était échappée sous le prétexte d'un besoin pressant, mais elle ne pouvait rester absente trop longtemps. Il fallait qu'elle trouve vite. La chambre qui servait aussi de bureau occupait l'angle sud-ouest du deuxième étage. Elle était tout aussi simplement meublée que les autres, la directrice ayant juste le privilège d'y dormir seule. Elle était également la seule à disposer d'une armoire pour y ranger ses affaires. C'était le dernier endroit qu'il lui restait à fouiller. Pourvu qu'elle ne soit pas fermée à clef !

— Que faites-vous ici ?

Teresa s'immobilisa, la main sur le battant de bois clair, le souffle court. Non, pas elle !

— Répondez-moi, s'il vous plaît : que faites-vous dans cette chambre ?

Teresa aurait voulu disparaître dans l'armoire, se fondre dans le mur, tout plutôt que de répondre à cette voix. Elle cherchait désespérément une raison plausible à sa présence, mais son esprit tournait à vide, paralysé par cette présence réprobatrice qu'elle sentait dans son dos.

— Que cherchez-vous ? De l'argent ?

Teresa se retourna d'un bloc, les joues brûlantes de honte.

— Je ne suis pas une voleuse ! protesta-t-elle avec véhémence, la voix étranglée.

— J'en suis sûre, répondit calmement la *señorita Isabel* en s'asseyant sur le bord de son lit. Mais alors que cherchez-vous que vous ne puissiez directement me demander ?

Elle ne la jugeait pas, ne la condamnait pas d'avance, elle attendait juste une réponse et ne bougerait pas d'ici avant de l'avoir obtenue. Face à cette tranquille obstination, on ne pouvait ni biaiser ni se dérober.

— Une carte, avoua Teresa dans un souffle.

Elle lut l'incompréhension dans les yeux de la directrice.

— Une carte routière de la région, précisa-t-elle.

Elisabeth paraissait de plus en plus perplexe.

— Que voulez-vous en faire ? Vous ne sortez pas du château !

Teresa baissa la tête. Il lui en coûtait de révéler ainsi le projet qu'elle avait échafaudé ces derniers jours en secret. Savoir Andrés enfermé au fort du Miradou l'avait d'abord abattue et puis, très vite, elle avait décidé d'agir.

Bientôt, ce serait à son tour de monter dans l'Opel pour retourner au camp.

— Justement, je veux partir.

— Où donc ?

Rien ne semblait pouvoir entamer le calme de la directrice. Les yeux levés vers Teresa, toujours debout devant l'armoire, elle lissait du plat de la main le grand tablier blanc qu'elle ceignait chaque matin par-dessus sa robe. Simplement curieuse en apparence.

— Où ? je ne sais pas encore. N'importe où plutôt que de retourner là-bas !

Voilà, c'était dit.

Mais Elisabeth ne se contentait pas d'une réponse aussi lapidaire.

— Là-bas : vous voulez dire au camp ?

Teresa acquiesça de la tête.

— Andrés ne voulait pas y voir sa fille, c'est pour cela qu'il a tout risqué pour s'évader. C'est à moi maintenant de tout faire pour l'y soustraire. Notre Llibertat ne sera pas emprisonnée !

Elle s'enflammait à présent. Plus la directrice restait impavide et plus Teresa avait envie de crier haut et fort sa révolte. Plus question d'accepter sans rien dire ce que le gouvernement français avait décidé pour elle et ses semblables. Elle allait changer les règles du jeu, que la *señorita Isabel* le veuille ou non !

Mais celle-ci n'avait pas l'air de vouloir s'y opposer.

— Admettons. Je vous donne une carte et vous partez d'ici avec la petite Lili. Et ensuite ? Comment ferez-vous pour vous loger ? Trouver du travail ? On vous reconnaîtra pour une réfugiée espagnole au premier mot prononcé…

Teresa esquissa un demi-sourire triomphant ; elle attendait cette objection.

— Je parle français, répondit-elle dans la langue de Molière.

— Et presque sans accent, s'exclama de même la directrice, admirative, dans ce « français fédéral » qu'on parlait en Suisse. Où l'avez-vous appris ?

— Un peu à l'école, beaucoup au front, expliqua Teresa en s'asseyant à son tour sur la couverture grise, de l'autre côté du lit.

Quelqu'un qui serait entré à ce moment-là dans la chambre les aurait prises pour deux amies complices en train d'échanger confidences et souvenirs d'enfance. La conversation prenait vraiment un tour inattendu !

A l'étage en dessous, un bébé se mit à brailler à gros sanglots. Teresa ne bougea pas ; ce n'était pas Llibertat. Avant d'être mère, elle aurait été bien incapable de distinguer un vagissement d'un autre, mais à présent, si incroyable que cela lui paraisse chaque fois, elle savait toujours quand il s'agissait de sa fille. Elle n'aurait su dire à quoi elle la reconnaissait, mais elle ne se trompait jamais. De toute façon la prochaine tétée n'était que dans deux heures.

— On vous donnait des cours de français à l'armée ? s'étonnait la *señorita Isabel.* Je n'en avais jamais entendu parler.

Cette fois, Teresa rit franchement.

— Vous pensez que l'état-major républicain n'avait que cela à faire ? Nous manquions d'armes et de munitions, nous étions sous le feu des avions allemands et italiens et on aurait pensé à nous faire apprendre une langue étrangère ?

D'abord décontenancée, la directrice joignit discrètement son rire au sien. Effectivement, en y repensant...

— C'est un brigadiste français qui m'a appris, poursuivit Teresa en reprenant son sérieux. Il s'appelait Raymond et venait de Clermont-Ferrand. Il disait que je lui rappelais sa petite sœur. Il m'a fait lire le seul livre qu'il avait emporté dans son paquetage : *La Condition humaine*, d'un certain André Malraux, qui, m'a-t-il dit, s'était engagé lui aussi en Espagne. A lire le titre, cela a l'air très ardu, mais en fait l'histoire parle de révolution en Chine. C'était intéressant, mais difficile pour moi. Il a fallu que je m'accroche.

La *señorita Isabel* fit signe qu'elle ne connaissait pas ce livre. De fait, il ne devait pas figurer dans la bibliothèque de beaucoup de filles de pasteur !

— Peu importe ! Mais vous voyez que je peux me débrouiller, insista Teresa. J'irai dans une grande ville, loin d'ici, et je prétendrai venir de la campagne. Dans tous les pays, les citadins méprisent les paysans, ils ne verront pas la différence !

— Vous y avez beaucoup réfléchi à ce que je vois, admit la directrice. Mais vous n'irez pas loin sans papiers.

L'argument, énoncé de la même voix égale, était de taille, Teresa devait bien le reconnaître. Pourtant, elle refusait de capituler :

— Je marcherai de nuit, à travers champs.

Cette fois, Elisabeth secoua vigoureusement la tête.

— Avec une enfant aussi jeune dans les bras ? Allons, soyez raisonnable !

La sonnerie aigrelette du téléphone l'interrompit. Le poste en bakélite noir était fixé au mur sur le palier du deuxième étage.

— Ce doit être la rue du Taur à Toulouse, s'exclama la directrice en se levant précipitamment. J'attends un coup de fil de Maurice Dubois, le responsable de notre organisation pour le sud de la France…

Teresa se remit elle aussi debout, indécise sur la conduite à tenir.

— Rejoignez les autres en bas, lui commanda la *señorita Isabel* en décrochant le combiné. Et ne faites pas de folie ! Je vais trouver une solution, je vous le promets.

Mais pas tout de suite. L'appel téléphonique ne venait pas de Toulouse, mais du camp de Saint-Cyprien : un camion chargé du ravitaillement en pain allait faire un détour pour déposer à la maternité une jeune femme enceinte qui avait fait la veille une tentative de suicide. Ce fut le branle-bas de combat dans le château. Les infirmières s'activèrent aussitôt pour accueillir la malheureuse dont on ignorait l'état exact, le message du médecin-chef du camp ayant été des plus laconiques.

De « Bilbao », la chambre qu'elle partageait avec trois autres femmes et où elle s'était isolée pour nourrir Llibertat qui s'était réveillée particulièrement affamée, Teresa pouvait entendre des portes s'ouvrir et se fermer, des pas précipités monter et descendre l'escalier, des conciliabules étouffés.

D'ordinaire, elle protégeait jalousement ces moments d'intimité où, peau contre peau, la bouche de Llibertat collée à son sein, unie avec sa fille dans la même chaleur, elle avait la sensation de ne plus faire qu'un corps avec la petite, comme si elle la portait de nouveau au creux de son ventre, comme si elle vivait enfin cette grossesse dont elle avait été privée par son déni obstiné. Son lait était épais et nourrissant et elle n'en était pas peu fière. Qui aurait dit que ses seins menus, ridiculement petits, disons-le, comparés aux poitrines opulentes de certaines de ses consœurs, seraient aussi prodigues ? Elle qui raillait la vanité des autres mères se surprenait à éprouver une véritable jouissance, un peu coupable tout de même, à regarder Llibertat s'endormir, béate et repue, par la seule grâce de ce corps de femme qu'elle avait si longtemps renié.

Mais, aujourd'hui, elle ne parvenait pas à s'abstraire de l'agitation qui bruissait autour d'elle et, sans le vouloir, elle tendait l'oreille pour percevoir le ronflement du moteur qui annoncerait l'arrivée de la « suicidée ».

Quand elle était encore au camp, à Argelès, elle en avait vu, des gens, hommes et femmes, jeunes et vieux, englués dans l'oisiveté forcée, céder au désespoir et devenir fous. Au petit matin, on en voyait parfois un se diriger vers la mer, les yeux dans le vide, tel un automate guidé par une volonté qui n'était plus la sienne. Il entrait dans les vagues jusqu'aux genoux, jusqu'à la taille, jusqu'à la poitrine et de là, fermant les paupières, il s'abandonnait au flot dans lequel l'amertume de son âme se diluerait avant de disparaître. Quand quelqu'un, sur la plage, se rendait compte à temps du drame qui était en train de se nouer, il rameutait ses voisins et tous se jetaient à l'eau pour ramener le désespéré sur le sable. Mais il arrivait que personne n'y fasse attention et l'alerte n'était donnée que lorsque la tête dérivait déjà au fil du courant comme un ballon d'enfant emporté par la tramontane. Les gardes devaient alors mettre une barque à l'eau pour aller repêcher le corps qui s'éloignait inexorablement vers le large. La femme qu'on attendait avait-elle ainsi voulu noyer sa vie de misère dans la Méditerranée ?

Au crissement de pneus sur le gravier au pied du perron, Teresa résista à la tentation de se précipiter dans l'escalier. Elle redressa Llibertat, qui n'avait pas encore fait son rot, contre son épaule et se força à descendre les deux étages calmement, pas très fière de sa curiosité, qu'elle jugeait un peu malsaine. Que voulait-elle savoir en fait ? Si la vie au camp était toujours aussi insupportable, pesante et vide à la fois ? Si la mer était toujours le tombeau de toutes les souffrances ? Ou plus simplement si cette femme, comme elle-même l'avait fait pendant des mois, refusait l'idée de faire naître une nouvelle vie dans de telles circonstances au point de vouloir en finir avec la sienne ?

La jeune femme que soutenait sœur Betty (à présent elle savait reconnaître les deux infirmières) avait de longs cheveux clairs, presque blonds, et le regard égaré. Son visage inexpressif était complètement figé à l'exception du tremblement irrépressible qui agitait la commissure de ses lèvres. Teresa avait-elle l'air aussi pitoyable quand elle avait franchi la porte du château ? Sans doute. N'avait-elle pas failli se noyer aussi, à sa manière ? Dire qu'à son arrivée à la maternité elle avait cru se montrer digne ! Se voir ainsi comme dans un miroir lui ôtait la dernière illusion qu'elle avait pu conserver à ce sujet.

Candelaria, frustrée dans son instinct maternel depuis qu'elle était séparée de ses trois enfants, vint aussitôt à la rencontre de la nouvelle venue. Elle lui caressa la joue tout en lui murmurant des paroles apaisantes puis, prenant ses mains entre les siennes, elle l'entraîna près de la table où étaient assises les autres femmes.

Les visages changeaient tout le temps. Cinq ou six semaines après l'accouchement, si l'enfant n'était pas malade et avait pris assez de poids, la mère et son bébé repartaient au camp. Non seulement Remei et Susana, mais aussi Concha, María l'Asturienne, Charo qui venait de Galice, Asunción, Mercedes et Margarita, toutes elles étaient ainsi reparties, les unes après les autres. Et même Angeles qui avait accouché d'une petite fille mort-née et que la directrice avait ramenée très vite auprès de sa famille internée pour qu'elle puisse faire profiter la fille de sa sœur, née au camp avant que la maternité n'entre en fonction, du lait qui gonflait sa poitrine.

D'autres avaient pris leur place. Elles étaient arrivées avec leur gros ventre, inquiètes ou décontractées suivant qu'elles étaient ou non déjà passées par l'épreuve de l'accouchement, suivant aussi ce qu'elles avaient entendu dire au sujet de la *señorita Isabel* et de son château.

A leur retour à Argelès ou Saint-Cyprien, les mères en parlaient autour d'elles, racontaient l'accueil chaleureux de l'équipe du Secours suisse, expliquaient la viande, les légumes et les fruits dans les assiettes, le café au lait à volonté, les lits confortables, les sanitaires immaculés et le feu dans la cheminée. C'était rassurant bien sûr pour toutes celles qui découvraient qu'elles attendaient un enfant et qui savaient désormais que, par-delà les privations qu'elles enduraient actuellement, on s'occuperait bien d'elles le moment venu. Le combat quotidien d'Elisabeth Eidenbenz portait ses fruits.

Cette fois, Teresa frappa poliment à la porte du bureau de la directrice avant d'entrer. Avec toute cette agitation autour de Christina – c'était le prénom de la blonde suicidée –, elle avait cru que la *señorita Isabel* avait oublié sa promesse. Mais tout à l'heure, après la vaisselle du soir, María la lingère était passée au rez-de-jardin lui dire que la directrice la demandait dans sa chambre.

Elle avait grimpé l'escalier quatre à quatre. Au fil des semaines, elle avait retrouvé la finesse de sa silhouette et c'était pour elle un plaisir chaque jour renouvelé de se sentir ainsi de nouveau légère et fringante. Son moral en était tout requinqué. Quoi que déciderait la *señorita Isabel,* Teresa se sentait de taille à s'en sortir, même seule s'il le fallait !

La directrice était assise à son bureau. Des dossiers et des piles de formulaires s'entassaient devant elle, et la corbeille était pleine de boules de papier froissé.

— J'ai horreur de toute cette paperasse, s'exclama-t-elle, excédée, en se tournant vers Teresa. Des rapports et encore des rapports. Comme s'il n'y avait pas assez à faire ici !

Elle rajusta d'une main impatiente une mèche de cheveux qui s'était échappée de l'éternelle natte qui couronnait sa tête. Deux plaques rouges marbraient ses joues. Teresa ne l'avait jamais vue perdre ainsi sa réserve, même dans les situations les plus difficiles, qui n'étaient pourtant pas rares au château.

— Ils voudraient que je sois une administratrice ! protesta-t-elle avec feu. Mais les enfants qui vivent dans ces camps de la honte ont besoin de la tasse de lait quotidienne que je leur apporte pour survivre. Et les femmes enceintes, qui ira les chercher ? Qui les aidera à accoucher par ces nuits de pleine lune où les bébés veulent tous venir au monde en même temps ? Madame Fillols est extraordinaire et elle répond toujours à notre appel, mais enfin elle ne peut être partout à la fois ! Il faut bien l'aider dans ces cas-là. Ce n'est pas mon métier ? Et alors, on ne va pas les laisser mourir tout de même ! Et le ravitaillement, et les médicaments qu'il faut aller chercher chez nos amis quakers ou à la gare de Perpignan ? N'est-ce pas plus important que tous ces papiers qu'on me réclame sans cesse ?

Plus qu'à Teresa, c'était à elle-même qu'elle parlait. On sentait la fatigue et l'énervement trop longtemps contenus. Elle saisit une feuille de papier dactylographiée sur son sous-main : la lettre du médecin-chef de Saint-Cyprien, que le chauffeur du camion lui avait transmise.

— Vous savez pourquoi cette malheureuse Christina a voulu en finir ? Elle a été violée par un des gardes du camp, un Sénégalais, semble-t-il. Sous le choc, sa raison a vacillé et elle s'est jetée à la mer. L'administration s'est contentée de la faire ramener à son baraquement. Puis elle a découvert qu'elle était enceinte de son violeur et, de nouveau, elle a voulu mettre fin à ses jours. Ce n'est qu'à ce moment-là que la direction du camp a réagi. Non pas pour éviter que la prochaine fois elle réussisse sa tentative, mais parce qu'elle attend un enfant et que, du coup, ils peuvent faire appel à nous !

L'indignation la faisait bégayer.

— Et, face à tant d'incurie et de souffrance, à quoi dois-je passer mes nuits ? A faire des rapports !

Elle pressa son pouce et son index sur ses paupières lasses. La nuit précédente elle avait encore dû se lever à trois heures du matin pour aller chercher en urgence madame Fillols, qui n'avait pas le téléphone, l'enfant étant apparemment pressé de faire son apparition alors même que sa mère, arrivée du camp seulement cinq jours auparavant, était encore faible. Et, bien sûr, de toute la journée elle n'avait pas trouvé un moment pour se reposer !

Elle inspira profondément puis leva un regard redevenu limpide sur Teresa, qui attendait toujours, muette, devant la fenêtre.

— La nuit est tombée. Pouvez-vous fermer les volets pour masquer la lumière, s'il vous plaît ?

Teresa s'exécuta avec empressement. Le gouvernement français avait édicté des mesures strictes en prévision d'éventuels raids aériens nocturnes. Ici on était loin de l'Allemagne, mais après tout qui savait si Franco ne se déciderait pas un jour à rendre à Hitler la politesse, et l'aide que celui-ci lui avait si efficacement procurée pendant la guerre civile, les quelques survivants de Guernica pouvaient en témoigner ? Aussi les vitres de la maternité avaient-elles été scrupuleusement peintes en bleu, même si pour l'instant on n'avait pas aperçu le moindre avion ennemi dans le ciel du Roussillon.

— Bon, revenons à nous !

Tournant le dos à son bureau irrémédiablement submergé par la « paperasse », Elisabeth se leva de sa chaise pour faire face à Teresa.

— Ne croyez pas que cela m'amuse de ramener les mères et leurs enfants dans ces camps dont l'existence seule est une infamie, mais je n'ai pas le choix, sinon les autorités ne me laisseraient plus emmener aucune femme !

Teresa baissa la tête, déçue. La directrice essayait-elle de la faire culpabiliser ?

— Cela dit, je reconnais que vous êtes un cas à part. Vous êtes une combattante habituée à l'action et je vous vois mal encaisser sans broncher les règlements imbéciles et les vexations. Comme votre compagnon, un jour ou l'autre vous allez vous rebeller, chercher à vous évader et comme lui vous risquez de vous retrouver en prison. Et que deviendrait la petite Lili toute seule ?

— C'est pour éviter cela que je voulais... tenta d'intervenir Teresa.

— Et je sais que vous le feriez, la coupa la directrice. Mais la savoir sur les routes avec vous ne me plaît pas davantage. La France est en guerre et Dieu seul sait comment les choses vont tourner.

Teresa, mal à l'aise, se demandait où elle voulait bien en venir.

— Je pourrais vous envoyer dans une de nos maisons d'enfants pour y aider à la cuisine ou au ménage... même si ce n'est pas votre fort !

Teresa ne put réprimer une grimace involontaire. Elle faisait des efforts, mais elle ne serait jamais une fée du logis !

— Mais finalement j'ai eu une meilleure idée, poursuivit la *señorita Isabel* sans paraître remarquer son rictus penaud. Nous allons vous garder ici !

Teresa en resta presque sans voix.

— Rester ? En tant que quoi ?

Il en fallait plus pour arrêter la directrice :

— Ce n'est pas le travail qui manque ! Nous avons déjà une cuisinière, une lingère et une lavandière. Voyons, que savez-vous faire en plus de parler français, ce qui est déjà bien ?

— A l'armée, j'ai appris à conduire les voitures et les camions.

— C'est formidable ! Moi, avant de venir ici, je n'avais jamais tenu un volant. C'est Karl Ketterer qui m'a initiée à la conduite automobile, quand nous étions à Brouilla, sur notre bonne vieille « Rossinante » rescapée de notre mission en Espagne. Il fallait bien que je me débrouille seule après son départ ! Maintenant nous serons deux et vous allez pouvoir me remplacer à l'occasion pour faire les courses et même aller chercher certains colis à Perpignan. Cela me fera gagner un temps fou !

— Je pourrais aussi vous donner un coup de main pour classer tout ce fatras, ajouta Teresa en désignant d'un doigt ironique le bureau encombré, répondre au courrier, traiter les factures ou tenir les livres de comptes. Cela aussi je sais le faire.

Un beau, un magnifique sourire détendit le visage fatigué de la directrice :

— Teresa, vous me sauvez la vie !

6

Aujourd'hui, Teresa pouvait l'assurer : l'air du dehors n'avait pas la même saveur ni le même parfum.

Elle s'en emplissait les poumons avec délice tout en pédalant allègrement vers Elne au guidon de ce que la *señorita Isabel* appelait « l'ambulance » : un vélo traînant une carriole qui servait aussi bien à rapporter les courses qu'à transporter la sage-femme quand un accouchement se précipitait et que la voiture était occupée ailleurs. Et c'était autant d'économisé en essence !

Cette « ambulance » était devenue la monture préférée de Teresa. Sa soif d'action se cognait aux murs du château et la douillette ambiance féminine dans laquelle la directrice évoluait comme un poisson dans l'eau lui pesait par moments. La mission de ravitaillement qui lui avait été dévolue était donc une véritable bénédiction. Laissant Llibertat à la garde d'une autre maman, elle s'échappait dès le matin, debout sur les pédales, les cheveux au vent et le cœur en fête. La première fois qu'elle avait ainsi franchi seule le portail, elle avait mis pied à terre, le souffle court, éblouie un instant par le ruban gris de la route qu'aucun poste de garde, aucune barrière ne lui interdisait. C'était comme un vertige, une ivresse légère qui lui avait fait tourner la tête. La liberté, enfin !

Durant tout le trajet, tout en luttant contre la tramontane qui lui arrivait par le travers, elle avait dévoré le paysage des yeux, s'extasiant sur les branches qui dansaient dans le vent au-dessus d'elle et mouchetaient le goudron de la départementale de gouttes de lumière, les champs verts bien peignés, l'eau limpide et fraîche qui courait en glougloutant dans les canaux d'arrosage et même le chat gris tigré qui avait bondi gracieusement devant sa roue au risque de la faire chuter pour disparaître ensuite sans un bruit entre les roseaux d'une haie. Un rien, une lessive en train de sécher au soleil, un gamin à vélo qui la dépassait en la saluant malicieusement d'un coup de sonnette, lui faisait monter les larmes aux yeux.

Elle avait eu une pensée émue pour Susana et ses cris de ravissement qui l'avaient tant énervée en décembre dernier sur le chemin de la maternité. Avait-elle réussi à garder au moins un peu de son enthousiasme juvénile à son retour derrière les barbelés du camp ? Et Andrés, dont elle était toujours sans nouvelles ? La *señorita Isabel* avait bien essayé de se renseigner lors de ses visites à Argelès, mais personne n'avait pu lui dire pour combien de temps le père de Llibertat avait été condamné à rester détenu à Collioure. Cette incertitude taraudait Teresa et assombrissait parfois son humeur, mais elle l'avait oubliée le temps de cette première sortie de « travailleuse libre ».

Et ce matin encore, alors qu'elle avalait à toute allure la route vers Elne dont elle connaissait à présent le moindre nid-de-poule par cœur, Teresa devait se retenir pour ne pas chanter à tue-tête. Elle pédalait à l'aise en espadrilles et pantalon.

La directrice avait tenu parole et son uniforme lui avait été rendu, lavé et raccommodé. Si la vareuse était superflue par cette chaleur estivale et restait donc soigneusement pliée dans la caisse qui lui servait à ranger ses affaires, avec par-dessus le calot qui renfermait la précieuse poignée de terre espagnole pieusement conservée depuis le passage de la frontière, Teresa enfilait son pantalon à chaque sortie ; il était beaucoup plus pratique que la jupe à bicyclette. Pas de risque de voir une rafale de vent coquin le soulever et dévoiler ses jambes jusqu'en haut des cuisses ! Elle complétait sa tenue avec un chemisier blanc. Un foulard fleuri donnait à l'ensemble une touche de féminité qu'elle se surprenait à rechercher de plus en plus.

Le résultat ne devait pas être trop vilain, car un jeune d'une quinzaine d'années qui cueillait des haricots dans un champ l'avait saluée tout à l'heure d'un sifflement admiratif. Bien sûr, ce n'était encore qu'un gamin, mais Teresa avait néanmoins savouré ce compliment musical autant que spontané. Depuis quand un garçon ne lui avait-il pas rendu hommage de cette façon ? Des années à présent. Depuis qu'elle s'était engagée dans l'armée. La République prônait l'égalité des femmes et ses camarades se seraient bien gardés d'exprimer leur appréciation d'une façon aussi « machiste » à l'égard de l'une des leurs. De toute manière, à la voir couverte de boue et de sang au soir d'une âpre journée de combat, ils n'y avaient sûrement jamais songé ! Andrés pour sa part préférait lui manifester son admiration autrement. Les moments où ils se retrouvaient seuls tous les deux étaient si rares et si courts qu'il n'avait jamais assez de caresses ni de baisers pour se rassasier de sa peau. Il n'avait pas de temps à perdre en paroles !

Ensuite, bien sûr, la défaite et l'internement infamant avaient ôté aux plus coureurs l'envie de batifoler. Même les gardes du camp, qui ne se privaient pourtant pas d'échanger à haute voix leurs appréciations obscènes sur les « charmes » de leurs prisonnières, à qui ils promettaient de rendre hommage à leur façon, n'avaient jamais arrêté leur regard sur Teresa, qu'ils prenaient pour un garçon avec ses cheveux coupés très court et ses joues creuses, et c'était tant mieux !

Quant au château, il valait mieux ne pas en parler puisque les seuls visages mâles qu'on y apercevait étaient ceux de Jaime, Pepe et José, des internés eux aussi, dont les épouses travaillaient aux cuisines ou à la lingerie du château et que la *señorita Isabel* avait embauchés respectivement comme maçon, jardinier et chargé du gros ravitaillement, celui qui était trop lourd pour les bras de Teresa. José allait notamment tous les jours de bon matin chez un fermier des environs chercher le lait pour la maternité et les enfants du camp d'Argelès. Ça en faisait des bidons à rapporter dans « l'ambulance » ! Le seul célibataire était Juan, le menuisier de service, qui aménageait les placards et confectionnait avec des caisses et des bouts de planches récupérés de-ci de-là de petits meubles pour améliorer le confort des pensionnaires, petits et grands, du château. Mais Juan réservait ses timides attentions aux infirmières dont la blondeur sous leur bonnet empesé semblait le fasciner !

Elle mit pied à terre à l'approche des premiers étals. Elle venait quasiment tous les jours à Elne, ne serait-ce que pour acheter du pain, mais elle préférait le vendredi, jour du marché. Même si la viande se faisait rare depuis que les mesures de rationnement avaient restreint sa vente, le centre-ville restait très animé. Teresa aimait les odeurs fortes de fromages, d'épices, de morue séchée et d'anchois, les couleurs vives des légumes et des fruits, le bric-à-brac des articles de bazar et le bagout des commerçants vantant leur marchandise.

Elle commandait d'abord ce qu'il lui fallait pour la maternité puis elle flânait un peu dans les allées, le nez au vent, avant de passer rechercher et payer ses commandes dont elle remplissait la carriole de « l'ambulance ».

Tout le monde la connaissait à présent et certains, pas tous bien sûr, lui rendaient son salut et s'arrêtaient même pour échanger quelques mots. Teresa ne manquait jamais d'aller acheter des légumes chez la souriante Maguy aux grands yeux noirs, qui lui avait fait d'emblée bon accueil. Apprenant que sa cliente venait du château d'En Bardou, celle-ci avait aussitôt demandé si Teresa avait elle-même un enfant, et depuis elle s'enquérait régulièrement de « la petite Lili ». Elle voulait tout savoir, tenait le compte des enfants qui naissaient mois après mois, relevait les séries de filles ou de garçons, les prénoms originaux.

La pitoyable histoire de Christina, repartie au camp avec une petite métisse au teint fondant de chocolat au lait, qu'elle avait bien du mal à considérer comme sa fille malgré les exhortations de la *señorita Isabel*, lui avait arraché des larmes.

Elle poussait la gentillesse jusqu'à mettre de côté, dans une cagette dissimulée sous la grande planche posée sur des tréteaux qui lui servait d'étal, les tomates ou les fèves un peu abîmées, trop mûres ou flétries, qu'elle donnait ensuite à Teresa, en sus de sa commande, pour ces « malheureuses mamans » qui avaient bien besoin de reprendre des forces.

Son amabilité envers « l'Espagnole » suscitait parfois chez ses voisins de marché quelques réflexions acides faites à la cantonade... suffisamment fort pour qu'on soit sûr qu'elle les entende. Maguy – après réflexion, Teresa avait conclu qu'il s'agissait du diminutif de Marguerite – rougissait jusqu'à la racine de ses cheveux bruns où le soleil posait des reflets roux, mais ne répondait jamais. Elle se contentait de rire plus fort. Cette fille avait du cran ! Teresa aimait ça.

Au début, elle avait néanmoins quelques scrupules à lui attirer ainsi des ennuis, mais le pépé René, un vieux bonhomme bourru qui proposait ses tresses d'ail et d'oignon à deux étals de là, avait fini par lui confier, entre deux longs silences, que Maguy était déjà la cible de certaines critiques bien avant de l'avoir rencontrée. Elle était en effet ce qu'on appelait une « fille mère ». C'est fou combien ces mots, si jolis séparément, pouvaient exprimer de mépris et de désapprobation quand ils étaient ainsi accolés. Teresa comprenait mieux à présent son intérêt pour ces « malheureuses mamans » seules avec leurs enfants. Elle n'en appréciait Maguy que davantage.

Elle avait aussi appris, à cette occasion, qu'il pouvait être profitable de ne pas dévoiler sa connaissance du français, dont elle était si fière. Devant une étrangère, on ne se gênait pas pour parler ; que voulez-vous qu'elle y comprenne !

Elle avait ainsi pu se tenir au courant de la débâcle française face à l'armée allemande. Au château, on écoutait parfois les informations sur Radio Andorre, le soir, mais la directrice préférait trouver un programme musical, pour ne pas démoraliser encore plus ses pensionnaires.

Les habitués du marché d'Elne, eux, ne parlaient que de la guerre et de l'exode provoqué par l'avancée inexorable des Allemands. La *señorita Isabel* avait eu bien raison de l'empêcher de partir sur les routes seule avec Llibertat ! A présent, elles étaient envahies par des millions de Français en fuite, femmes, enfants, vieillards, en voiture, sur des charrettes ou à pied, sous le feu des avions de la Luftwaffe. Eux aussi à présent vivaient leur *retirada*[1]. Teresa n'éprouvait pourtant aucune satisfaction revancharde ; elle se sentait

1. « Retraite ». Nom donné à l'exode des réfugiés républicains espagnols fuyant les troupes de Franco.

juste très triste, elle qui savait pour les avoir vécues les épreuves qu'ils étaient en train d'affronter. Elle n'avait pas besoin d'imaginer comme le faisaient les Illibériens[1] du fond de leurs maisons, elle n'avait qu'à se souvenir.

Le défilé au pas de l'oie de la Wehrmacht sur les Champs-Elysées avait plongé le marché dans la stupeur, mais l'espoir était revenu, fin juin, lorsque le président Lebrun avait fait appel au maréchal Pétain. Le héros de Verdun allait sauver la patrie une fois de plus. N'avait-il pas fait don de sa personne à la France « pour atténuer son malheur » ? Quelques voix s'étaient timidement élevées, entre deux considérations sur le temps, pour avancer que, au lieu de signer l'armistice, il aurait peut-être mieux fait d'appeler les troupes en pleine débandade à se rassembler et à résister, comme ce général dont on ne savait pas le nom l'avait paraît-il fait de Londres. On n'en disait pas davantage : s'il en était ici qui écoutaient la radio anglaise, ils ne s'en vantaient pas ! Mais ces timides voix discordantes s'étaient vite tues devant le soulagement général : les combats étaient finis sans avoir touché Elne et les Pyrénées-Orientales ! Oubliées les fanfaronnades de la presse et des autorités militaires françaises lorsque les lambeaux de l'armée républicaine avaient passé la frontière. Teresa avait eu une pensée pour le jeune lieutenant d'infanterie espagnol qui avait fièrement répondu au colonel français ironisant avec mépris au Perthus. L'armée française avait tenu bien moins longtemps face à Hitler que les troupes en haillons dont il s'était moqué.

Du fond du camp où il croupissait depuis des mois, son compatriote avait-il savouré son amère revanche ?

1. Habitants d'Elne.

Le retour était toujours plus pénible. La carriole pleine pesait son poids et Teresa devait appuyer de toutes ses forces sur les pédales pour ne pas rester engluée sur la route. Mais peu lui importait ses mollets douloureux, au contraire : elle recouvrait peu à peu son corps musclé de milicienne. Le temps où elle subissait était définitivement derrière elle !

En arrivant à la maternité, elle jeta un coup d'œil vers le champ de haricots, mais le « siffleur » était hors de vue. Elle en fut presque déçue. Elle reprit un instant son souffle avant de pousser à deux mains le battant du grand portail en fer forgé et de remonter l'allée vers le château, en tenant « l'ambulance » par le guidon. Il faisait vraiment un temps radieux et elle sentait les gouttes de transpiration couler une à une, sous son chemisier, dans le creux de son dos. Les infirmières avaient sans doute sorti toutes les corbeilles à l'ombre des arbres afin que les bébés puissent gigoter librement au grand air. Les plus grands, dont Lili, devaient quant à eux chahuter dans le grand parc à barreaux de bois déployé sur une couverture. Elle banda ses muscles pour un dernier effort.

Une grosse voiture noire était garée devant le perron et la maternité semblait prise d'une effervescence inhabituelle. Otant son foulard pour essuyer la sueur qui mouillait son cou, elle faillit se heurter à sœur Betty qui dégringolait l'escalier de pierre, son bonnet blanc amidonné de travers.

— Mon Dieu, mon Dieu, quel honneur ! répétait-elle avec ce drôle d'accent germanique qui rendait parfois son espagnol incompréhensible, surtout quand elle était excitée comme aujourd'hui.

— Que se passe-t-il ? De quel honneur parlez-vous ?

— Le Maître est venu nous rendre visite !

Voilà qui n'éclairait guère la lanterne de Teresa. Une cagette de légumes calée sur la hanche, elle escalada les marches pour découvrir un véritable attroupement dans la grande salle de devant. Les femmes gloussaient et minaudaient, jouant des coudes pour mieux voir celui qui était le centre de toute l'attention. Posant les fèves et les salades sur la table, Teresa n'eut d'autre recours que de faire comme elles pour savoir enfin qui suscitait une telle agitation.

Au premier abord, le petit monsieur replet aux lunettes rondes et à la calvitie coiffée d'un chapeau mou ne lui disait rien. Affable et attentif, il s'enquérait de la santé et de l'histoire de chacune, en homme visiblement habitué à côtoyer du monde, à évoluer en public. C'est alors que la lumière se fit dans l'esprit de Teresa. Pau Casals ! Le célèbre violoncelliste avait quitté l'Espagne après le *pronunciamiento*[1] en 1936. Refusant de jouer la moindre note de musique sous la botte fasciste – il avait même décliné l'invitation qui lui avait été lancée pour donner un grand concert à Berlin –, il s'était installé juste de l'autre côté de la frontière, à Prades, au pied de ce Canigou qui régnait sur la plaine du Roussillon, qu'il dominait de toute la majesté de ses hauteurs bleutées.

Depuis que la *retirada* avait jeté des centaines de milliers de ses compatriotes dans les camps, Pau Casals, que les non-Catalans appelaient Pablo, se démenait pour leur venir en aide. Aucune demande de secours ne restait sans réponse. Certaines femmes de la maternité l'avaient sollicité au début de l'année et il leur avait envoyé de l'argent. La *señorita Isabel,* touchée, lui avait écrit pour le remercier de sa générosité. En rangeant des papiers sur le bureau de la directrice, Teresa avait trouvé

1. Coup d'Etat des militaires menés par Franco contre la République espagnole.

la lettre dans laquelle il lui répondait et protestait : qu'étaient quelques billets en regard du réconfort et des soins prodigués à ses compatriotes par le personnel du Secours suisse aux enfants ? Il promettait que, dès que son emploi du temps le lui permettrait, il viendrait à la maternité manifester son soutien de vive voix. La missive était datée du mois de mars. En mai, face à l'invasion allemande, il avait décidé de quitter la France pour le Portugal. Mais le bateau qu'il devait prendre à Bordeaux avait coulé et il avait dû renoncer. Revenu dans son refuge pradéen, il n'avait pas oublié sa promesse. Il avait attendu début juillet, mais il était là.

— Mais où est la *señorita Isabel* ? s'étonna-t-elle auprès de sœur Betty qui revenait, tout essoufflée, avec María Sarda, l'aide-cuisinière. Personne ne l'a prévenue ?

— Elle est au *Marueco,* retenue par un accouchement…

Teresa allait protester que quelqu'un pouvait bien la remplacer pour un moment, mais María se faufilait déjà vers le Maître.

— A Barcelone, elle a chanté dans un chœur sous sa direction, chuchota l'infirmière à l'oreille de Teresa. Elisabeth s'est dit qu'en son absence elle pourrait faire visiter la maternité à monsieur Casals !

Rougissante, María était en train de se faire connaître du grand musicien. Qu'il se souvînt effectivement de son ancienne choriste ou qu'il voulût simplement ne pas la froisser, il se déclara ravi de la revoir. Toutes les femmes étaient sous le charme. L'exquise politesse de cette célébrité les changeait agréablement du mépris affiché par les hommes auxquels elles avaient eu affaire jusqu'ici, qu'ils soient gardes, gendarmes, chefs de camp ou affairistes en tout genre.

Teresa récupéra la cagette restée sur la table. Si le grand homme restait manger au château, elle ferait bien de descendre au plus vite les légumes à la cuisine !

— Et vous, mon enfant, d'où venez-vous ?

Elle se retourna, surprise. Le Maître lui souriait, María à son côté. Sans même réfléchir, Teresa se mit au garde-à-vous. Par habitude. Parce qu'elle ne savait plus manifester son respect autrement depuis des années, depuis qu'elle avait endossé son uniforme de milicienne. Elle entendit des femmes pouffer. Il est vrai qu'elle devait avoir une drôle d'allure avec son bras raidi à la hauteur de sa tempe, son foulard fleuri autour du cou et sa cagette débordante de verdure sur la hanche, mais Pau Casals n'eut pas l'air tenté de s'en moquer. Bien au contraire, la mine grave, il se redressa de toute sa taille pour répondre à son salut militaire.

— Dans quelle unité avez-vous servi, soldat ? interrogea-t-il.

Et ce terme que personne n'avait plus employé à son égard depuis son départ du camp embua les yeux de Teresa.

C'était son refuge, son perchoir, sa cabane dans l'arbre. Depuis qu'elle n'était plus gênée par son gros ventre, elle montait souvent dans la verrière sur le toit qui l'avait attirée dès le premier jour. De là, elle avait une vue incroyable à trois cent soixante degrés sur la campagne environnante. La plaine autour du château était fertile et en ce début d'été les champs et les vergers donnaient à plein. Malgré les restrictions, on ne souffrait pas de la faim ici. Vers le sud-est, on apercevait la fière silhouette ocre de la cathédrale qui dominait le bourg enroulé à ses pieds.

D'après l'archiprêtre qui venait, lorsque les mères le demandaient, baptiser les enfants nés à la maternité, Elne avait été pendant des siècles le siège de l'évêché avant qu'il soit transféré à Perpignan. L'abbé Jampy avait parlé à la *señorita Isabel* d'un cloître en marbre rose avec des chapiteaux sculptés de créatures fantasmagoriques. Teresa l'avait écouté, fascinée, même si elle n'était pas très sûre du sens des paroles qu'elle avait surprises : les termes d'architecture et d'histoire de l'art ne faisaient pas partie du vocabulaire français que lui avait appris Raymond, le brigadiste de Clermont-Ferrand !

Mais la verrière, ce n'était pas encore assez haut, on n'y voyait pas encore assez loin. Alors elle sortait sur le toit et gravissait l'échelle métallique qui montait jusqu'au lanterneau au-dessus. Le premier propriétaire du château, un riche fabricant de cahiers de papier à cigarette, l'avait fait ajouter au plan initial, car il voulait absolument voir la mer. Il ne pouvait pas alors imaginer qu'un jour Teresa y grimperait pour scruter l'horizon vers l'est, à l'endroit où un liseré bleu foncé séparait le ciel de la terre, pour essayer de distinguer les baraquements du camp de Saint-Cyprien. Et plus vers le sud, par une échancrure à droite de la cathédrale, ceux d'Argelès. Elle serait bien montée plus haut encore pour apercevoir Collioure et le fort du Miradou, mais à moins d'être un oiseau…

D'ailleurs qui pouvait dire si Andrés y était toujours ? Comment le savoir ? Depuis la capitulation de l'armée française, les autorités militaires des camps se souciaient bien peu du sort d'un interné espagnol rebelle ! Alors Teresa montait après le souper à son poste de vigie et restait de longues minutes à regarder vers Argelès en se disant que peut-être son homme y était revenu sans qu'elle en soit avertie.

Mais, si elle y restait des heures et même des nuits entières depuis que la température le permettait, c'était pour défier la barrière de velours vert des Albères en un interminable face-à-face. Ce rempart montagneux, hérissé de canines rocheuses et de tours à signaux, bornait le Roussillon par le sud avant de se jeter dans la Méditerranée.

Derrière, c'était l'Espagne, ce pays que Teresa considérait toujours comme sa maison ; des bandits l'en avaient expulsée par la force, mais elle y reviendrait un jour, quand les bandits en auraient été chassés.

En attendant cet heureux instant, elle s'usait les yeux à essayer de voir, à travers cet ultime bout des Pyrénées sur lequel se levait le soleil, la tête argentée des oliviers se balançant dans le vent, la terre cuite et recuite jusqu'à être brûlée, les chemins blancs de poussière et les murs chaulés qui faisaient mal aux yeux à midi, l'escalier qui montait à la cathédrale de Gérone et la *Rambla de las Flores*[1] à Barcelone, et même les usines de briques rouges qu'elle trouvait si laides quand elle était petite à Sabadell.

En se concentrant bien, elle pouvait apercevoir le canari déplumé de madame Rosa, la veuve au triple menton du troisième étage de leur immeuble, qui s'égosillait tout le jour durant pour se sentir moins seul derrière les barreaux de sa cage. Les larmes finissaient toujours par brouiller sa vue, mais elle n'en avait plus honte ; c'étaient des larmes qui lui faisaient du bien, un baume rafraîchissant sur son cœur meurtri.

Teresa étala sur le plancher métallique la couverture qu'elle tenait enroulée sous son bras et jeta dessus l'oreiller pris sur son lit. Ainsi, ce serait plus confortable. Le parfum sucré des oignons qu'on avait mis à sécher sur le toit plat embaumait l'air du soir. Derrière le massif du Canigou, le soleil couchant improvisait des tableaux impressionnistes aux couleurs flamboyantes, où le dessous des nuages se teintait d'orange, de mauve et de rose. Bientôt dans le ciel s'allumeraient les premières étoiles et, du haut de sa « cabane dans l'arbre », Teresa verrait les petits carrés des fenêtres des maisons et des mas leur répondre. Il n'y avait plus ni couvre-feu ni

1. Grande avenue descendant vers le port de Barcelone.

peinture bleue pour atténuer les lumières ; c'était inutile à présent.

Les cigales faisaient encore résonner leur scie entêtante. Elles ne se tairaient que lorsque la fraîcheur viendrait enfin, passé minuit. Teresa s'allongea sur sa couverture et arrangea sa chemise de nuit sur ses jambes. Ça avait été une belle journée finalement. Pau Casals était reparti vers Prades en promettant d'envoyer de nouveaux secours, mais les sourires qu'il avait fait naître durant sa visite étaient déjà un joli cadeau ! En plus, Llibertat s'était pour une fois endormie sans faire de comédie. La berceuse de Remei faisait merveille !

Au-dessus de sa tête, légèrement sur la gauche, l'étoile du Berger palpitait délicatement, tel un cœur vivant. Andrés la regardait-il aussi en ce moment ? Teresa se laissa aller à fredonner :

— Al olivo, al olivo,
Al olivo subí
Por coger una rama
Del olivo caí.
Quién me levantará
Esa gachí morena
Que la mano me da

Que la mano me da
Que la mano me dió
Esa gachí morena
Es la que quiero yo

Es la que quiero yo
Es la que he de querer
Esa gachí morena
Ha de ser mi mujer...

A l'olivier, à l'olivier,
A l'olivier je suis monté
Pour cueillir une branche
De l'olivier je suis tombé
Celle qui m'a relevé
C'est cette fille brune
Qui me donne la main

Qui me donne la main
Qui m'a donné la main
Cette fille brune
C'est celle que j'aime

C'est celle que j'aime
C'est celle que je dois aimer
Cette fille brune
Doit être ma femme...

Vraiment efficace la petite chanson de Remei ! Ses yeux se fermaient déjà...

Le grincement de la porte de la verrière. Quelqu'un d'autre prenait pied sur le toit, en dessous d'elle. Teresa se souleva sur le coude pour jeter un coup d'œil par la porte du lanterneau qu'elle avait laissée ouverte pour faire entrer un peu plus d'air ; la *señorita Isabel* était en train de s'installer contre la citerne qu'elle avait fait construire sur le toit pour que la maternité ait suffisamment d'eau. C'était sa place habituelle quand il faisait trop chaud dans sa chambre et qu'elle montait chercher un peu de fraîcheur.

— *Buenas noches*, Teresa !

Evidemment, la directrice savait qu'elle était là-haut.

— C'est dommage que vous n'ayez pas pu voir monsieur Casals, répondit-elle en se recouchant sur sa couverture.

— Les bébés n'ont aucun respect pour la musique, soupira la *señorita Isabel,* un étage plus bas. J'ai juste eu le temps de sortir de la salle d'accouchement pour lui serrer la main.

Elle eut un petit gloussement amusé.

— Mon tablier était plein de sang, mais c'est un gentleman, il a fait semblant de ne rien voir !

Elles pouffèrent de rire ensemble. La lune complice écoutait leur conversation du haut du firmament. Teresa entendit la directrice se retourner contre la citerne.

— Mon seul regret, c'est de ne pas avoir pu prendre de photo…

7

Les coups frappés contre le battant de la porte les firent toutes sursauter. Qui pouvait bien venir jusqu'ici par un temps pareil ? Depuis une semaine, la plaine avait changé si radicalement de visage que, du haut de son perchoir, Teresa peinait à reconnaître les paysages qui lui étaient pourtant devenus si familiers depuis dix mois qu'elle était là. La pluie avait délavé le bleu du ciel, les ors et les roux de l'automne, et même le vert que les cyprès s'obstinaient à arborer toute l'année, pour ne laisser que du gris et du brun sale à la surface des flaques et des mares boueuses.

Le déluge s'était abattu sur le département le mercredi précédent. Ce devait être le seize octobre. La veille, la radio avait annoncé que Lluís Companys avait été fusillé à Montjuic. Le président de l'éphémère république de Catalogne avait été livré à Franco par le gouvernement désormais installé à Vichy, capitale de la zone libre. L'Etat français ne voulait pas risquer sa frontière sud.

Fin juillet, le maréchal Pétain était venu visiter les camps du Barcarès et de Saint-Cyprien afin de se rendre compte de la situation par lui-même. Le vieil homme au képi galonné s'était hissé en haut d'un mirador avant de s'enquérir du menu servi aux internés en ce jour de fête et d'aller pour sa part se remplir la panse au casino de Canet.

Oui, c'était bien le 16 octobre que l'*aiguat*[1] avait commencé. Comme si le ciel catalan pleurait l'infâme trahison sans pouvoir s'arrêter. Du moins c'est ainsi que Teresa s'était plu à l'interpréter.

A l'automne 1939, il avait plu aussi. Des averses torrentielles avaient fait déborder les cours d'eau et avaient inondé une partie du camp où elle traînait encore sa misère et son gros ventre. Mais ça n'avait été qu'une petite ondée en comparaison de ce qui venait de dégringoler des nuages un an plus tard. Pendant cinq jours et cinq nuits la pluie était tombée sans discontinuer. Un rideau gris, épais comme de la flanelle, voilait les fenêtres et masquait même les pêchers et les orangers du parc.

Teresa était montée jusqu'à la verrière. Le lanterneau était inaccessible, le toit en terrasse n'étant plus qu'une piscine à la surface criblée d'impacts, comme si une mitrailleuse géante avait pris la maternité pour cible. Les gouttes crépitaient sur les vitres avec un bruit assourdissant. Par moments une rafale de vent les faisait vibrer en un roulement de tambour. On aurait pu se croire au sommet d'un phare battu par les flots, en pleine tempête. Teresa se sentait toute petite au cœur de cette tourmente liquide qui la cernait de toutes parts et faisait naufrager la campagne alentour. Pour une fois, elle s'était dit que la détention d'Andrés au fort du Miradou avait des avantages : au moins n'était-il pas à la merci des intempéries et des vagues qui devaient déferler sur la plage !

Il n'y avait plus d'électricité et on avait allumé des bougies dans la nursery et la grande salle du bas. Les femmes restaient ensemble, serrées les unes contre les autres, et Elisabeth, que rien ne semblait déstabiliser,

1. Littéralement, « trombe d'eau ».

avait eu bien du mal à les dérider. Fort heureusement, aucun des bébés en attente ne s'était risqué à venir au monde durant ces jours d'apocalypse.

Sans électricité, la radio ne fonctionnait pas. Les nouvelles qui parvenaient jusqu'à Elne étaient confuses, mais tout aussi effrayantes. On parlait de coulées de boue et de maisons ensevelies avec leurs occupants, de pans de montagne qui s'étaient effondrés, de bâtiments entiers emportés par les crues, de cimetières dévastés et de cercueils éventrés flottant au fil de l'eau qui charriait des rochers et des troncs d'arbres.

Les ponts étaient submergés, les routes et la voie ferrée coupées et, en bout de course, aux confins de la plaine, aux embouchures de l'Agly, de la Têt et du Tech, les plages étaient submergées. La mort dans l'âme, la *señorita Isabel* avait dû interrompre ses visites aux camps où pourtant les femmes enceintes avaient plus que jamais besoin d'elle.

Mais il fallait plus que des inondations, même historiques, pour arrêter l'infatigable Suissesse. Puisqu'elle était bloquée au château, elle avait aussitôt entrepris de rassembler les couvertures en surnombre, des vêtements chauds, des médicaments et l'excédent de boîtes de lait envoyés par le Secours suisse, tout ce qui manquait cruellement aux sinistrés et qu'elle comptait apporter jusqu'à Perpignan, inondé par la crue de la Têt, dès que l'eau commencerait à baisser et que l'Opel pourrait enfin passer. Aucune misère, aucune souffrance ne la laissait indifférente.

« Pourquoi vous donnez-vous tant de mal pour des gens que vous ne connaissez même pas ? s'était risquée à demander Teresa.

— Et qui ne le méritent peut-être pas vu la façon dont on vous a reçus ici, c'est ce que vous voulez dire ? »

Elle avait rougi, gênée ; la *señorita Isabel* lui reprochait souvent d'être excessive.

« Pas seulement. Vous êtes venue de Suisse pour nous aider, nous autres Espagnoles, et vous ne nous connaissiez pas davantage ! tenta-t-elle de corriger. Pourquoi ? »

La directrice ouvrit les bras, paumes ouvertes, en un geste éloquent : n'était-ce point évident ?

« Parce qu'il faut bien que quelqu'un le fasse.

— Mais pourquoi vous ? »

Cette fois, la réponse fusa :

« Parce que, si chacun attend que ce soit l'autre qui s'en charge, rien ne se fera jamais ! »

Au temps pour elle. Teresa, qui rongeait son frein de ne plus pouvoir sortir avec « l'ambulance », s'était donc jointe à Josefina, Ida et Dolores, de nouvelles pensionnaires de la maternité, pour aider leur bienfaitrice à confectionner les paquets et remplir les cartons qui s'entassaient à présent dans la grande salle de derrière, le rez-de-jardin qui abritait les communs étant menacé lui aussi d'être envahi par les eaux. De toute façon qu'y avait-il d'autre à faire ?

Llibertat avait huit mois à présent et commençait à manger des « farinettes » en plus du lait dont les tétons de Teresa étaient encore prodigues. Elle était vive et curieuse de tout, et rien n'était à l'abri de sa menotte lorsqu'elle s'essayait à ramper sur le carrelage. Elle avait son petit caractère, dans lequel Teresa retrouvait sa propre impatience et la colère qu'elle pouvait ressentir encore quand les choses ne s'arrangeaient pas comme elle le souhaitait, et n'hésitait pas à manifester bruyamment son mécontentement et sa frustration. Elle pouvait même se montrer un brin tyrannique quand elle estimait que sa mère ne s'occupait pas assez d'elle.

« Elle vous en fera voir ! » pronostiquait la directrice en souriant.

Teresa ne pouvait qu'être d'accord avec elle. Elle se forçait alors, comme les autres mamans le lui conseillaient, à laisser Lili pleurer un moment avant de se précipiter à son secours, mais elle fondait quand la petite se blottissait contre elle, sa joue humide de larmes mouillant le chemisier maternel au niveau du cœur. Quand sa fille recouvrait son calme et s'endormait, recrue de fatigue et soûle de pleurs, la bouche entrouverte entre ses joues roses et rebondies, Teresa mesurait sa chance.

Tout en respirant l'odeur si particulière, à la fois aigre et sucrée, qui émanait du petit corps moite serré contre elle, elle ne pouvait s'empêcher de repenser à toutes celles qu'elle avait vues passer à la maternité puis repartir pour le camp avec leur bébé. Que devenaient-ils, ces bambins rieurs qui avaient gazouillé aux côtés de Llibertat ? Ils avaient vécu leurs premières semaines dans la douceur lumineuse de la nursery, là-haut, au premier étage, avant d'en être brutalement expulsés et jetés dans cet univers absurde et étroit où ils découvraient le froid, la faim et les conditions d'hygiène sommaires. Les nouvelles arrivantes parlaient d'une invasion de rats et de tours de garde organisés la nuit pour veiller sur le sommeil des enfants. Teresa avait la chair de poule chaque fois qu'elle y pensait. Et maintenant ce déluge…

Heureusement, Remei avait réussi à faire sortir son petit Rubén de cet enfer. En mai, elle avait fait valoir ses compétences de couturière émérite pour décrocher un emploi dans une usine qui fabriquait des pantalons, destinés à l'armée, en Isère et recrutait de la main-d'œuvre bon marché. Elle était partie pour les Alpes avec sept autres « anciennes » de la maternité, dont Concha et María. Celles-là au moins avaient échappé aux trombes d'eau !

On frappa de nouveau, avec insistance. Teresa jeta un coup d'œil en biais par l'une des deux étroites fenêtres tout en hauteur qui flanquaient la porte d'entrée. Elle aperçut sur le perron une étrange silhouette floue, informe même, presque monstrueuse. Un murmure inquiet courut autour de la table et certaines femmes, plus craintives, battirent en retraite vers l'escalier. Teresa confia Llibertat à Ida, assise à côté d'elle, et se leva. En tant que seul membre du personnel présent dans la salle, en tant également qu'ancienne milicienne, c'était à elle d'aller ouvrir.

Elle hésita une fraction de seconde devant le battant, le cœur frappant à coups redoublés dans sa poitrine. Elle sentait derrière elle ses compagnes retenir leur souffle. Elle prit une profonde inspiration et tourna résolument le bouton de la porte.

Elle mit un temps à comprendre ce qui se dressait devant elle. Une bâche maculée de boue et dégoulinante d'eau d'où émergeait une main grelottante. Sans réfléchir, Teresa la saisit et l'attira à l'intérieur. La pluie commençait à se calmer depuis la veille et il y avait même par moments des éclaircies, mais la personne sous la bâche était déjà suffisamment trempée. Un gémissement rauque s'échappa de la silhouette informe et elle faillit s'écrouler. Teresa fit un pas en avant et la reçut dans ses bras. Les reçut dans ses bras. La bâche ayant glissé, elle découvrit en effet qu'elle soutenait une femme enceinte portant sur son dos un garçonnet bleu de froid. Avec de petits cris de compassion, les autres femmes se précipitèrent et s'emparèrent de l'enfant et de sa mère pour les mener près de la cheminée allumée.

La directrice, alertée, fit son entrée sur ces entrefaites. Elle écarta ses pensionnaires avec autorité.

— *Señoras, por favor,* laissez-les respirer et reprendre des forces. Ce jeune homme est transi. Il faut le monter et lui donner un bain chaud.

Elle fit signe à l'infirmière qui attendait ses ordres à deux pas. Celle-ci souleva sans effort le frêle petit corps frissonnant qui semblait ne pas peser plus lourd qu'une plume et l'emmena au premier.

— Quant à vous, ma chère, vous n'avez pas l'air plus en forme. Prenez mon bras : nous allons vous donner des vêtements secs et vous examiner pour savoir si tout va bien pour votre bébé. N'ayez crainte, vous êtes entre de bonnes mains ici.

La femme, épuisée jusqu'à l'hébétude, se laissa entraîner sans protester. Teresa alla ramasser la bâche boueuse restée sur le seuil et referma la porte alors qu'une nouvelle averse crevait au-dessus du perron.

— Je n'arrive pas à le croire.

La *señorita Isabel* secouait la tête, incrédule, tout en redescendant l'escalier. Elle n'était pourtant pas du genre à s'effarer de grand-chose ; elle en avait déjà tant vu ! Mais, là, elle n'en revenait pas.

Elle prit Teresa à témoin :

— Rendez-vous compte : elle vient de Saint-Cyprien à pied !

Teresa eut un hoquet de surprise. Effectivement, c'était difficile à croire !

— Elle était terrorisée à l'idée d'accoucher là-bas, dans un baraquement qui prenait l'eau et sans aide médicale, poursuivait la directrice comme pour se convaincre de la réalité de la confidence qui venait de lui être faite. Elle a profité de la pluie et de l'absence des gardes restés à l'abri pour s'enfuir. Où a-t-elle trouvé la force, enceinte de huit mois, de hisser son fils de six ans sur son dos et de traverser la campagne inondée par la crue du Tech sur combien ? huit kilomètres ? Dix ? Plus sans doute puisqu'elle a fait des écarts pour contourner Elne et éviter tous les hameaux et les mas depuis la côte, tant elle avait peur d'être reprise et ramenée au camp avant d'avoir pu accoucher ici, en sécurité.

— Mais je croyais que les routes étaient impraticables ?

— Elle est passée à travers champs. Quelle folie ! Dire qu'elle aurait pu mourir noyée, embourbée ou simplement d'épuisement, et son fils avec elle.

— Mais elle a réussi, elle est là, conclut Teresa, admirative.

— Oui, elle est là, grâce à Dieu.

— Et surtout grâce à son courage, ne put s'empêcher de corriger Teresa, que la fréquentation de la directrice n'avait pas rendue plus conciliante avec « l'opium du peuple ». *Hostia,* quel cran ! Où est-elle à présent ?

— Elle dort. Son fils aussi, comme un ange. Je les ai installés à « Santander », où il y avait un lit de libre. A mon avis, ils vont faire le tour du cadran !

Et elle disparut à petits pas pressés dans l'escalier qui menait à la cuisine, tout en continuant à secouer inconsciemment la tête. Elle aurait intérêt à bien choisir ses phrases quand elle écrirait son prochain rapport, sinon Maurice Dubois n'allait pas la croire !

— Maintenant vous tournez à gauche et ce devrait être au bout du chemin.

Teresa actionna docilement le clignotant et engagea l'Opel entre la haie de cyprès et le ruisseau d'eau claire qui courait le long du verger d'abricotiers. C'était la première fois que la *señorita Isabel* lui demandait de lui servir de chauffeur et elle prenait sa mission très au sérieux. L'idée était qu'elle puisse ensuite refaire le chemin seule et elle s'efforçait de mémoriser toutes les indications de la directrice afin que celle-ci n'ait pas à les répéter. Elle était suffisamment occupée comme cela !

Depuis l'été, des réfugiés avaient commencé à affluer de Pologne, des Pays-Bas, de Belgique, du nord de la France, d'Alsace, de la région parisienne, mais aussi des Alpes-Maritimes, de Nice et de Menton. Les autorités les avaient dispersés dans les communes du département. Parmi eux, des familles juives, dont certaines fuyaient les persécutions depuis Varsovie. Les communautés israélites de Bruxelles et d'Anvers étaient arrivées en groupe et avaient été immédiatement internées au camp de Saint-Cyprien. Comme on pouvait s'y attendre, elles comptaient dans leur sein des femmes enceintes et durant l'année une demi-douzaine d'enfants juifs déjà avaient poussé leur premier cri à la maternité suisse.

Quelques jours auparavant, Edith, une sage-femme venue de Zurich en renfort, avait ainsi mis au monde un petit Wladimir. Il était le fils d'une rousse flamboyante au prénom qui ne l'était pas moins : Perla. Cette jeune femme, belle, libre et enceinte, avait fui Varsovie juste avant que le ghetto ne soit muré et que le piège ne se referme ; elle avait traversé seule la moitié de l'Europe jusqu'en Belgique, où elle avait été arrêtée, avant d'échouer sur les bords de la Méditerranée, au camp d'Argelès.

Désormais, au château, il fallait s'habituer à entendre parler d'autres langues que l'espagnol ou le catalan ! Mais, malgré ces origines très différentes, l'ambiance entre les femmes était toujours aussi bonne. Bien sûr, au début, il avait fallu communiquer par signes, ce qui avait suscité pas mal de fous rires, mais ensuite s'était créé tout naturellement un vocabulaire de base commun, dans un sabir qui aurait sans doute fait frémir les linguistes, mais qui s'avérait bien pratique.

Ce contingent supplémentaire n'était cependant pas sans poser des problèmes d'intendance. Depuis l'instauration des cartes d'alimentation, il fallait faire preuve d'imagination pour le ravitaillement : les légumes secs et le riz étaient interdits à la vente et le café était mélangé à un succédané dans la proportion d'un tiers/deux tiers. On avait droit à trois cents grammes de pain et un quart de litre de lait par personne, un demi-litre pour les femmes enceintes. La *señorita Isabel* avait loué un bout de terrain en bordure du parc, où Pepe faisait pousser quelques légumes. Même en comptant sur la générosité sans faille de Maguy et de quelques autres, tous les vendredis au grand marché d'Elne, il était difficile d'assurer les distributions dans les camps en plus des repas au château. La compréhensive marchande de légumes ne pouvait d'ailleurs plus autant qu'avant privilégier « ces malheureuses mamans » du mas Mirous, ainsi qu'on appelait le château d'En Bardou dans les environs, puisque désormais tout le monde était rationné, internés, réfugiés et habitants du cru. Teresa ne pouvait lui en vouloir : les temps étaient durs pour tous et, contrairement aux Illibériens, les pensionnaires de la *señorita Isabel* bénéficiaient des colis venant de Suisse. Néanmoins, certains produits de première nécessité, surtout pour des Espagnoles, manquaient. Et en particulier l'huile d'olive. C'est pourquoi la directrice avait décidé de se rendre aujourd'hui au-delà de Thuir, entre Corbère-les-Cabanes et Saint-Féliu-d'Avall, pour prendre langue avec un paysan qu'on lui avait recommandé. Elle comptait sur ce qu'elle avait dans son portefeuille pour l'inciter à être moins regardant sur les cartes d'alimentation. S'ils faisaient affaire, Teresa pourrait venir une fois par semaine ou tous les quinze jours refaire les réserves.

L'Opel cahotait entre les ornières profondes du chemin poussiéreux. Teresa essayait d'imaginer le torrent furieux qui coulait à sa place durant les inondations d'octobre. Le département pansait encore ses blessures. Le bilan définitif avait atteint la cinquantaine de victimes et la population avait du mal à surmonter le choc. Tout au long du trajet depuis Elne, la directrice et elle avaient pu mesurer l'ampleur du désastre aux terribles cicatrices qu'il avait laissées derrière lui.

Partout, on nettoyait, on déblayait, on reconstruisait. La vue des échafaudages avait cependant amené un sourire sur les lèvres de Teresa. Andrés était en effet, et enfin, revenu de Collioure. Aux dires de la *señorita Isabel* – mais peut-être celle-ci se montrait-elle optimiste pour ne pas l'inquiéter –, il ne semblait pas trop marqué par sa captivité et il était plus combatif que jamais. Elle avait profité de sa visite à Argelès pour lui donner une photo de Llibertat qu'elle avait prise sur le perron du château. Sous le nœud blanc qui retenait ses courtes boucles brunes, la petite riait aux éclats aux grimaces que Miguel, le gamin arrivé avec sa mère en plein *aiguat,* faisait dans le dos de la directrice en croyant qu'elle ne s'en rendait pas compte. Lili était à croquer ! Son père ne l'avait pas encore tenue dans ses bras, mais il en était déjà fou. Elisabeth avait fait tirer trois clichés de cette photo : Teresa gardait le sien dans un joli mouchoir que lui avait brodé Remei et qu'elle ne quittait jamais, quant à la *señorita Isabel,* elle avait collé son exemplaire dans le grand album de photos où figuraient tous les enfants nés à la maternité et la plupart de leurs mères.

Après les inondations d'octobre, on avait demandé des volontaires dans les camps pour réparer les plus gros dégâts. Beaucoup de soldats français étaient prisonniers en Allemagne et on avait grand besoin des bras espagnols. La brigade de travail d'Andrés était partie pour Ille-sur-Têt afin de remettre en état les berges de la rivière et le canal d'arrosage qui traversait ce morceau du Roussillon qu'on appelait le Ribéral. Cette fois, la directrice avait accepté de prêter une carte routière à Teresa afin qu'elle pût repérer où se trouvait son homme. Ce n'était qu'à une douzaine de kilomètres du mas dont s'approchait l'Opel en ce moment.

Un bout de bois cloué de travers sur le tronc tourmenté d'un vieil amandier leur indiqua qu'elles étaient arrivées à bon port. La peinture écaillée rendait presque illisible l'inscription « Mas de l'Oliu », mais ce ne pouvait être que là. Teresa gara adroitement la voiture près du portail branlant qu'une corde maintenait tant bien que mal contre son montant.

Des poules picoraient en liberté dans la cour de terre battue. La maison avait un étage, mais elle paraissait basse, comme voûtée, tant elle s'arc-boutait contre la tramontane à laquelle elle tournait le dos. Sa façade recouverte d'un crépi grisâtre miteux n'était percée que d'étroites ouvertures qui ne devaient guère laisser passer la lumière froide de ce bel après-midi de décembre.

Un vieil homme en béret noir et veste de velours râpée vint à leur rencontre. Il les dévisagea un moment de sous ses sourcils broussailleux, méfiant. Puis, satisfait sans doute de ce qu'il voyait, il fit passer le mégot éteint qu'il suçotait avec application d'un coin à l'autre de sa bouche édentée et leur fit signe de le suivre à l'intérieur.

Il y faisait aussi sombre que Teresa le soupçonnait. Elle dut se baisser pour ne pas se cogner la tête en franchissant le seuil et resta un instant hésitante et aveugle, le temps que ses yeux s'accoutument à la pénombre. Une pendule invisible égrenait les secondes de son tic-tac éraillé. La s*eñorita Isabel,* aussi à l'aise dans ce bouge obscur que dans la salle d'accouchement immaculée de la maternité, expliquait déjà au vieillard le marché qu'elle venait lui proposer. Elle avait sorti une poignée de billets qu'il faisait mine de ne pas voir. Matois, il jouait les indifférents en suçotant toujours son mégot mouillé. Elle insistait. Une bûche qui se consumait dans la cheminée se rompit avec un bruit sec.

— Je vais voir son huile dans la grange, souffla la directrice à Teresa en suivant leur hôte au-dehors. Restez ici au chaud et soyez discrète : tant que l'affaire n'est pas conclue, il est inutile que ces gens sachent exactement qui vous êtes.

Teresa hocha imperceptiblement la tête pour montrer qu'elle avait compris. Les mains dans les poches de son manteau, elle promena un regard curieux dans la pièce. Le portrait du Maréchal en grand uniforme trônait au-dessus d'une vieille commode en bois de fruitier noirci. Son regard vide la fixait sans la voir. Elle scruta son épaisse moustache blanche bien peignée pour essayer de distinguer sa bouche ; avait-elle eu ne serait-ce qu'une légère crispation quand il avait serré la main de Hitler en octobre à Montoire ? Le rempailleur de chaises rougeaud, voisin de Maguy au marché, était venu montrer la photo dans le journal au bon pépé René au moment où Teresa s'arrêtait pour le saluer.

« Tout cela ne sent pas très bon, avait commenté le vieux bonhomme à son oreille, en se penchant pour glisser quelques gros oignons rouges, délicieux en salade, dans son panier. J'espère que madame Elisabeth pourra rester et continuer sa belle œuvre ! » Ce qui était une phrase incroyablement longue pour un taiseux comme lui.

Sa belle-fille enceinte avait perdu les eaux soudainement alors qu'elle était venue le rejoindre au champ, juste en face du château, et le pépé René, affolé, s'était précipité pour sonner au portail. La *señorita Isabel* avait aussitôt pris la jeune femme en charge et l'histoire s'était terminée tout à fait heureusement par la naissance d'un petit garçon qui avait le même menton que son grand-père, du moins c'est lui qui l'assurait. Le vieux en gardait une reconnaissance éternelle à « madame Elisabeth » et n'hésitait pas à clouer le bec à l'occasion à ceux qui se risquaient à critiquer devant lui « ces dames du château », comme il les appelait.

Un nouveau craquement dans l'âtre détourna Teresa de la contemplation de la photographie martiale pieusement décorée d'un rameau de laurier béni.

Une silhouette massive était assise dans une chaise à bras, au coin de la cheminée, immobile. Teresa réprima un haut-le-corps, mais l'ombre ne se leva pas, n'esquissa même pas un geste ; elle s'approcha de deux pas pour mieux voir.

Une vieille femme toute de noir vêtue tenait sur ses genoux une enfant qui semblait très absorbée dans la contemplation d'un petit objet qu'elle serrait dans ses mains menues. L'aïeule portait une jupe longue et ample à l'ancienne et ses cheveux gris étaient soigneusement tirés sous sa coiffe traditionnelle en dentelle blanche. De fines rides en éventail plissaient le coin de ses yeux fixés avec indulgence sur la fillette qui secouait une noix près de son oreille comme un grelot. La gamine devait avoir à peu près l'âge de Llibertat. Un bonnet rose au crochet couvrait sa tête et un bout de châle croisé sur son torse essayait de la protéger du froid régnant dans la pièce malgré les braises rougeoyantes qui palpitaient comme un cœur derrière les chenets en fonte. Sa mine grave et concentrée tandis qu'elle écoutait la petite musique de la coque était irrésistible et Teresa lui sourit.

— Dans quel monde vivons-nous, *nena*[1] !

1. Fillette.

L'enfant interrompit son manège avec la noix et leva des yeux étonnés vers la vieille, qui poursuivit du même ton aigre :

— La canaille rouge se pavane en voiture tandis que ta pauvre mère se casse le dos toute la journée aux champs et que moi je me traîne par de mauvais chemins, malgré mes rhumatismes, pour rapporter du bois pour le feu ou de l'herbe pour les lapins…

Elle s'exprimait dans un français rocailleux en butant sur certains mots comme si sa bouche avait du mal à les reconnaître.

D'ordinaire, elle devait parler dans ce catalan du Roussillon que Teresa avait déjà entendu dans les allées du marché d'Elne. La prononciation était un peu différente de celui qu'elle-même parlait et elle avait repéré quelques mots venant visiblement d'une déformation du français, mais dans l'ensemble elle n'avait pas eu de mal à le comprendre. Pourquoi diantre cette grand-mère prenait-elle ainsi la peine de s'adresser à une enfant, sa petite-fille sans doute, dans une langue qui lui était si peu familière ?

— Cette racaille se croit tout permis et bientôt nous ne serons plus chez nous, ma pauvre Louisette !

Elle coula un regard en dessous vers Teresa qui en resta sans voix. La voyant sans réaction, la vieille conclut un peu vite que sa visiteuse espagnole ne comprenait pas ce qu'elle disait ; elle reprit :

— Qui leur a demandé de venir ici ? Ils avaient perdu leur guerre ? Ils n'avaient qu'à se soumettre au lieu de fuir comme des lapins. Leur Franco est un militaire comme notre Maréchal, il a sans doute de l'honneur. Est-ce que nous avons passé la frontière après l'armistice, nous autres ? Non ! Nous sommes restés chez nous, sans envahir personne ! Il faut savoir garder sa dignité…

Teresa se retint pour ne pas répliquer vertement quant à la dignité de la débandade de l'armée française ; la directrice, qui connaissait son tempérament emporté, avait recommandé la discrétion.

La petite Louisette, ravie que sa grand-mère s'adresse à elle, avait abandonné sa noix et riait en tapant dans ses mains comme si l'aïeule lui racontait une belle histoire.

— Ça joue les miséreux, ça prétend avoir tout perdu, mais ça débarque avec des valises pleines de billets, d'or et de bijoux. Ma cousine du Boulou les a vus ! Et la France, bonne fille, qui les accueille, la France qui les nourrit à ne rien faire...

Les nourrir, vraiment ? Si elle mangeait la même ration qu'au camp, elle n'arborerait pas ces bonnes joues rebondies comme des pommes ! Se taire, surtout se taire. Mais rien ne semblait pouvoir arrêter la vieille à présent qu'elle était lancée.

— Le journal le dit : un jour, ils viendront nous égorger dans notre lit, Louisette, insistait-elle en se penchant vers sa petite-fille qui ne riait plus du tout et commençait à s'agiter sur ses genoux. Ils sont des milliers là-bas, habitués à se battre, et nos hommes à nous sont prisonniers en Allemagne. Qui nous défendra s'ils se mutinent et sortent des camps ? Ton pauvre père, *nena,* mon fils Antoine, est si loin du mas, quelque part en Westphalie...

Teresa ne savait plus que penser : elle n'avait jamais imaginé que de pitoyables exilés pouvaient inspirer tant de terreur. Qu'était-on allé raconter à cette paisible grand-mère aux rides rassurantes sous sa coiffe en dentelle pour qu'elle déverse tant de sottises haineuses par-dessus la tête de sa petite-fille ? Du coup, Teresa n'avait aucun mal à continuer à arborer l'air niais de celle qui ne comprenait pas un mot de ce qui se disait en sa présence !

— Ne grandis pas trop vite, Louisette ! Il paraît que là-bas ces sauvages sans Dieu ont fait subir les derniers outrages à de saintes bonnes sœurs. Ils ne respectent rien. Qui sait si, ici, ils n'iraient pas jusqu'à s'attaquer à des enfants ?

Cette fois, Teresa dut de nouveau se concentrer sur la moustache impavide du Maréchal pour ne pas bondir. La vieille jetait subrepticement des coups d'œil vers elle pour s'assurer de son manque de réaction. Faire comme la moustache, ne pas frémir.

La porte d'entrée s'ouvrit avec fracas et la gamine se mit à hurler. La *señorita Isabel,* les lèvres serrées, les joues plus pâles qu'à l'ordinaire, avait l'air pressée de s'en aller. Elle prit rapidement congé et, passant son bras avec son autorité coutumière sous celui de Teresa, elle voulut l'entraîner dehors.

Teresa se dégagea avec douceur et, très calme, marcha droit vers la grand-mère qui essayait d'apaiser sa petite-fille. Elle lut le doute et la peur dans les prunelles délavées de la vieille, qui se rencogna contre le dossier de sa chaise à bras comme pour y trouver refuge et protection. Teresa s'approcha d'elle avec un grand sourire… puis se baissa pour caresser la joue mouillée de larmes de la gamine hoquetante.

— *Aï,* Louisette *manyaga, te planyi !*[1] murmura-t-elle sans que la vieille puisse savoir à quel sujet « l'Espagnole » plaignait la fille de son fils.

Parce qu'elle pleurait ? Ou bien parce que l'étrangère avait compris tout ce que…

Teresa n'attendit pas de savoir à quelle conclusion l'aïeule allait parvenir ; en deux enjambées elle était déjà dans la cour et rejoignait la directrice qui l'attendait en battant la semelle près de la voiture à côté de laquelle deux bonbonnes d'huile étaient posées. Sans un mot, elle les rangea dans le coffre de l'Opel puis s'assit derrière le

1. « Ah, ma pauvre Louisette, je te plains ! »

volant et mit le contact dans le même mouvement. Ce ne fut que lorsque l'amandier crucifié par sa pancarte eut disparu derrière le premier tournant qu'elle recouvra la parole.

— Vous savez, *señorita,* ces gens ne sont pas...

— Nous ne reviendrons pas, la coupa la directrice, en appuyant sa nuque sur le dossier de son siège. Remarquez, ces gens sont plus bêtes que méchants. Dieu merci, tout le monde dans la région n'est pas comme eux. Nous trouverons un autre fournisseur.

Malgré son âpreté au gain et son envie de faire affaire, le vieux au mégot éteint avait dû lui aussi livrer le fond de sa pensée sur la « racaille rouge » !

8

Andrés, elle allait enfin revoir Andrés ! Teresa avait beau agripper le volant à s'en faire blanchir les jointures des doigts, l'Opel se traînait entre les villages égrenés en chapelet le long de la route du Conflent, qui remontait la vallée de la Têt jusqu'au plateau de Cerdagne. En d'autres circonstances, elle aurait savouré ce paysage champêtre que les pêchers et les cerisiers parsemaient de petits nuages floconneux roses et blancs. La rivière qui prenait ses aises à Perpignan, tandis qu'elle sentait approcher la fin de son voyage vers les eaux turquoise de la Méditerranée, n'était encore, ici, qu'un torrent à l'eau cristalline qui bondissait en grondant entre les rochers arrondis et polis par l'usure.

Llibertat, qui avait fêté son premier anniversaire un mois plus tôt, ne tenait pas en place sur les genoux de María. Le nez écrasé contre la vitre, elle poussait de petits cris de ravissement au moindre ponceau de pierre, à la moindre vache alanguie dans un pré. Elle sortait si peu du parc de la maternité ! Parfois une petite balade, quand il n'y avait pas trop de vent, dans le gros landau à petites roues où quatre enfants arrivaient à tenir assis, un peu serrés certes, mais si contents, le long de la route de Montescot. Juste un aller et retour, on rebroussait chemin dès que les premières maisons étaient en vue.

Même si la *señorita Isabel* leur laissait volontiers la bride sur le cou, les pensionnaires de la maternité n'étaient pas libres et la police pouvait les ramener immédiatement au camp si elles s'éloignaient trop.

Alors cette sortie jusqu'à Prades, avec permission officielle, c'était une grande première dont l'enfant appréciait chaque minute !

Teresa lui avait expliqué avant de partir qu'il fallait être bien sage parce qu'elle allait enfin voir papa. Mais, pour la petite qui avait grandi depuis sa naissance dans un monde quasiment sans homme, ce mot n'évoquait pas grand-chose. Voir défiler le paysage le long de la voiture que conduisait maman suffisait à son bonheur et elle n'était pas pressée d'arriver.

Teresa en revanche sentait l'impatience tarauder chaque fibre de son corps. Une boule de chaleur palpitait au creux de son ventre et ses tétons pointaient sous son pull. Si incroyable que cela puisse paraître, son corps s'était réveillé dès qu'elle avait su que son homme était libre.

Elle savait qu'il chercherait de nouveau à s'évader. Il fallait plus qu'un séjour au fort du Miradou pour le faire renoncer à son idée fixe ! Et, comme il était plus facile de s'échapper quand on n'était pas entouré de barbelés et de miradors, elle n'avait pas été surprise quand il s'était porté volontaire pour la brigade de travail. Une fois sur le chantier à Ille, ce n'était plus qu'une question de temps…

C'est Sergi, remis de sa pneumonie, mais trop diminué pour un travail de force comme le terrassement, qui l'avait fait prévenir par Juan. D'où ces deux-là se connaissaient-ils, elle n'en savait fichtre rien, mais le menuisier de la maternité avait profité du moment où il prenait les mesures de Llibertat en vue de lui fabriquer un lit plus approprié à sa taille pour glisser un papier soigneusement plié en quatre dans la main de Teresa. Le message était lapidaire : « Andrés libre, au maquis.

Demander Joseph. » Suivait un numéro de téléphone qu'elle avait appris par cœur avant d'avaler le papier froissé en boulette. Non qu'elle se méfiât de quelqu'un à la maternité, mais une langue un peu longue, parlant à l'étourdie, n'était pas à exclure.

Elle avait dû attendre deux jours avant d'être seule au deuxième étage où se trouvait le téléphone et de pouvoir appeler ce mystérieux numéro en toute discrétion. Après l'opératrice, quelques cliquetis sur la ligne et trois sonneries, une certaine Brigitte Salètes, dont la famille tenait un café-hôtel à Prades, lui avait confirmé à mots couverts que « le client » Joseph était bien là, mais qu'il passait ses journées en « randonnées sportives » dans le massif du Canigou. Teresa, la gorge nouée, avait répondu en pesant elle aussi chacune de ses paroles, afin d'éviter toute imprudence au cas où quelqu'un surprendrait leur conversation, qu'elle viendrait volontiers lui rendre visite si elle passait par le Conflent et qu'en attendant madame Salètes lui transmette « ses amitiés ».

Elle avait eu du mal à s'endormir ce soir-là. Elle était restée longtemps les yeux ouverts dans le noir, en regrettant qu'il fasse trop froid pour monter passer la nuit dans le lanterneau d'où elle aurait pu contempler la montagne où son amant, à l'abri dans une grange ou une cabane de berger, devait également penser à elle.

Le souffle régulier de ses compagnes de « Bilbao », ensevelies jusqu'au bout de leur nez sous leurs couvertures grises, faisait doucement vibrer l'air froid de la chambre. Magdalena gémissait dans son sommeil. Cette heureuse nature rêvait de son fiancé, Pablo, tous les soirs et ses rêves semblaient aussi voluptueux que précis. Son gémissement allait crescendo. La main de Teresa avait glissé sous sa chemise de nuit, le long de son ventre redevenu plat, jusqu'au triangle soyeux et humide entre ses cuisses...

Il n'avait pas été facile de convaincre la *señorita Isabel* de la laisser aller jusqu'à Prades. L'envie dévorante qu'elle avait de revoir son amant n'était pas une raison suffisante pour justifier un tel trajet avec l'Opel. Sans compter que le laissez-passer de Teresa, qui l'autorisait à circuler dans un certain périmètre pour les besoins de la maternité, n'était pas valide aussi loin. Même l'évocation de la douleur d'un père qui n'avait jamais encore tenu son enfant dans ses bras n'avait pas fait céder la directrice. D'accord, l'année précédente, elle avait emmené la mère et la fille avec elle à Argelès, mais elle n'y était pas allée exprès, elle devait de toute façon s'y rendre pour aller chercher Candelaria. Là, c'était différent : personne du château n'avait à faire dans ce secteur et il fallait économiser l'essence, qui se faisait rare. Elisabeth voulait bien lui faire plaisir, mais Teresa n'était pas sa seule pensionnaire. Les autres aussi avaient un mari, des parents ou une famille qu'elles n'avaient pas vus depuis des semaines, qui leur manquaient et pour lesquels elles s'inquiétaient...

Teresa, un peu honteuse de s'être montrée aussi égoïste, avait cessé de la harceler quand elle avait reçu le secours inattendu de María.

Pour le nouvel an, cherchant comment remercier leur bienfaitrice suisse, Emilia, Rolanda, Bernadetta, Gabriela et quelques autres avaient confectionné des cartes de vœux fort décoratives. Sur du carton jaune, elles avaient dessiné des fleurs et des oiseaux multicolores encadrés de rubans de papier découpés avec le plus grand soin et entrelacés avec art. Un petit compliment exprimant leur reconnaissance et leurs souhaits pour l'année 1941 complétait le chef-d'œuvre. Le résultat avait soulevé tant de oh ! et de ah ! d'admiration que certaines avaient décidé de récidiver pour remercier un autre de leurs bienfaiteurs : Pau Casals. María, l'aide-cuisinière choriste, s'était aussitôt portée volontaire pour les apporter au Maître. Encore fallait-il l'amener jusqu'à Prades, où le grand musicien s'était installé dès 1939. Aux dernières nouvelles, il logeait à la maison Salètes, 103, rue Nationale.

C'était presque trop beau pour être vrai !

Teresa s'était donc jointe avec ferveur au chœur des supplications des femmes. Devant tant d'insistance, la *señorita Isabel* avait enfin capitulé. Elle avait juste demandé qu'on attende les beaux jours – la route serait meilleure ! –, et son retour de Toulouse où devaient se réunir autour de Rodolfo Olgiati, initiateur de leur action, les volontaires du service civil qui s'étaient consacrés à aider les enfants espagnols, tâche élargie depuis le début des hostilités avec l'Allemagne en un « Cartel suisse de secours aux enfants victimes de la guerre ».

Outre la maternité d'Elne fonctionnaient déjà dans le sud du pays, en zone libre donc, des cantines, des maisons d'enfants et d'adolescents, et des distributions de vivres dans les différents camps d'internement. Car ceux-ci s'étaient multipliés, débordant largement des plages catalanes qui ne suffisaient pas à « accueillir » le demi-million de réfugiés espagnols qui avait passé la frontière. Au fil des transferts de camp à camp et de l'arrivée de certaines femmes à la maternité, Teresa avait ainsi appris les noms de Bram, du Vernet d'Ariège, de Septfonds, de Gurs, de Récébédou près de Toulouse ou encore, dans les Pyrénées-Orientales même, de Rivesaltes, camp ouvert en janvier précédent sur un plateau nu comme le dessus de la main, balayé en permanence par un vent violent, au nord de Perpignan. La toile d'araignée où venaient s'engluer les indésirables s'étendait et d'autres initiatives du Secours suisse étaient nécessaires.

Une fois cela réglé, Elisabeth l'avait promis : María aurait une autorisation spéciale pour aller voir le Maître et Teresa l'y accompagnerait en voiture.

Emilia, Gabriela et les autres s'étaient donc remises à l'œuvre avec ardeur sur les tables de la grande salle de devant, où il faisait si bon quand le soleil chauffait les vitres, laissant la tramontane envelopper le parc de son étreinte brutale et glacée. Teresa elle-même s'était essayée à représenter le Canigou sur un bout de carton. Mais Josefa, à qui elle avait montré fièrement son dessin, n'avait pas reconnu le « volcan » qui dominait la plaine et le château de toute sa masse. Pourtant Teresa s'était appliquée à reproduire la neige qui descendait bas en cette saison, et les versants bleutés jaillissant des collines vertes des Aspres verts... Dépitée, elle avait fini par conclure que les vrais artistes étaient toujours des incompris et, pour se consoler, elle avait arrondi un beau soleil jaune au-dessus du pic. Monsieur Casals, grand artiste lui-même, apprécierait, lui. Elle avait trouvé plus facile de trousser le petit mot de remerciements. Après tout, n'était-ce pas grâce à lui que son vœu le plus cher allait se réaliser ?

Ensuite elle avait attendu, plus ou moins patiemment, le retour de la directrice. Après plus d'un an et demi de séparation, qu'étaient quelques semaines supplémentaires ?

Teresa sourit tandis que l'Opel passait le panneau indiquant l'entrée de Marquixanes. Quand elles s'étaient toutes deux penchées sur la carte routière pour préparer l'itinéraire de cette sortie peu orthodoxe, la *señorita Isabel* avait été des plus étonnées d'apprendre que, le « x » catalan se prononçant « ch », il fallait dire « Marquichane » !

Le village dominé par un clocher carré surmonté d'une couronne de pierre n'était pas grand et, le temps de penser au regard stupéfait de la directrice, la voiture franchissait déjà le passage à niveau qui se dressait après les dernières maisons, juste avant un nouveau panneau annonçant triomphalement : « Prades 6 km. » Teresa sentit les battements de son cœur s'accélérer encore. A chaque tour de roue qui la rapprochait de son amant, elle écoutait d'une oreille de plus en plus distraite María qui dissertait sur la carrière du Maître.

Elle en était à expliquer combien le grand homme était proche du peuple, lui qui avait fondé à Barcelone l'association ouvrière des concerts afin que les plus humbles aient accès à la grande musique, quand, tout au bout d'une dernière ligne droite bordée de platanes aux branches squelettiques, encore dénudées par les frimas, apparut la ville de Prades, assoupie sous le soleil au centre d'une petite plaine enserrée par les montagnes. Qui eût dit que la vue de cette paisible sous-préfecture pouvait susciter tant d'émotion ? Teresa avait les mains moites sur le volant et même María se taisait, impressionnée par l'imminence de cette nouvelle rencontre avec le Maître. Seule Llibertat, inconsciente de l'importance du moment, gazouillait en regardant les devantures colorées des magasins et les gens se croisant sur les trottoirs.

Teresa glissa adroitement l'Opel dans la rue Nationale, entre une carriole à bras surchargée d'un amoncellement de casseroles à rétamer et trois vaches brunes qu'une gamine au visage taché de son, encadré par deux maigres tresses en queues-de-rat, menait à coups de baguette nonchalants, et elle réussit à se garer juste en face du numéro 103.

Lorsqu'elle ouvrit la portière, le vent qui prenait la rue en enfilade passa une main froide sur ses jambes nues et elle resserra un peu plus son manteau autour de ses hanches pour éviter que le courant d'air n'en dévoile plus qu'elle ne le souhaitait. Elle voulait être belle pour retrouver « son » Andrés et elle avait renoncé à son pantalon habituel si pratique, mais sa jupe de laine prune à mi-mollet et les socquettes blanches roulées sur les chevilles qu'elle avait enfilées sous ses chaussures à bride laissaient un trop grand morceau d'épiderme à nu à son goût !

Elle prit Llibertat dans ses bras pour rajuster son bonnet tandis que María se débattait avec les cartes de remerciements qu'elle était venue apporter et qui avaient glissé de son sac. Puis, enfin prêtes, elles poussèrent la porte vitrée du café.

La pratique était encore peu nombreuse à cette heure de la matinée. Quelques vieux aux traits affaissés et au crâne dégarni jouaient à la belote à une table de coin. Ils jetaient leurs cartes d'un geste théâtral sur la toile cirée usée et s'exclamaient à grands renforts de jurons énergiques qui auraient certainement fait rougir la fille de pasteur qu'était la *señorita Isabel.* Deux autres hommes aux mains calleuses et aux godillots terreux d'agriculteur vidaient un verre de rouge au bar, derrière lequel trônait celle qui semblait être la maîtresse des lieux, l'œil veillant à tout et le sourire avenant mais ferme.

Brigitte Salètes – ce ne pouvait être qu'elle – quitta ses bouteilles pour venir donner aux nouvelles venues une vigoureuse embrassade, s'extasiant ostensiblement sur la bonne mine de la *nena* comme si elles étaient de vieilles connaissances. Puis, ayant ainsi apaisé la curiosité de ses habitués, elle resservit d'autorité les deux paysans accrochés au zinc et héla un des joueurs de cartes :

— Oh ! *padri*[1], vous pouvez me garder la boutique un gros quart d'heure, que je fasse à mes petites cousines les honneurs de la maison ?

Le vieil homme ainsi interpellé coula vers elle un regard matois puis se replongea dans l'examen de son jeu avec une attention exagérée. Teresa l'observait, fascinée par son profil de tortue et la touffe de poils blancs

1. « Parrain », terme catalan affectueux désignant un vieil homme.

qui sortait de son oreille au lobe démesuré. Ses comparses avaient interrompu leur joute verbale et attendaient la suite des événements, le sourire en coin.

Brigitte Salètes, qui savait comment manier le bonhomme, alla lui taper sur l'épaule avec bonne humeur.

— Allez, je sais que vous adorez passer derrière le bar. Et, pour votre peine, je vous offre une coupette de blanc !

— Deux, répondit le vieux sans quitter ses cartes des yeux.

Elle rit.

— Deux, d'accord. Vous êtes dur en affaires, *padri* !

Et, tandis que la « tortue » triomphante daignait enfin se lever, elle entraîna ses visiteuses dans l'arrière-salle qui communiquait avec la partie hôtel du bâtiment.

Teresa patienta quelques instants entre les tonneaux de vin, les caisses de Byrrh et de Picon, les jambons et les saucissons pendus à des crochets plantés dans les poutres du plafond pendant que leur hôtesse précédait María et ses cartes de vœux dans l'escalier jusqu'à la chambre qui servait de salon à Pau Casals et à son entourage. Llibertat, un peu intimidée dans les bras de sa mère, respirait à pleins poumons ces parfums inconnus pour elle. Brigitte Salètes réapparut bientôt, seule. Elle ôta son tablier et vérifia machinalement dans un petit miroir ébréché accroché à un clou le bon ordonnancement de ses cheveux châtains relevés en coques qui dégageaient son fin visage allongé aux pommettes hautes. Satisfaite du résultat, elle enfila un gilet de grosse laine tricotée bleu marine par-dessus sa robe et remplaça les sandales qu'elle portait dans le café par des socques à la semelle de bois :

— Le chemin n'est pas très bon, expliqua-t-elle, laconique, en s'emparant d'un panier recouvert d'un torchon à carreaux rouges et blancs, qui attendait sur une chaise bancale.

Puis elle poussa résolument la porte du fond qui ouvrait sur une cour entourée de hauts murs, ombragée par un magnifique magnolia.

Serrant toujours contre elle Llibertat, qui ne pipait mot, Teresa la suivit le long d'un étroit passage qui serpentait à l'arrière des maisons et que le linge mis à sécher décorait de drapeaux de toutes les couleurs. A la sortie du dédale, on débouchait sur les champs qui ceinturaient la ville. Brigitte Salètes, son panier maintenu fermement sous son bras, s'engagea sans hésiter sur un sentier à peine visible à la lisière d'un verger de pommiers. Le vent agitait les branches fleuries, qui laissaient tomber sur leurs têtes une neige virginale de pétales blancs.

Llibertat, qui commençait à bien marcher, aurait voulu que sa mère la pose par terre, mais leur guide avançait trop vite et le sol était trop inégal. Tout en trébuchant sur les cailloux et les mottes de terre, Teresa regretta vite sa coquetterie toute neuve qui lui avait fait préférer d'élégantes chaussures à talons aux bottes d'homme qu'elle portait l'hiver avec ses pantalons. Si elle se foulait une cheville, elle aurait l'air maligne, tiens, en arrivant devant Andrés clopin-clopant !

Brigitte Salètes s'était arrêtée au sommet d'un talus herbeux qui marquait la fin des arbres fruitiers. Au-delà s'étendaient les vignes. Grimpant avec agilité sur la pile maçonnée qui soutenait la vanne d'un petit canal d'arrosage, elle montra du doigt un cabanon surmonté d'un toit de tuiles rousses qu'on apercevait plus loin, contre un repli du terrain :

— Voici le *casot.*

Teresa ne put réprimer un léger mouvement de recul. Cette maisonnette en pierre était-elle habitée ? Etait-il prudent de... ?

— Vous n'avez rien à craindre : il appartient à ma famille. Nous y rangeons les outils, le matériel agricole, et, de temps en temps, il sert de refuge à ceux qui en ont besoin. Ils peuvent y passer la nuit tranquilles avant de repartir avant l'aube là où le devoir les appelle ! Ils vous y attendent.

— « Ils » ?

— Nos « amis » ne se déplacent jamais seuls ! Votre Joseph est accompagné d'un de ses camarades qui fera le guet.

Elle lui tendit le panier toujours recouvert de son torchon. Teresa faillit vaciller sous son poids.

— Je vous ai préparé quelques provisions pour le repas de midi, et même un peu plus. Ils emporteront ce qui reste là-haut, poursuivit la patronne du café en désignant d'un mouvement de menton le massif du Canigou tout proche. Moi, je m'en retourne avant que le *padri* ne m'ait bu toute la boutique !

Déjà elle s'éloignait. Teresa resta indécise, ses bras encombrés par son double fardeau. Sans se retourner, Brigitte Salètes leva une main en guise de salut :

— Vous retrouverez bien le chemin toute seule ! Je laisserai la porte de derrière ouverte. Vous n'aurez qu'à pousser le battant. *Adiu* !

Son tricot bleu disparut derrière les arbres.

— Merci, murmura Teresa, qui n'osait pas crier de peur de signaler sa présence.

Elle aurait eu tellement de reconnaissance à exprimer à cette Française que les griefs apeurés de la vieille du mas de l'Oliu n'avaient jamais effleurée et qui offrait son aide, sans arrière-pensée, sans rien demander en retour, simplement parce qu'elle le « devait », comme disait toujours la *señorita Isabel.* Oui, elle aurait eu tant à lui dire et pourtant un seul mot lui était venu aux lèvres :

— Merci…

Elle ne sut jamais comment elle avait réussi à revenir à Elne. Elle ne gardait aucun souvenir de la route, des virages qui l'avaient obligée à ralentir, des carrefours où elle s'était forcément arrêtée, des autres véhicules qu'elle avait dû croiser. Rien en dehors de cette merveilleuse sensation de plénitude dans son corps endolori et apaisé, et des images qui se bousculaient dans sa tête au point de lui faire perdre toute vue consciente.

Elle avait cru mourir sur place, là, au milieu des vignes, quand Andrés avait couru vers elle. Son sourire devait se voir jusqu'à Prades tant ses dents blanches ressortaient dans son visage hâlé par le bon air de la montagne. Oubliés les cernes sombres qui lui enfonçaient les yeux dans les orbites comme avec des doigts sales, finis les joues creuses et les lèvres gercées, les boutons et les croûtes quand il se grattait jusqu'au sang, les articulations qui paraissaient énormes sur ses membres amaigris et ses côtes qu'on pouvait compter à travers la laine de son pull-over, envolés surtout le désespoir et la révolte qui crispaient sa mâchoire et le faisaient grincer des dents derrière les barbelés du camp. Il était en pleine forme, éclatant de santé et d'ardeur, le regard limpide et le visage détendu, presque juvénile. Il était de nouveau l'Andrés qu'elle avait connu et aimé au premier regard dans le fossé où ils s'étaient mis à l'abri des obus et de la mitraille. Le retrouver ainsi, c'était comme un grand coup de poing au creux de l'estomac. Elle en avait perdu la respiration et un voile noir était tombé devant ses yeux. Elle n'allait tout de même pas s'évanouir à ses pieds comme une pucelle effarouchée !

Le sang battait à ses tympans au rythme de la course effrénée de son homme, qui se rapprochait. Elle ne recouvra ses sens qu'au moment où il prit son visage entre ses mains et colla ses lèvres aux siennes comme un assoiffé au robinet de la fontaine après des heures d'errance dans le désert aride. Ce baiser, elle l'attendait depuis deux ans, depuis que, la mort dans l'âme, elle avait dû rejoindre l'îlot des femmes à Argelès. Elle aurait voulu qu'il ne se termine jamais...

Mais Llibertat n'était pas de cet avis ! Elle n'était pas habituée à ce que quelqu'un accapare ainsi sa maman et fit savoir vigoureusement son désaccord : de ses petites mains, elle repoussa de toutes ses forces le visage de ce sauvage qui agressait ainsi sa mère.

« Non ! » cria-t-elle en essayant d'agripper ses cheveux.

Et ses yeux noirs lançaient des éclairs...

Andrés se dégagea, interloqué, puis éclata de rire.

« Mais c'est une vraie tigresse que nous avons là ! C'est tout ton portrait, *querida*[1] ! »

Teresa, un peu essoufflée, joignit son rire au sien au grand dam de sa fille qui ne comprenait plus rien. Les grands étaient décidément bizarres !

« Tu vois, je n'ai pas besoin de garde du corps : notre Lili est là pour me défendre ! »

Puis, remarquant la moue désapprobatrice de la petite :

« Ne t'inquiète pas, ce n'est pas un méchant monsieur. C'est papa ! »

Llibertat hésita, pas prête à rendre si vite les armes face à ce grand gaillard qui lui tendait timidement les bras. Mais le sourire d'Andrés était envoûtant et sa fille n'y résista pas plus que Teresa. Elle se laissa cueillir sans protester davantage et enfouit son visage dans le cou paternel avec un soupir d'aise qui fit monter des larmes aux yeux d'Andrés. Teresa remarqua qu'il s'était rasé avec soin afin d'offrir une joue lisse et douce à celle de cette enfant qu'il ne connaissait qu'en photo.

1. Chérie.

Laissant le père et la fille faire connaissance, elle apporta le panier laissé par Brigitte Salètes jusqu'au *casot*, devant lequel l'autre maquisard faisait le guet. C'était un Français entre deux âges, grand et efflanqué. Ses joues étaient mangées d'une barbe dure et Teresa devina que la veille encore Andrés devait avoir le même aspect hirsute que son compagnon. Celui-ci la salua cérémonieusement, lui assurant galamment que « Joseph » avait été bien au-dessous de la vérité en parlant de sa beauté, et elle se sentit rougir. Il se présenta sous son nom de guerre, « Pierrot », et elle n'en demanda pas davantage. Par ces temps troublés, moins on en savait, moins on pouvait en dire. Elle comprit seulement qu'il envisageait de rejoindre, via l'Espagne, ce général de Gaulle parti pour Londres prendre la tête de la France qui refusait la défaite. S'il n'avait pas encore passé la frontière, c'est qu'il attendait, semble-t-il, un sien cousin : ils s'étaient juré de s'engager ensemble dans les Forces françaises libres. Quoique anticommuniste et ne s'en cachant pas, « Pierrot » n'en fit pas moins l'éloge des *guerrilleros* comme Andrés venus en nombre rejoindre la résistance locale qui commençait à s'organiser. Et ce n'était pas seulement pour flatter Teresa. Les Espagnols, souvent évadés des camps, étaient accueillis à bras ouverts par les maquisards français, qui avaient grand besoin de leur expérience du combat et du commandement acquise au prix du sang durant la guerre civile. Teresa en ressentit une absurde fierté.

Ils déballèrent les victuailles du panier. Andrés revenait au galop, Lili riant aux éclats sur les épaules. Tous les quatre mangèrent sur l'herbe comme on pouvait le faire en famille, le dimanche, en temps de paix. Ils évitèrent tacitement de parler des camps, de la rencontre entre Franco et le maréchal Pétain à Montpellier, de la mort de l'ex-roi d'Espagne, Alphonse XIII, en exil, et même de la maternité du Secours suisse. C'était reposant de s'en tenir à des sujets plus légers et même de plaisanter. Assise sur les genoux de son père, Llibertat essayait d'attraper les pétales qui voletaient dans l'air jusqu'à eux comme des papillons. Andrés était complètement sous le charme de sa fille et même « Pierrot » souriait en l'écoutant babiller avec animation. La petite était tout à fait à son aise et ne rechigna pas à rester avec le camarade de son père lorsque, le repas terminé, Andrés entraîna Teresa dans le *casot*. Le rire de Llibertat, que « Pierrot » chatouillait avec entrain, les accompagna tandis qu'ils se faufilaient entre les bêches, les pioches et les hottes en osier pour se laisser tomber, enlacés, sur le « matelas » de sacs de jute qu'Andrés avait installé dans le fond.

Leur première étreinte fut presque brutale. Ils avaient tant attendu ! La faim qu'ils ressentaient l'un pour l'autre était dévorante et leurs corps se mêlèrent avec fureur, roulant sur leur couche improvisée comme pour se fondre l'un dans l'autre. C'était un combat où il n'y avait pas de perdant et qui les laissa pantelants et en sueur, leur peau portant les stigmates de leur lutte passionnée. Il leur fallut quelques minutes pour reprendre leur souffle et apaiser le tumulte de leurs sens. Teresa avait la sensation de flotter au-dessus de son corps. C'est alors qu'Andrés entreprit de baiser chacune des marques rouges qui meurtrissaient ses seins et son ventre, et ses lèvres douces, tour à tour légères et insistantes, la menèrent jusqu'à la plus insupportable des voluptés. Il étouffa de sa bouche son cri de jouissance.

« Tu es belle », avait-il murmuré en l'embrassant sur la nuque tandis qu'elle se rhabillait.

Elle n'avait pas répondu. Il avait allumé comme une lumière en elle. On ne pouvait qu'être belle quand on était autant aimée !

Elle sentait encore la chaleur d'Andrés illuminer sa peau alors qu'elle garait l'Opel devant le perron du château...

La *señorita Isabel,* qui vint à sa rencontre pour l'aider à monter Llibertat endormie jusqu'à son lit, ne lui posa aucune question ; son sourire épanoui et sa jupe chiffonnée devaient être assez éloquents. María s'était déjà précipitée à l'intérieur pour raconter aux autres femmes le bon accueil que lui avait fait Pau Casals et le plaisir qu'il avait eu à lire leurs cartes.

— C'est dommage que vous n'ayez pu venir avec nous à Prades, risqua Teresa, qui aurait voulu qu'aujourd'hui tout le monde soit aussi heureux qu'elle. Vous auriez pu mettre la photo dans votre album.

La directrice haussa une épaule lasse.

— Oh, j'avais bien trop à faire ici ! Un petit Sabiniano nous est né.

Teresa, qui bordait sa fille, interrompit son geste.

— Carmen a accouché ?

— Avec toutes les femmes proches du terme que nous avons ici, comment avez-vous deviné de qui il s'agissait ? Vous êtes un peu sorcière, Teresa ? la taquina Elisabeth en refermant derrière elle la porte de « Barcelone », la chambre où dormaient les enfants les plus grands.

— Il n'y a pas de mystère : Carmen m'avait dit que si c'était un garçon elle lui donnerait le prénom de son mari. Vous savez qu'il a vingt-deux ans de plus qu'elle ? Ils se sont rencontrés à l'infirmerie d'Argelès.

— Il est médecin ? s'étonna la directrice.

— Non, il était employé à nettoyer et brosser les malades atteints de la gale et elle à laver leurs draps. Et voilà le résultat !

Elle bondit dans l'escalier.

— Je vais aller la voir. Elle n'est pas trop fatiguée au moins ?

Sans attendre la réponse, elle grimpa encore trois marches avant de se raviser.

— *Isabel*, vous savez ce que le mari de Carmen faisait à Barcelone avant la *retirada ?* Chauffeur de taxi. Un métier prédestiné quand on s'appelle Calle[1] !

Teresa rit avant de disparaître au tournant de l'escalier. Elle ne s'était même pas rendu compte que, dans son enthousiasme, elle avait appelé la directrice par son prénom. Celle-ci ne fut même pas tentée de s'en offusquer : c'était si rafraîchissant, et rassurant même, de voir le soldat Teresa s'amuser comme une gamine espiègle !

1. « Rue » en espagnol.

9

— Mais vous avez perdu la raison !

Teresa avait agrippé le bras de la directrice au moment où elle passait devant elle, au pied de l'escalier. Penchée à son oreille, elle parlait bas pour ne pas que quelqu'un d'autre l'entende, mais son ton n'en était pas moins pressant.

— Faire venir un rabbin de Nîmes à Elne par les temps qui courent, c'est une folie !

La *señorita Isabel* tenta de la calmer.

— Il n'y a pas à s'inquiéter : nous sommes en zone libre !

Mais il en fallait bien plus pour rassurer Teresa.

— Pour combien de temps encore ? A ce que je sache, Hitler ne s'est jamais contenté jusqu'ici d'une demiconquête ! De toute façon, la politique antijuive de Vichy n'a rien à envier à celle des Allemands ! Vous faites courir à cet homme de gros risques.

— Il était volontaire pour venir. Et Hénia et son mari y tenaient vraiment.

Cette fois, Teresa eut du mal à ne pas percer le voile du chuchotement.

— Son mari aussi prend des risques insensés : Maurice Eckstein est recherché. Il a été dénoncé et il a déjà eu beaucoup de chance d'échapper à la rafle. A l'heure qu'il est, il devrait être interné au camp de Rivesaltes. Au lieu de cela, il vit caché depuis des mois chez des Français au grand cœur qui risquent autant que lui d'ailleurs, et voilà qu'il sort de son refuge pour venir au château assister à la circoncision de son fils ! Et pas tout seul encore : monsieur et madame Wettreich, le couple d'amis juifs qui l'accompagne, sont également dans la clandestinité, à Perpignan, cachés chez un pâtissier[1] bien connu de la ville, à ce qu'ils nous ont dit tout à l'heure. Vous pouvez dire ce que vous voulez, mais je n'arrive pas à trouver cela raisonnable !

— Si je ne faisais que des choses raisonnables, vous ne seriez pas là, Teresa ! sourit la directrice.

— Et je ne vous remercierai jamais assez : grâce à vous, Lili et moi sommes en sécurité. Mais ces gens, eux, se mettent en danger !

Teresa s'enflammait. Sans qu'elle s'en rende compte, ses doigts broyaient l'avant-bras d'Elisabeth. Celle-ci se dégagea doucement :

— La circoncision est un événement important dans la vie d'un petit garçon juif. C'est là qu'il reçoit son prénom. C'est une sorte de baptême qui renouvelle l'alliance entre Dieu et le peuple hébreu. Ça n'a rien d'un caprice !

C'était une de leurs rares sources de divergence : en bonne fille de pasteur, la *señorita Isabel* estimait le baptême essentiel, même si elle ne forçait personne, tandis que, élevée dans un milieu anarchiste, Teresa s'en passait volontiers. Pour peu que les mamans le demandent, la directrice s'empressait donc de faire venir l'archiprêtre d'Elne ou un pasteur de sa connaissance pour baptiser les petits de la maternité, en présence des « pensionnaires » du moment, dans la grande salle octogonale du bas. Cette habitude avait déjà donné lieu à quelques épisodes savoureux : Asunción, pour ne parler que d'elle, éprouvait une

1. Monsieur Figarola.

telle admiration pour celle qui l'avait aidée à mettre au monde son enfant qu'elle avait voulu, elle la catholique, le faire baptiser suivant le rite protestant !

Et, bien sûr, Elisabeth n'aurait pas imaginé ne pas accorder ce même droit aux Israélites, malgré le danger encouru.

Teresa voulut encore répliquer, mais la directrice était déjà repartie à petits pas pressés voir si Hénia était prête. Elle monta l'escalier en se collant au mur pour ne pas salir les marches que Celia était en train de nettoyer avec sa minutie coutumière. Autant Teresa n'avait rien d'une « fée du logis », comme la définissait pudiquement la directrice, autant Celia était une obsédée de la propreté, lavant et récurant jusqu'à ce que tout brille et reluise. Comme disait l'autre María, la mère du petit Felipe : « Là où Celia est passée, on pourrait manger par terre ! »

Chacune à leur manière, les deux femmes s'étaient rendues indispensables et la *señorita Isabel* avait décidé de les garder à la maternité. Il y avait désormais une trentaine de naissances par mois et on avait bien besoin de renfort. La nursery était pleine et, chaque maman repartant avec celle de son bébé, on manquait de corbeilles. Juan avait donc dû fabriquer des berceaux sommaires qui ressemblaient plutôt aux cagettes dans lesquelles Maguy disposait ses légumes au marché, mais qui avaient l'avantage, étant plus grands, de pouvoir accueillir deux enfants tête-bêche. C'était un sacré spectacle que ces petits lits disposés en couronne, devant les fenêtres, autour de la pièce octogonale comme celle du rez-de-chaussée, un pot émaillé blanc sur le plancher, au pied de chacun.

María s'était portée volontaire pour seconder les infirmières qui venaient toujours par roulement de Suisse, pour trois à six mois, et s'occupait en particulier de laver et d'habiller les bébés. Celia, plus discrète, lui donnait un coup de main le matin et se consacrait ensuite aux tâches ménagères, où elle excellait. Orpheline de mère à huit ans avec quatre frères, elle avait appris très tôt à tenir une maison ! Elle n'avait en particulier pas son pareil pour repasser et amidonner les coiffes et les tabliers blancs des infirmières. Elle y mettait tout son cœur, heureuse d'en avoir terminé avec ses pérégrinations.

Il fallait reconnaître qu'à côté de Teresa Celia était, à son corps défendant, une grande « voyageuse ». Pensez ! Originaire de Madrid, elle avait fui l'avance franquiste jusqu'à Barcelone avant de passer la frontière à Puigcerdá, en Cerdagne. Très coquette, elle était partie en manteau à col de fourrure et talons hauts, ce qu'elle avait vite regretté, ses escarpins ne la protégeant guère du froid, particulièrement vif sur les hauts plateaux enneigés. Ensuite, on les avait transportés jusqu'à la côte et c'est en se tordant les chevilles à chaque pas qu'elle avait fait connaissance avec le sable glacé d'Argelès. Et puis, l'année précédente, l'*aiguat* avait inondé le camp des familles et elle avait été transférée dans une prison de Niort, dans les Deux-Sèvres, où elle passait ses journées à tricoter des chaussettes pour hommes, ce qui lui avait du moins permis de gagner quatre sous. Son mari, Joseph, interné à Gurs, avait alors trouvé un travail de chauffeur dans une sablière à Lodève et elle était allée le rejoindre. C'est là qu'elle était tombée enceinte, mais, les Allemands approchant, elle avait été renvoyée au camp du Barcarès tandis que Joseph était réquisitionné pour partir travailler en Allemagne. Elle était tombée malade et son moral était au plus bas. Son arrivée à la maternité lui avait permis de recouvrer à la fois la santé et un peu de tranquillité d'esprit. Etre entourée de sages-femmes et d'infirmières la rassurait : elle avait en effet déjà perdu un enfant, un petit garçon de trois mois, en fuyant de Madrid vers Valence, et elle ne voulait à aucun prix que cela se reproduise. Sa « Celita » était née le 14 février dernier et elle veillait sur elle comme une louve. Agée de huit mois à présent, la gamine était une véritable poupée vivante pour Llibertat, qui, du haut de ses vingt mois, adorait jouer les petites mamans avec elle.

Teresa monta à son tour quelques marches en prenant bien garde de ne pas poser ses pieds sur la partie mouillée.

— Enfin, Celia, tu n'es pas d'accord avec moi ? Ce n'est pas une folie, cette circoncision ?

Celia haussa les épaules sans répondre ; elle ne discutait jamais les décisions de la *señorita Isabel,* qu'elle révérait à l'égal d'une sainte. Si la directrice était d'accord, elle l'était aussi !

— En plus, insista Teresa, d'après ce que j'ai pu en savoir en discutant avec elle, pas plus Hénia que son mari ne sont pratiquants !

Cette fois Celia fut dispensée de répondre par l'approche des hommes qui rejoignaient la chambre-bureau de la directrice où devait avoir lieu la cérémonie. Le parrain, monsieur Wettreich, portait une chaise haute de bébé censée représenter celle du prophète Elie. Le rabbin, un homme basané à la fine moustache brune, tenait à la main une petite mallette renfermant sans doute les instruments destinés à l'opération. Monsieur Eckstein, coiffé comme les deux autres d'une calotte en velours noir, rectifiait sa cravate, un peu pâle quand même. Teresa attendit qu'ils soient passés pour lâcher une dernière flèche :

— Et puis, tu ne trouves pas cela cruel, ce qu'ils vont infliger à ce malheureux gosse ? Lui couper le prépuce, comme ça, à vif ! Dire qu'il a à peine dix jours !

Etait-elle choquée par ce qui allait se passer ou parce que son amie avait employé le terme de « prépuce » qu'une Espagnole comme il faut ne prononçait jamais ?

En tout cas, Celia eut un léger sursaut, mais n'en continua pas moins à astiquer consciencieusement son escalier.

Comme chaque fois qu'elle était contrariée, énervée, Teresa éprouvait le besoin de sortir pour prendre l'air.

— Je vais promener la *mainada*[1]. Il fait beau, autant en profiter avant que le mauvais temps n'arrive. Qui sait si, d'ici la fin du mois, nous n'aurons pas un nouveau déluge, comme l'an dernier ? Alors, tu viens ?

Celia releva la tête, tentée. Mais il lui restait plusieurs marches encore à laver et elle voulait que ce soit sec quand ils redescendraient tous de la chambre de la directrice. Il ne manquerait plus que l'un d'eux glisse sur le marbre humide et se fasse mal par sa faute ! Elle secoua donc la tête et se remit avec ardeur à l'ouvrage.

— Tant pis, soupira Teresa. Mais j'emmène Celita avec moi, je la trouve un peu pâlotte actuellement !

Ça riait et ça babillait dans le landau que c'était un plaisir. Llibertat jouait les grandes. Elle s'était lancée dans un discours pour le moins incompréhensible, dans ce jargon qui n'appartenait qu'à elle, mais où on commençait à reconnaître quelques mots comme « maman », « papa », « Lili ». Ils émergeaient à la surface de ce magma confus comme les cailloux du Petit Poucet, qui l'aideraient, pas à pas, à trouver son chemin vers un langage plus intelligible. Les plus jeunes paraissaient apprécier la performance, qu'ils saluaient de petits cris perçants qui n'étaient pas sans rappeler à Teresa ceux des mouettes au-dessus des baraquements d'Argelès.

Elle avait réussi à caser dans la lourde nacelle, outre sa fille et celle de Celia, Felipe, le fils de María, et Pepita, la petite miraculée de Josefa. Celle-ci allait sur

1. Marmaille.

ses dix mois et, à la voir s'agiter en essayant d'agripper le nœud blanc qui ornait les cheveux de Celita, qui aurait pu imaginer qu'on l'avait crue perdue ? C'était un beau bébé pourtant quand elle était repartie avec sa maman au camp de Rivesaltes où l'attendaient déjà une grande sœur de sept ans et un grand frère de cinq ans. Mais la vie à la baraque 29 où on les avait assignés était si dure ! La maladie venait frapper les petits corps affaiblis par la faim. Un rat avait même arraché un morceau de l'oreille du bébé. La petite Pepita était si faible qu'elle ne tenait plus sa tête. La mort creusait déjà des ombres bleutées sur sa peau blême. On l'avait déposée dans une boîte à chaussures. Il n'y avait plus rien à faire.

Mais Josefa, sa maman, ne l'entendait pas de cette oreille. Blessée au bras lors du bombardement de Barcelone, amaigrie, épuisée par ses séjours successifs dans les camps d'Argelès, Saint-Cyprien et à présent Rivesaltes, elle avait encore trouvé la force de refuser avec obstination qu'on referme le couvercle.

— Tant qu'elle est chaude, elle n'est pas morte. Il sera bien temps de sceller le cercueil quand elle sera froide. Si sa vie ne doit durer que quelques instants, laissons-la les vivre jusqu'au bout. Ensuite, c'est moi qui refermerai.

En fait d'instants, la gamine était toujours en vie six heures après. On l'avait sortie de la boîte et Josefa avait obtenu qu'on la ramène à Elne. Là, sa peau avait recouvré rapidement une jolie teinte rosée et elle clamait de toute la puissance de ses petits poumons son appétit de vivre ! L'entêtement de Josefa avait sauvé sa fille.

La « revenante » avait reçu à la naissance le prénom de sa maman, comme c'était souvent le cas, mais on ne l'appela plus désormais que Pepita, un surnom qui pétillait comme elle. Un vrai diablotin !

Teresa partageait l'émerveillement de la *señorita Isabel*, qui s'avouait toujours surprise de constater combien ces bébés, si fragiles en apparence, possédaient parfois en eux une force insoupçonnée, capable de leur faire renverser les pronostics les plus pessimistes. L'album de photos de la directrice était jour après jour plus épais. Le vingt-cinq juin, les sages-femmes lui avaient laissé l'honneur de procéder à la trois centième délivrance, qui s'était avérée double : des jumeaux, fille et garçon, prénommés Carmen et Salvador. La vie trouvait son chemin.

Lili toujours babillant devant son auditoire en extase, Teresa poussait le landau sur le bas-côté de la route, le long des arbres qui, tout doucement, se paraient des couleurs de l'automne. Les feuilles de platanes se teintaient d'or avant de virer au bronze mat, celles des pêchers, encore vertes, voyaient leur extrémité se cuivrer en une pointe incurvée de lance barbare qui semblait menacer la terre grasse.

Ce n'est qu'à son deuxième aller et retour que Teresa se rendit compte de ce qu'elle était inconsciemment en train de faire : tout en promenant les enfants, elle montait la garde, guettant la voiture qui peut-être ralentirait devant le portail et d'où débarqueraient des policiers, en civil ou en uniforme. Elle s'arrêta net. Etait-elle stupide à la fin ? D'abord, son manège inquiet, quoique involontaire, était le plus sûr moyen d'attirer l'attention sur ce qui se passait au château aujourd'hui. Ensuite, maintenant que la marche l'avait aidée à reprendre ses esprits, elle devait bien admettre qu'une fois de plus elle s'était emballée trop vite et que la *señorita Isabel* avait raison : les Eckstein avaient choisi de prendre ce risque pour un geste qu'ils estimaient important, comme elle-même, Teresa, l'avait fait en allant jusqu'à Prades avec Llibertat voir Andrés, sorti lui aussi pour quelques heures de la clandestinité. De quel droit condamnait-elle leur choix ?

Hénia, qui au contraire de son mari parlait un excellent français, lui avait raconté comment l'un et l'autre avaient quitté, enfants, la Pologne, où les pogroms se multipliaient, pour la Belgique où leurs familles avaient cru trouver enfin la tranquillité. C'est là, à Charleroi, qu'ils s'étaient connus et mariés. Maurice avait vendu des boutons de manchettes avant de s'installer comme diamantaire à Anvers. Mais leur vie paisible avait été brutalement interrompue par l'arrivée des Allemands et cet écriteau, à la devanture d'un restaurant où ils avaient prévu de dîner : « Interdit aux chiens et aux Juifs. » La fuite de nouveau, les meubles vendus, la France traversée du nord au sud dans un wagon à bestiaux, le petit hôtel à Perpignan, puis la maison louée à Thuir, le bruit des bottes dans la rue alors que l'aube ne pointe pas encore, le voisin secourable qui sort balayer devant sa porte et surprend la déception de la meute : « L'oiseau s'est envolé », et le mot laissé en évidence par Maurice : « Je pars pour une destination inconnue », avant de monter dans le pailler de la famille française qui lui avait proposé spontanément un abri et de disparaître aux yeux du monde, l'hôpital de Perpignan où il vaut mieux ne pas aller, lui dit-on, quand on est juive, et Hénia qui débarque à la maternité avec son gros ventre en juillet dernier… L'un et l'autre en avaient déjà suffisamment vécu pour savoir ce qu'ils faisaient !

Teresa remit le cap sur le portail. Elle allait rentrer au château, féliciter les heureux parents et partager leur joie. Rien ne devait assombrir ce beau jour.

Le cœur lui manqua quand, au moment de tourner dans l'allée, elle vit apparaître sur la route, venant vers elle, un étrange équipage. Pendant un instant qui lui sembla interminable, elle imagina le pire, la police, la rafle. Mais ce n'était qu'Azucena sur sa bicyclette, amenant son petit Sergio au château pour une visite de contrôle.

Si, durant les premiers mois, toutes les mères avaient à peu près la même histoire, échouées après la *retirada* dans un camp où la *señorita Isabel* était allée les chercher, maintenant, le temps ayant passé, elles avaient toutes des trajectoires différentes et fort mouvementées, même les Espagnoles. Elvire, par exemple, qui devait son prénom à un ancêtre français, était venue de Casefabre, un petit village au-dessus d'Ille-sur-Têt, où son mari était employé à couper du bois, pour accoucher d'une jolie Incarnación. Azucena qui arrivait à vélo n'était pour sa part pas restée dans le département après son entrée en France en longeant la voie ferrée par le tunnel des Balistres, à Cerbère ; elle avait été envoyée directement dans le Cher, au château de la Brosse, sans passer par le sable des camps sur les plages. Quand elle avait appris que son mari, Fernando, capitaine dans l'armée républicaine et anarchiste dans le civil, avait réussi à rejoindre Lyon grâce à l'aide de libertaires français, elle s'était démenée pour l'y retrouver. Réunis, ils s'étaient mis naïvement à la recherche d'un travail et la police les avait arrêtés. On les avait alors renvoyés dans les Pyrénées-Orientales, où ils avaient été trimbalés d'Argelès au Barcarès, puis du Barcarès à Saint-Cyprien. C'est dans ce dernier camp que la chance leur avait enfin souri : le patron des Transports Ponsaty d'Elne était venu un jour à la recherche d'un carrossier. C'était justement le métier de Fernando. Avec Azucena, ils avaient ainsi pu sortir du camp et s'installer à Elne.

Oh, ils ne vivaient pas dans un palais ! Juste une petite chambre, à côté d'un charron, près de la porte de France. Mais il n'y avait plus de barbelés pour les empêcher d'aller et venir à leur guise, et ils gagnaient leur vie, dignement. Azucena avait une formation d'infirmière et soignait bénévolement tous ceux qui souffraient. Certains répugnaient encore à faire appel à « l'Espagnole », mais puisque c'était gratuit ! Et Azucena sillonnait Elne et ses environs sur son éternel vélo, jour après jour, de l'aube à tard dans la nuit. Quand elle était tombée enceinte, sans mère, ni sœur ni tante pour l'entourer, elle s'était tournée tout naturellement vers la *señorita Isabel* et la maternité du Secours suisse aux enfants, où elle savait trouver des soins compétents et une famille de cœur. Et voilà comment le petit Sergio avait vu le jour, comme les autres, au *Marueco* !

Teresa, soulagée, héla Azucena avec entrain. Celle-ci mit pied à terre, en prenant bien soin de ne pas déséquilibrer la carriole derrière son vélo où son fils dormait béatement, installé comme un pacha dans la corbeille qui lui servait de berceau depuis sa naissance, six mois avant. Il n'entrouvrit même pas un œil et, rassurée, sa mère s'autorisa à répondre au salut de Teresa tout en rajustant son chemisier dans la ceinture de sa jupe :

— En voilà une joyeuse nichée ! s'exclama-t-elle en poursuivant la remise en ordre de sa tenue un peu malmenée par les efforts qu'elle avait dû déployer sur sa machine. Ma parole, Lili a encore grandi !

— Sœur Bettina affirme qu'elle pousse comme un champignon, répliqua Teresa en arrêtant le landau à côté de la bicyclette. Pourtant, ce n'est pas ce qu'elle mange ! Elle se contente de picorer dans son assiette, toujours une fesse en l'air, impatiente de quitter la table. Je ne sais pas comment elle fait !

— Regardez Sergio, approuva Azucena en lissant son chignon, dont le vent de la course avait libéré quelques mèches, je n'arrivais pas à le nourrir et il n'a bu que le lait en poudre de la maternité. Pourtant, il n'est pas plus malade que les autres. Allez comprendre !

Teresa, qui s'apprêtait à renchérir, s'interrompit pour rattraper sa fille qui avait aperçu une nouvelle « poupée » dans la remorque et se penchait dangereusement en dehors de la nacelle du landau. Mieux valait continuer à bavarder en avançant !

Sur le perron et au bas des marches, les infirmières et les pensionnaires de la maternité se pressaient autour des heureux parents, rayonnants. Le rabbin et le parrain discutaient, accoudés à la rambarde. La cérémonie était terminée.

— Teresa ! Ah, vous voilà !

Hénia se dégagea du groupe et vint à leur rencontre. Elle avait revêtu pour ce grand jour une robe fleurie à manches longues qui mettait un peu de couleur sur son teint encore pâle après l'accouchement. Teresa jeta subrepticement un coup d'œil sur la petite frimousse surmontée d'une touffe de cheveux blonds émergeant de la couverture bleue qu'elle tenait serrée entre ses bras. Le bébé plissait ses minuscules paupières sous le soleil d'octobre, mais il ne semblait pas se ressentir de ce qu'il venait de subir.

— Il a été très courageux et très sage, mon petit Guy, s'extasia Hénia. Il n'a presque pas pleuré !

Azucena exprima avec enthousiasme son admiration, mais Teresa, perplexe, se contenta de hocher la tête.

— Il ne devait pas s'appeler Didier ? s'étonna-t-elle.

Hénia se mit à rire.

— Maurice a un accent yiddish très fort et il n'arrivait décidément pas à le prononcer correctement, nous avons préféré changer de prénom ! Et comme j'adore les livres de Guy de Maupassant…

Ainsi donc, après Robert devenu Rubén, Didier s'était transformé en Guy ! Comment s'appellerait aujourd'hui

Llibertat si c'était sœur Bethli qui avait rempli à l'époque le formulaire de déclaration à la place de la directrice ? Teresa préférait ne pas l'imaginer !

— Le *minyan* n'était pas réuni, poursuivait Hénia, intarissable, puisque dix hommes juifs n'étaient pas présents comme le voudrait la tradition. Mais, vu les circonstances, Dieu ne sera pas si regardant. C'est quand même une belle *Brith Mila*[1], *amen.*

La *señorita Isabel* rameutait tout le monde, son Rolleiflex à la main. Allons, que tout le monde se mette en rang pour la photo souvenir ! Hénia rejoignit son mari au centre du groupe que la directrice essayait d'organiser de la voix et du geste.

— *Schwester*[2] Elisabeth, appela une femme originaire de Stuttgart, venez avec nous. Il faut que vous soyez sur la photo, vous aussi !

Cela également, c'était nouveau au château, ces « *Schwester* Elisabeth » qui devenaient peu à peu aussi nombreux que les « *señorita Isabel* » avec l'afflux des réfugiées juives, qu'elles vinssent des camps où elles étaient internées ou des maisons qu'elles avaient encore le droit de louer librement après s'être fait dûment enregistrer au commissariat le plus proche. Mais quel que soit l'accent, ou la langue, devenir mère dans ce lieu unique rapprochait toutes les femmes et les soudait autour de la directrice et de son personnel.

Tout le monde appelait maintenant Elisabeth à grands cris. Teresa s'approcha d'elle et lui prit son appareil des mains sans lui laisser le temps de répliquer :

— Allez-y, je m'en occupe. Vous prenez tout le monde en photo et vous n'êtes jamais sur aucune !

1. Circoncision.
2. « Sœur » en allemand.

La *señorita Isabel* se laissa faire de bonne grâce. Elle se faufila au premier rang et s'assit au milieu des infirmières. Teresa recula d'un pas afin que personne ne soit coupé ou hors cadre. A travers l'objectif, elle remarqua qu'Hénia portait la même robe que la veille de son accouchement.

Une réunion des responsables des divers établissements du Secours suisse dans le sud de la France s'était tenue à la maternité. Il y avait notamment un grand jeune homme blond et mince qui s'occupait des maisons pour adolescents du Chambon-sur-Lignon ; il avait fait tourner les têtes de plus d'une infirmière ! Teresa, elle, avait surtout été frappée par la jeunesse de ces bénévoles suisses. Ils avaient tous moins de trente ans et dirigeaient des vestiaires, des cantines, des colonies d'enfants... ou une maternité comme la *señorita Isabel.* A bien y réfléchir, le grand jeune homme blond ne devait pas être beaucoup plus âgé que certains de ses pensionnaires !

A la fin de la réunion, plusieurs photographies avaient été prises, dont une avec les femmes du château. Teresa, qui ne prisait guère ce genre d'exercice, s'était déjà portée volontaire pour appuyer sur le bouton de l'appareil. Le grand blond était tout à droite du groupe, Hénia, presque au centre. On ne voyait d'elle que son visage encadré de cheveux bruns, sagement coiffés avec la raie sur le côté, et ses épaules drapées de ce même tissu à fleurs ; les femmes devant elle dissimulaient son ventre proéminent. C'était le neuf octobre, le lendemain elle accouchait de celui qui devait s'appeler Didier.

— Que personne ne bouge, ordonna Teresa. Souriez !

Ils prirent tous la pose avec complaisance.

Leurs mines fières et réjouies firent soudain comprendre à Teresa pourquoi les Eckstein avaient tant tenu à cette circoncision : à un moment où les Juifs étaient plus indésirables que jamais, pourchassés, arrêtés, le respect des rituels était une façon d'affirmer leur volonté de continuer à exister, quoi qu'il arrive. N'avait-elle pas elle-même prénommé sa fille Llibertat pour clamer à la face du monde que l'Espagne libre n'était pas morte ? La *señorita Isabel,* elle, l'avait compris depuis longtemps.

10

Des baraques à perte de vue. Toutes sur le même modèle : longues, blanchies à la chaux, avec des fenêtres en hauteur, juste sous le toit. En rang tel un régiment au garde-à-vous le long des allées tracées au cordeau sur la terre sèche et caillouteuse, que le vent prend en enfilade, soulevant des nuages compacts de poussière jaune. Il n'y a rien sur ce plateau désert que ces alignements de baraquements et les barbelés qui les entourent. Rien jusqu'aux grandes collines calcaires où le rocher affleure entre les épineux de la garrigue. Pas de pinède, ni de roseaux, ni même la géométrie changeante des vagues comme à Argelès. Rien. La désolation.

Et, au milieu de cet abandon, un peuple de fantômes, enveloppés dans de minces couvertures, bien insuffisantes pour arrêter le couperet glacial de la tramontane. On ne voyait que leurs yeux, comme des trous sans fond.

La *señorita Isabel,* le regard fixe, ne disait rien. Elle se contentait d'indiquer, d'un mot bref, les changements de direction. Teresa se laissait guider ; c'était la première fois qu'elle venait au camp de Rivesaltes et elle n'aurait jamais trouvé seule son chemin dans ce sinistre dédale. D'ordinaire, Elisabeth emmenait avec elle une infirmière suisse ; une Espagnole risquait de ne plus pouvoir ressortir. Mais sœur Katia qui devait l'accompagner aujourd'hui avait une rage de dents qui défigurait son joli visage éclairé par de grands yeux bleus et la directrice avait accepté que Teresa la remplace. Elle portait l'uniforme de sœur Katia et s'était servie de son laissez-passer pour entrer. A présent, il ne lui restait plus qu'à jouer son rôle sans se faire démasquer par les gendarmes qui gardaient le camp.

— Ilot K12, nous y voilà !

Teresa freina devant une baraque que rien ne distinguait des autres si ce n'était l'inscription « Secours aux enfants » peinte au-dessus de la porte. Une femme en bonnet blanc, emmitouflée dans un manteau sombre, sortit à leur rencontre avec empressement. Teresa reconnut l'infirmière qui avait passé la nuit à la maternité quinze jours auparavant. Elle arrivait de Suisse et convoyait un petit Espagnol malade du cœur qu'elle avait laissé aux bons soins de la *señorita Isabel.* Elle avait également apporté avec elle des colis de vêtements et du chocolat suisse. Teresa en avait fait goûter un carré à Llibertat, qui avait particulièrement apprécié ! L'infirmière était repartie le lendemain matin pour prendre son poste au camp.

Teresa avait pensé qu'elle habiterait une maison à l'extérieur de la clôture, un peu comme le château d'En Bardou, mais en fait il semblait qu'elle logeait dans le camp même, au milieu des internés. C'était une femme jeune et joviale, plus solide d'apparence que la *señorita Isabel,* mais qui dégageait la même énergie que rien ne pouvait rebuter. La directrice l'appelait Friedel, mais Teresa n'en savait pas plus, les deux femmes parlant suisse allemand entre elles.

Elle les laissa à leur discussion devant la baraque et passa la tête par la porte pour jeter un coup d'œil sur l'aménagement intérieur : l'espace était divisé en cinq chambres et les murs étaient décorés de peintures naïves représentant des montagnes enneigées et des edelweiss. Comme les femmes au château avaient donné à leur chambre les noms de villes espagnoles, les infirmières suisses s'étaient arrangées pour garder un peu de leur pays près d'elles ! Chaque chambre était sommairement meublée d'un châssis en bois et fil de fer soutenant une paillasse, d'une caisse renversée servant de table de toilette, et de quelques rayonnages. Une vieille couverture masquait la fenêtre à laquelle il manquait une vitre.

— Je vais examiner les femmes et les enfants qu'Elsie[1] a sélectionnés. Si vous aidiez Friedel pendant ce temps à faire la distribution de riz, Teresa ?

La *señorita Isabel* avait déjà ôté sa cape, prête à se mettre au travail. Le froid faisait naître un petit nuage de vapeur sur ses lèvres, mais elle ne s'en souciait pas.

— Je ne parle pas allemand, objecta Teresa à voix basse. Je ne comprendrai rien à ce qu'elle me dira de faire.

La directrice fit un geste de la main, comme pour balayer l'argument.

— Friedel ne se débrouille pas encore vraiment en espagnol, mais elle parle le français fédéral. Bien qu'autrichienne, elle a grandi comme moi près de Zurich où elle a été recueillie par une famille après la Grande Guerre. Vous allez très bien vous entendre !

Et, bien sûr, elle avait raison. Friedel Reiter était une femme comme elle les aimait. Une fonceuse. Et son sourire semblait faire reculer la grisaille des murs et même celle du ciel de cette fin novembre. Teresa se glissa derrière le chariot à trois roues où deux jeunes garçons maigres à faire peur venaient de glisser les seaux de riz fumant. *Hostia,* qu'il était lourd ! Lorsqu'elles tournèrent l'angle de la baraque, le vent faillit pourtant les renverser, elles et le chariot.

1. Autre infirmière suisse du camp de Rivesaltes.

A l'infirmerie, les malades étaient couchés sur les lits avec tous leurs vêtements crasseux sur le dos pour avoir moins froid. Ils étaient si faibles qu'ils avaient du mal à tenir entre leurs mains les boîtes de conserve dans lesquelles Teresa versait une louchée de riz. Mais c'était pire encore dans la baraque où étaient soignés les enfants.

— Vous avez vu ces visages de vieillards ? souffla sœur Friedel, apitoyée. Leur peau ridée, leurs membres décharnés, leur regard si fatigué. Ils n'attendent déjà plus rien. Et il y a de quoi ! Leurs lits n'ont pas de drap, nous n'avons même plus de couches à leur mettre et leurs jambes sont couvertes de plaies et d'ulcérations. Quelle misère, mon Dieu !

— Personne ne s'en occupe ? répondit Teresa sur le même ton, en considérant le cœur serré les petites silhouettes recroquevillées sur les matelas souillés.

Elle imaginait Llibertat à leur place et les larmes lui montaient aux yeux. Bénis soient la *señorita Isabel,* ses convictions et même son Dieu, qui lui inspirait sa générosité !

— Le Secours suisse n'est autorisé à apporter que de la nourriture, et des vêtements quand nous en recevons.

— Pourquoi ne les soignez-vous pas ? Vous êtes infirmière, n'est-ce pas ?

Sœur Friedel haussa une épaule fataliste.

— Cela fait partie des nombreux mystères de l'administration de ces camps. Déjà que le directeur ne voulait pas d'organisations comme la nôtre, celle des quakers ou l'OSE[1] ! Même les assistantes sociales du Cimade[2] ont eu du mal. Il prétendait que, si on nous laissait faire, les gens des camps vivraient mieux que les Français !

1. Œuvre de secours aux enfants, organisation juive.
2. Comité intermouvements auprès des évacués.

Teresa crut réentendre les jérémiades de la vieille édentée du mas de l'Oliu. Mais, dans la bouche d'un homme responsable de la survie de plus de cinq mille personnes, ce refrain avait malheureusement une autre résonance.

— Et cette crasse ? Les femmes qui viennent d'ici pour accoucher à Elne disent qu'il y a des rats.

Sœur Friedel se battait avec une petite robe en tricot jaune poussin qu'elle essayait d'enfiler à une fillette dont les os saillaient sous la peau marbrée.

— J'ai réussi à leur donner un bain chaud il y a une semaine, commenta-t-elle sans se retourner, mais ils sont de nouveau sales. Regardez-moi ça !

— C'est désespérant, soupira Teresa. Si seulement on pouvait tous les emmener à la maternité, on pourrait les remettre sur pied en un rien de temps !

Sœur Friedel haussa derechef les épaules tout en remettant le seau vide dans le chariot.

— Ce serait formidable, mais, pour l'instant, j'ai seulement pu arracher au médecin-chef l'autorisation d'envoyer là-bas huit femmes et cinq enfants. Autant d'un coup, c'est déjà presque un miracle !

— Tout l'encadrement français est comme ça ? s'enquit Teresa en baissant la voix.

— Non, Dieu merci. Tenez, parmi les gardes du camp, il y a un officier de gendarmerie qui vient je crois du Tarn-et-Garonne. Un soir, en faisant sa ronde, il entend du bruit du côté des poubelles. Il s'approche, pensant qu'il s'agit d'un chien, et il découvre une blondinette espagnole de trois ans en train de ronger un trognon de chou-fleur. Elle est orpheline, sa mère est morte de dysenterie au camp de Bram, et la famille andalouse qui l'a recueillie a décidé d'accepter l'offre des autorités et de rentrer en Espagne. Le gendarme, qui est un bon père de famille, prend la petite María Pilar en pitié. Depuis, il vient la chercher à chaque repas pour l'emmener manger avec lui au mess des officiers et il envisage même de la recueillir officiellement pour lui permettre de sortir de cet enfer !

— C'est magnifique ! s'enthousiasma Teresa.

— Mais c'est rare.

Elles reprirent ensemble le chemin de la baraque du Secours suisse où « Bethli », comme l'appelait sœur Friedel (ainsi donc, c'était le diminutif d'Elisabeth !), avait sans doute fini d'examiner les candidats au départ. Les seaux étaient vides et Teresa avait le plus grand mal à diriger la cuisine roulante malmenée par les rafales.

— Maudite tramontane, grommela sœur Friedel en baissant la tête pour éviter la gifle du vent. C'est à croire qu'elle ne s'arrête jamais ! La nuit, elle me réveille. Elle siffle sous la porte comme une damnée !

Elles unirent leurs efforts pour maintenir le chariot sur ses roues. Les allées de l'îlot étaient presque désertes ; les baraques n'étaient pas chauffées, mais du moins les internés y étaient-ils à l'abri. Ici, on était dans le camp des familles. Les hommes et les adolescents étaient dans un autre. Les gitans, que sœur Friedel appelait des Tziganes, avaient le leur. Depuis peu, les Juifs avaient été séparés des autres et réunis dans l'îlot B, tout au fond. C'est là qu'aurait dû être le mari de Hénia s'il n'avait pas trouvé de belles âmes françaises pour le cacher malgré les risques encourus.

Le malheur et le désespoir qui exsudaient de chaque planche, de chaque pierre, prenaient Teresa à la gorge, collaient à sa peau tel un linceul, invisible et pourtant si pesant. Elle n'avait qu'une envie : s'enfuir en courant loin de ce gouffre obscur qui semblait vouloir l'aspirer. Avait-elle donc déjà oublié ce qu'était le camp ? Etait-ce pire maintenant ou le confort de la maternité le lui rendait-il encore plus insupportable ?

Courbée comme un petit taureau derrière le chariot, sœur Friedel mettait à lutter contre la tramontane toute la rage qu'elle éprouvait envers ce système absurde et inhumain.

— La mortalité des bébés de moins de un an est effrayante. Cet été, une épidémie d'entérocolite a fait des ravages.

Teresa la laissait exhaler sa révolte sans répondre. Certains termes lui échappaient ; les références à la médecine étaient plutôt rares dans Malraux ! Sa fréquentation quotidienne de la *señorita Isabel* lui permit néanmoins de comprendre qu'il s'agissait de fortes diarrhées. En revanche, elle découvrit un nouveau mot : « cachectique[1] ». Il revint à plusieurs reprises dans la bouche de sœur Friedel et semblait chaque fois l'abattre un peu plus, comme s'il portait en lui une charge maléfique qui grandissait lorsqu'on le prononçait. Teresa n'osa pas demander d'explication ; elle se renseignerait auprès de la directrice une fois revenue à la maternité.

Un groupe d'enfants, sortis d'on ne sait où, vint entourer le chariot. Ils se pinçaient, se bousculaient, les plus grands rejetant les plus jeunes d'un coup de coude vers l'arrière. La scène rappelait celles qu'on pouvait voir tous les jours, en temps de paix, dans la cour de récréation de toutes les écoles du monde, sauf que…

Teresa les dévisageait avec un sentiment de malaise grandissant. Les gamins continuaient à se pousser, mais sans bruit, sans cette joyeuse cacophonie de l'enfance insouciante. Ils ne parlaient pas, ne souriaient pas. Ils attendaient, le regard avide. Sœur Friedel leur distribua des bouts de pain aux poires séchées dont elle avait rempli ses poches. Ils s'en emparèrent sans un merci et engloutirent d'un seul coup les croûtons, qui disparurent comme

1. Personne d'une maigreur extrême, dont l'état général est gravement atteint à cause de la sous-alimentation.

par magie. Puis ils repartirent en courant, comme ils étaient venus, tout en continuant à se disputer en silence.

— Eh, *nens, esperais*[1] ! tenta de les retenir Teresa.

Mais ils n'étaient déjà plus là.

— Ils n'ont pas compris ? Pourtant je suis sûre qu'ils sont espagnols, s'exclama-t-elle, dépitée.

— Ils le sont, répondit l'infirmière en secouant la tête, et ils ont entendu. Mais, ici, ils deviennent de véritables petits animaux !

Que de tristesse dans la voix de sœur Friedel ! Teresa eut l'impression que la tramontane sifflait plus fort, tel un serpent dressé ou la lanière du fouet se détendant pour s'enrouler autour du torse sanglant. Son imagination s'emballait. Elle eut plus que jamais envie de fuir. Comme elle s'en retournait au chariot, elle découvrit au-dessus de la barre qui servait à le pousser deux yeux noirs qui la dévisageaient sans aménité.

— Tiens, il y en a un qui est revenu quand même !

— Non, lui, c'est Francisco, mon petit « chauffeur ». Il m'aide d'ordinaire à faire la tournée et il doit vous en vouloir de lui avoir pris son « travail » !

Le regard du gamin était lourd des reproches qu'il n'osait pas formuler. Son aide lui valait sans doute quelques faveurs en récompense : un peu de nourriture, une paire de chaussures pas trop trouées. Teresa eut la désagréable sensation d'être une voleuse. Elle s'apprêtait à tranquilliser le malheureux Francisco en lui assurant qu'elle n'avait nullement l'intention de rester et lui rendait bien volontiers la carriole, quand des éclats de voix les firent sursauter. Ils venaient de la baraque du Secours suisse.

— Vite, ordonna sœur Friedel, je reconnais ces vociférations : c'est le chef d'îlot. Une brute imbécile !

1. « Enfants, attendez ! »

— Et moi, je reconnais l'accent de celle qui lui tient tête, compléta Teresa en plantant là la cuisine roulante.

L'homme devait bien faire deux têtes de plus que la *señorita Isabel.* C'était un de ces vauriens recrutés dans les villages voisins pour leur carrure impressionnante et la facilité avec laquelle ils se servaient de leurs poings afin d'éviter tout mouvement de révolte dans le camp. Le cheveu ras, la vareuse déboutonnée malgré le froid, il braillait en indiquant d'un index péremptoire le sud, c'est-à-dire la sortie, tout là-bas par-delà des dizaines et des dizaines de baraques.

Face à lui, bien campée dans ses bottes, la directrice levait un visage résolu, avec ce front têtu que Teresa lui connaissait si bien.

— Nous les emmènerons que vous le vouliez ou non ! La décision ne vous appartient pas, martelait-elle.

Et son accent rugueux ressortait encore plus que d'habitude.

— Il n'y a rien de pire que les petits chefs, souffla sœur Friedel en se précipitant dans la baraque.

Teresa ne savait que faire. Si seulement elle avait encore son fusil ! Tant pis, elle irait quand même ; elle ne pouvait pas laisser la *señorita Isabel* seule face à ce soudard dont les joues couperosées viraient déjà au violacé. Les poings serrés, elle avança d'un pas.

C'est alors que sœur Friedel ressortit du baraquement, un papier tamponné à la main.

— Voici l'ordre signé du directeur du camp. Voyez, c'est marqué ici : David Gustave Humbert. Et le docteur Lefebvre l'a contresigné.

L'homme jeta un coup d'œil hésitant sur la feuille et Teresa se demanda l'espace d'un instant s'il savait lire. Quoi qu'il en soit, il en savait assez pour reconnaître le paraphe directorial. Il rendit le papier à sœur Friedel en évitant de la regarder et tourna les talons.

— Et il nous faudrait un camion, parce qu'ils ne rentreront pas tous dans l'Opel !

L'homme marqua un léger temps d'arrêt, sans se retourner, puis grommela quelque chose qui pouvait passer pour un assentiment. La *señorita Isabel* avait toujours le dernier mot !

Les femmes apeurées se serraient les unes contre les autres dans le baraquement, persuadées que ce départ dont elles rêvaient depuis plusieurs jours était annulé. Teresa les rassura en espagnol, sœur Friedel en allemand et en français, et bientôt elles retrouvèrent le sourire. Seules deux d'entre elles ne participaient pas à la joie générale : la première était obligée de laisser ses deux grands garçons, des adolescents, seuls au camp, sans surveillance. La seconde, elle, ne partait pas ; son enfant irait seul à Elne. Elle était soulagée bien sûr de savoir qu'on prendrait soin de lui et qu'il mangerait à sa faim, mais la séparation fut déchirante.

L'arrivée du camion exigé par la directrice écourta les derniers adieux.

— Je monte à côté du chauffeur pour lui indiquer la route et m'assurer qu'il n'en profite pas pour les emmener ailleurs, décida la *señorita Isabel.* Teresa, vous conduisez l'Opel. Allons, pressons ! Il vaut mieux partir avant que cette brute épaisse ne se ravise !

Devant cette perspective, les femmes qui remerciaient sœur Friedel avec effusion se bousculèrent pour se répartir avec les enfants entre les deux véhicules. Les portes claquèrent et Teresa démarra aussitôt. Tout en suivant le camion de près afin de ne pas se perdre dans le dédale du camp, elle jeta un dernier coup d'œil dans le rétroviseur : sœur Friedel, la main levée en signe d'au revoir, son autre bras entourant les épaules de l'ombrageux Francisco, regardait partir ceux qu'elle venait d'arracher, du moins temporairement, à l'enfer. Huit femmes et cinq enfants, c'était à la fois beaucoup, eu égard au mal qu'elle s'était donné pour obtenir leur transfert, et si peu quand on pensait aux milliers de malheureux qui restaient pris au piège. Une goutte d'eau dans un océan de souffrance.

L'arrivée au château suscita les habituelles larmes de joie des nouvelles arrivantes et les non moins habituelles paroles de bienvenue et de réconfort de la part des « anciennes » et du personnel. Laissant Elisabeth donner ses directives et répartir femmes et enfants dans les chambres en fonction des lits libres, Teresa se dégagea rapidement du groupe pour monter au premier étage serrer sa fille dans ses bras. Elle avait besoin de sentir sa joue ronde et tiède au creux de son cou pour recouvrer tout son courage.

María et Celia faisaient manger les plus grands. Llibertat, comme de coutume, ne restait pas en place, acceptant une bouchée quand les autres en avalaient trois. La voir ainsi bouder son assiette pleine mit Teresa hors d'elle. Cette purée de légumes aurait fait tant de bien aux petits fantômes de Rivesaltes ! Pour éviter un éclat que sa fille n'aurait sûrement pas compris, elle sortit de la pièce et grimpa quatre à quatre deux étages supplémentaires jusqu'à la verrière, sur le toit. Elle aimait toujours s'isoler dans cette bulle suspendue entre ciel et terre, loin du quotidien si désespérant. Elle y retrouvait chaque fois calme et sérénité, et la force de continuer.

Au nord, dans la direction de Rivesaltes, de gros nuages noirs, lourds et menaçants, accouraient du fond de l'horizon. Elle n'osait pas imaginer ce qu'il adviendrait s'ils crevaient au-dessus du camp. Se détournant avec un frisson, elle offrit son visage à la lumière couleur de miel qui coulait du ciel, plus dégagé au-dessus du château. En cette fin de novembre, le soleil jetait ses derniers feux, mais ses rayons avaient perdu de leur force. Ce n'étaient plus les flèches chauffées à blanc de l'été, qui brûlaient la peau et blessaient les yeux, mais une fine poudre d'or qu'une main invisible jetait du haut des nues pour réchauffer un arbre, une maison. Une brume légère voilait les Albères, estompant les vallons et les sommets. Le gris-vert des premiers contreforts semblait se diluer au fur et à mesure qu'on s'éloignait jusqu'à devenir presque transparent. C'était comme si la montagne voulait s'effacer pour lui laisser entrevoir cette terre qui lui manquait tant. Mais Teresa eut beau retenir son souffle et scruter le dernier rideau, impalpable, à s'en faire mal aux yeux, il ne s'écarta pas. Ce fut néanmoins le cœur plus léger qu'elle redescendit l'escalier pour rejoindre ses compagnes dans la salle à manger.

La mine grave de la *señorita Isabel* l'arrêta dans son élan. La directrice venait de raccrocher le combiné du téléphone installé sur le mur du palier, à côté de sa chambre, et elle s'était adossée un instant au battant de la porte, son regard triste et las fixé sans le voir sur le mur d'en face.

— Mauvaise nouvelle ? questionna Teresa, la voix étranglée.

— Je viens de recevoir un appel de la pouponnière de Banyuls. Le petit Sabiniano est mort.

Elles s'entreregardèrent sans un mot. C'était inutile, elles pensaient la même chose. Tant d'efforts pour le faire naître à la maternité puis le soigner, en vain. Les camps ne lâchaient pas aussi facilement leurs proies. Pauvre Carmen.

11

Les enfants laissèrent échapper un « ah ! » de surprise émerveillée, quoiqu'un peu inquiète. Quelques mères arrondirent en même temps qu'eux, sans s'en rendre compte, leurs lèvres en un « oh ! » muet qui leur rendit pour un fugace instant l'innocence de leurs jeunes années. Sœur Gret, une des sages-femmes suisses, qui dominait de sa haute taille les autres infirmières rassemblées près de la porte, porta à sa bouche sa main ouverte pour étouffer l'éclat de rire qui montait à sa gorge.

Sans lui jeter le moindre regard, « Gaspard » avança dans la pièce d'un pas solennel, les bras chargés d'un coffret recouvert de papier doré collecté, mois après mois, chaque fois qu'il arrivait du chocolat de Suisse. Derrière lui, « Melchior » se prenait les pieds dans sa traîne improvisée, tandis que « Balthazar » essayait vainement de remettre d'aplomb sa couronne en carton de guingois, qui menaçait de tomber à chaque mouvement. José, le préposé au ravitaillement, suivait le royal trio, la tête enturbannée d'une taie d'oreiller qui lui donnait des airs de pirate. Il traînait derrière lui un grand sac en toile de jute plein à craquer dont il exagérait le poids en simulant des efforts démesurés, la langue pendant de façon grotesque. Sœur Gret avait de plus en plus de mal à garder son sérieux.

« Gaspard » s'arrêta devant la *señorita Isabel*, mit un genou à terre et lui fit l'offrande de son coffret. Derrière sa barbe en coton hydrophile blanc emprunté à la pharmacie de la maternité, les yeux de Jaime pétillaient de malice.

Le maçon adorait faire des blagues et surtout se déguiser. Un jour, il avait fait son entrée dans la salle à manger pendant le dîner, grimé en femme enceinte en proie aux premières douleurs. Ses deux mains soutenant le coussin qui gonflait la vieille robe qu'il était allé dénicher dans la corbeille destinée au raccommodage, un foulard à carreaux noué sous son menton bleu de barbe, il avait grimacé, gémi, hululé en invoquant la Madone et tous les saints, maudit « le salopard » qui lui avait fait ça et juré de ne plus jamais se laisser toucher par un homme de sa vie ! Il était si drôle que Maricel avait failli accoucher avant l'heure tant elle riait et que Rosita s'était étranglée avec le morceau de pain qu'elle venait de porter à sa bouche.

Cette fois, Jaime avait enrôlé ses compères, Pepe, Juan et José, pour mettre en scène l'arrivée des Rois mages qui apportaient chaque début janvier des cadeaux aux enfants en Espagne. Le personnel suisse était plus familier du Père Noël, mais, quand il s'agissait de changer les idées aux pensionnaires du château, petits ou grands, il était toujours partant. Et c'était là une façon bien distrayante d'ouvrir l'année 1942 !

La directrice, entrant dans le jeu, remercia gracieusement « Gaspard » et ouvrit le coffret recouvert de papier doré, découvrant un monceau de bonbons multicolores.

Llibertat, qui était restée jusque-là coite dans les bras de sa mère, poussa un petit cri de ravissement. Sa gourmandise était plus forte que la méfiance qu'elle avait ressentie à l'entrée de ces « rois » barbus en robe longue, sortis de nulle part ; elle se laissa glisser à bas des genoux maternels et trottina jusqu'à ce coffret tentateur qui la fascinait au point de lui faire oublier la proximité impressionnante du Gaspard d'opérette.

Ce fut comme un signal pour les enfants les plus grands qui se massèrent en piaillant pour réclamer des friandises autour de la *señorita Isabel* et de Jaime, hilare au milieu de cette joyeuse ruée, qui maintenait sa fausse barbe d'une main et sa couronne de pacotille de l'autre. Josefa, venue pour les fêtes d'Arles-sur-Tech où elle avait trouvé du travail, dut retenir sa Pepita qui ne marchait pas encore, mais entendait bien rejoindre les autres à quatre pattes. Consuelo, que la directrice avait décidé de garder au château comme couturière, souleva son bébé de quatre mois, une fillette prénommée elle aussi Consuelo, à hauteur de son épaule pour qu'elle puisse jouir du spectacle.

Même sœur Bettina s'approcha précautionneusement, le petit José bien à l'abri dans ses bras. Il était si maigre qu'on avait l'impression qu'il pouvait se casser au moindre choc. Sœur Friedel l'avait elle-même amené de Rivesaltes au début de décembre tant elle s'inquiétait pour lui. Toutes les infirmières avaient eu les larmes aux yeux lorsque María l'avait déshabillé à la nursery : sous les vêtements trop minces pour la saison, c'était un petit squelette qui était apparu. Tous les os saillaient sous sa peau rouge, enflammée depuis les jambes jusqu'au dos, et María avait à peine osé le soulever pour le poser sur la balance. Teresa n'en avait pas cru ses oreilles lorsqu'elle lui avait répété ce qu'avait indiqué le contrepoids sur le curseur : à onze mois, le malheureux gamin pesait à peine quatre kilos et huit cents grammes ! De son visage émacié on ne voyait que deux yeux sombres, immenses, déjà résignés, surmontés d'un crâne qui semblait énorme. Le lait des mères du château, si nourrissant soit-il, serait-il suffisant pour le sauver de l'ombre qui planait sur lui ?

Les infirmières avaient déjà soigné des enfants en grande détresse comme cette petite Odette, beau bébé de trois kilos quatre cents grammes à la naissance, qui était revenue du camp ne pesant plus que deux kilos trois cents. On avait craint le pire, d'autant qu'elle ne gardait aucune nourriture ; elle vomissait tout ce qu'on lui donnait. Gret et Bettina s'étaient relayées jour et nuit pour lui faire avaler douze à vingt grammes de lait toutes les heures, elles l'avaient aussi exposée à la lumière bienfaisante des lampes à ultraviolets, et Odette avait peu à peu retrouvé ses joues rebondies et ses fossettes aux coudes et aux genoux. Il y avait eu aussi Wladimir, le fils de la rousse Perla. Alors qu'il avait sept mois, la *señorita Isabel* l'avait ramené d'urgence de Rivesaltes, où sœur Friedel ne jouait pas encore au bon Samaritain infatigable. Wladimir n'était plus qu'une tête et un ventre avec de longs membres grêles d'insecte. Aussi pitoyable qu'effrayant. Monstrueux presque. Un séjour à la pouponnière de Banyuls, où Celia l'avait accompagné, lui avait rendu figure humaine. José aurait-il la même chance ?

Sœur Friedel voulait y croire.

« Je suis tellement heureuse de le voir ainsi confortablement installé dans son lit, après un bon bain, s'était-elle réjouie. Si vous saviez dans quoi il vivait à l'infirmerie du camp ! Il était laissé à l'abandon, comme s'il était déjà mort, avec juste une chemisette sur le dos et une couche sale sur les fesses. »

Elle ne pouvait plus s'arrêter. Elle avait parlé et parlé encore, racontant la mère qui s'était évadée du camp avec ses jumeaux, la femme qui avait tenté de se suicider en avalant un produit toxique, et Elsbeth, une de ses collaboratrices, atteinte de diphtérie, si malade qu'on avait dû la transporter à l'hôpital de Perpignan. Teresa n'avait pas tout compris, sœur Friedel s'adressant à la *señorita Isabel* et à Gret en suisse allemand, mais il était évident que rapporter l'effroyable misère qu'elle côtoyait tous les jours la soulageait un peu. Elle devait parfois douter de l'utilité de sa présence. Et pourtant…

Sœur Friedel était restée une heure à la maternité, puis elle était repartie prendre le train pour rentrer à Rivesaltes. L'après-midi était déjà bien entamé, la nuit d'hiver ne tarderait pas à tomber. De la gare, l'infirmière n'aurait d'autre choix que de faire le chemin à pied jusqu'au camp. Une heure et demie à travers champs si la lune consentait à éclairer ses pas. Mais la vision de son petit protégé dormant paisiblement entre des draps bien blancs sous une chaude couverture de laine avait dû l'aider à avancer vaillamment.

Jaime, sa barbe de coton remontée sur le front, faisait le pitre pour arracher un sourire à l'enfant, toujours blotti dans les bras de sœur Bettina. Le petit José, agrippé au devant du tablier de son infirmière, l'observait à la dérobée, du coin de l'œil, encore hésitant. La toujours avenante madame Fillols, venue en voisine, agitait ses mains, « ainsi font, font, font les petites marionnettes » au-dessus de Robert et Danièle, deux bébés juifs nés courant décembre. La sage-femme française venait au château moins souvent à présent que des consœurs suisses avaient pris le relais, mais Elisabeth n'oubliait pas tout ce qu'elle lui devait. Quand elle avait ouvert la maternité avec seulement trois infirmières, madame Fillols avait aussitôt répondu à son appel. De jour, de nuit, la semaine et le dimanche, elle avait accouru sans jamais demander l'origine de la femme qu'elle accouchait. Il y avait un enfant à aider à venir au monde et cela seul lui importait. C'était grâce à cette brune souriante que l'album de photos de la *señorita Isabel* était si épais, surtout les premières années.

Pendant ce temps, Llibertat et Pepita, les deux *temporals*[1] de la maternité, se tordaient de rire en regardant la *Cargolina*, une petite gitane aux yeux noirs comme des olives, se débattre avec le papier de son bonbon, sous le regard un peu triste de Josefa : ses deux aînés, Juliette et Julien, avaient été envoyés dans une maison d'enfants dans l'Ain. Ils devaient avoir de la neige, là-bas. Celia aussi avait du mal à partager l'enthousiasme général. Teresa alla passer son bras sous le sien, consciente de la chance qu'elle avait de pouvoir vivre cette journée de joie avec sa fille. « Celita » avait été victime d'une double pneumonie à l'entrée de l'hiver et on avait craint un moment pour sa vie. Elle était à présent guérie, mais on l'avait envoyée en convalescence dans une pouponnière du Secours suisse à Annemasse en Haute-Savoie. Celia savait bien sûr que c'était pour son bien, mais sa « Celita » lui manquait. Llibertat aussi réclamait souvent celle qu'elle considérait comme sa petite sœur et Teresa ne pouvait que lui répondre qu'elle reviendrait bientôt. Très bientôt, promis.

Les deux femmes travaillaient côte à côte, à l'angle du bureau. Son grand front plissé par la concentration, la *señorita Isabel* lisait une circulaire envoyée par la Croix-Rouge suisse en laissant de temps en temps échapper un soupir exaspéré. Teresa, elle, avait beaucoup de mal à se concentrer sur les colonnes de chiffres qu'elle était censée vérifier dans le livre de comptes de la maternité. Son regard s'évadait de plus en plus souvent par la fenêtre où se découpait la silhouette familière du Canigou enneigé. Andrés, son Andrés, était toujours quelque part là-haut, dans la montagne.

1. « Tornades » en catalan.

Elle savait que ses camarades et lui trouvaient refuge dans des *orries*[1] ou des granges amies, mais elle espérait au moins qu'il ne souffrait pas trop du froid. Elle avait reçu deux fois un court message de lui par la voix de Brigitte Salètes, au téléphone, et il s'était débrouillé pour faire parvenir à sa fille un mignon petit écureuil qu'il avait sculpté au couteau dans un bout de bois de hêtre ramassé dans la forêt, mais il n'y avait pas eu d'autre escapade à Prades, ni d'autre rendez-vous au *casot* des vignes. Elle devait se contenter de revivre leur étreinte la nuit, dans ses rêves, en espérant être moins bruyante que la voluptueuse Magdalena !

Elle s'inquiétait surtout pour les actions menées par le maquis. En décembre, le journal local avait rapporté un fait divers survenu dans le massif, au-dessus de Valmanya. Selon le quotidien dont Maguy s'était servie pour emballer des blettes, au marché, deux « déserteurs allemands » de la Légion étrangère avaient eu un accident en tentant de passer en Espagne. L'un d'eux avait été tué, l'autre, blessé. S'il arrivait quelque chose à Andrés, qui le saurait ? Et, s'il était malade, qui le soignerait ? Par moments, elle avait de nouveau honte d'être ainsi bien à l'abri dans le cocon douillet du château, tandis que tant d'autres manquaient de tout et risquaient leur vie.

On était en janvier 1942. D'après Radio Andorre, les Allemands avaient échoué devant Moscou et le Japon venait d'attaquer la flotte américaine dans le Pacifique. Dans la France occupée, rafles de Juifs et exécutions d'otages se succédaient. Quand tout cela finirait-il ? Et comment ?

Zut, le total était faux ! Depuis quand sept et cinq faisaient-ils quinze ? Il fallait tout recommencer.

1. Cabanes de berger.

— Des papiers et encore des papiers, s'emporta soudain la *señorita Isabel* en écartant violemment la feuille qu'elle s'efforçait de décrypter depuis dix minutes. Et ce n'est pas la fusion du cartel du Secours aux enfants avec la Croix-Rouge suisse qui va arranger les choses !

Au même instant, le téléphone du palier fit entendre sa sonnerie aigrelette. La directrice repoussa sa chaise et bondit sur ses pieds.

— Retiens bien ce que je vais te dire, Teresa, ces bureaucrates de Berne ne sont pas près de nous lâcher !

Le téléphone insistait.

— J'espère que ce sera une bonne nouvelle, pour changer, grimaça-t-elle en sortant de sa chambre.

Teresa sourit : le tutoiement échappait à la *señorita Isabel* quand elle était énervée et rien que pour cela Teresa appréciait ces moments d'abandon où Elisabeth mettait bas son masque de directrice efficace pour laisser paraître sa lassitude et sa fragilité de femme.

Teresa reprit son crayon et ses additions.

— Sept et cinq font donc douze, je retiens un...

Elle entendit le clic du combiné reposé sur son socle et la porte se rouvrit.

— Alors, la nouvelle est bonne ? interrogea-t-elle sans lever le nez de son livre de comptes.

Aucune réponse ne lui parvenant, elle se retourna, un peu inquiète. Debout à côté de son lit, la *señorita Isabel* semblait balancer sur la façon de réagir à ce qu'elle venait d'entendre. Teresa répéta sa question.

— Bonne ? Je ne saurais le dire.

— C'était la rue du Taur[1] à Toulouse ? hasarda Teresa.

La directrice secoua la tête.

1. Siège du Secours suisse aux enfants du sud de la France.

— Non, c'était Friedel. Elle a signé des laissez-passer pour aller chercher du bois à deux femmes qui voulaient s'évader du camp. Elle souhaitait m'avertir, au cas où elles viendraient se réfugier ici.

— Ce sont des femmes qui sont passées par la maternité ?

— L'une d'entre elles : Perla.

Perla ! Ses boucles rousses coupées court et son sourire éclatant, avide de mordre dans la vie. Perla l'indépendante, qui ne pouvait bien sûr pas accepter de rester prisonnière derrière des barbelés. Perla, qui ne parlait pas un mot de français, mais que cela n'arrêtait pas. Perla et…

— Et Wladimir ? s'écria Teresa dans un sursaut. Il doit avoir un an à présent ?

Le froncement de sourcils de la *señorita Isabel* s'accentua.

— Elle l'a emmené avec elle.

Elles se turent, toutes leurs pensées occupées par ce drôle de petit bonhomme aux oreilles décollées qui était déjà revenu une fois des portes de la mort. Qu'allait-il lui arriver maintenant ? De la misère des camps ou de la précarité de la vie clandestine, quel était le pire ?

12

Le hurlement les tira brutalement du sommeil.

Andrés lutta un instant avec le drap froissé qui entravait son torse et une de ses jambes, et roula sur le carrelage pour s'emparer de son arme, dans la poche de sa veste suspendue au dossier de la chaise, prêt à défendre chèrement leur peau.

Teresa sauta à bas du lit sans se soucier de sa nudité :

— Lili ! Je n'aurais pas dû la laisser seule !

La veille, au plus fort de la chaleur, Felipe, le fils de María, Celita, Pepita, Consuelo, la fille de la couturière, et Llibertat s'en étaient donné à cœur joie dans le grand cuveau en fer étamé que Pepe, le jardinier, avait installé au bas du perron et rempli d'eau. Et vas-y que je t'asperge, que je te renverse le petit seau rouge sur la tête et que je te poursuive, trempé et dégoulinant, autour des arbres du jardin et même entre les corbeilles où les plus petits faisaient la sieste ! Les remontrances de leurs mères et de sœur Betty, qui tricotait assise sur un tabouret en surveillant tout son petit monde, n'y avaient rien fait. Le soir, en couchant sa fille, Teresa l'avait trouvée fiévreuse, les joues un peu trop rouges et le front un peu trop chaud. Elle ne s'était pas affolée, pensant que c'était dû à l'excitation et à la canicule de ce début de mois de juillet. Et si elle s'était trompée ? Si Llibertat avait vraiment pris mal ? Et si sa température était montée pendant la nuit ? Et si, et si...

Ses doigts fébriles n'arrivaient pas à fermer les boutons de sa robe et plus elle s'énervait, plus les boutonnières lui échappaient. Vite, plus vite.

Un nouveau cri, auquel répondirent une demi-douzaine d'autres, sur des tonalités différentes. Mais ce n'était pas la panique qu'ils exprimaient. Simplement de l'étonnement, et même de la joie. Teresa se sentit soulagée : Lili et les autres enfants allaient bien. Andrés remit son pistolet dans la poche de sa veste et se rejeta sur le matelas, toujours nu comme un ver, les mains croisées derrière la nuque.

— Eh bien, dis donc, vous avez des réveils agités dans ta maternité !

Teresa hocha la tête sans répondre, ses lèvres serrées retenant les épingles avec lesquelles elle s'évertuait à discipliner sa chevelure en bataille. Elle tendit la main vers sa culotte, trop hâtivement enlevée la veille au soir, qui traînait au fond du lit, mais Andrés fut plus rapide.

— Ne t'habille pas encore ! murmura-t-il, tentateur, en jouant avec le sous-vêtement. Il est tôt. Reviens te coucher près de moi...

Elle hésita une seconde, en équilibre instable sur un pied tandis qu'elle enfilait une espadrille sur l'autre. Sa peau gardait le souvenir des mains et des lèvres d'Andrés et, rien qu'à l'idée de se couler de nouveau dans sa chaleur, elle sentait chaque fibre de son corps encore engourdi de sommeil se réveiller et brûler.

Sa surprise avait été totale quand elle était revenue du fond du jardin, ployant sous le poids du panier de tomates dont la cuisinière devait faire des conserves. Andrés, là, dans l'encadrement de la porte, à côté de Celia qui pointait le doigt dans sa direction. Andrés en casquette et chemise rayée aux manches roulées jusqu'aux coudes, la veste négligemment jetée sur l'épaule. Elle avait lâché son panier et les tomates avaient roulé dans l'herbe jaunie tels de petits soleils rouges incandescents au crépuscule. Puis elle avait couru, couru comme une folle vers ces bras qui s'ouvraient grands comme les ailes d'un moulin.

Un gros commerçant de Prades qui ne portait pas le Maréchal et sa clique dans son cœur avait proposé à la résistance locale de profiter du camion qui devait déménager les meubles de sa vieille mère pour transporter du ravitaillement, des tracts et des faux papiers. Apprenant que la maison à vider était à Bages, à cinq kilomètres seulement du château d'En Bardou, Andrés s'était aussitôt porté volontaire pour cette mission et, une fois les documents livrés et les meubles chargés, il avait mis le cap sur la maternité.

Teresa l'avait mené jusqu'à « Barcelone », où Llibertat faisait la sieste. Andrés était resté en retrait, craignant que sa fille n'ait peur de cet inconnu, à peine entrevu plus d'un an auparavant, une éternité pour une fillette de vingt-neuf mois, s'il ne se trompait pas dans ses comptes ! Mais Lili avait aussitôt reconnu la voix de son père et, de son petit lit bricolé par Juan, elle avait bondi dans ses bras. Elle l'avait aussitôt accaparé, profitant d'un vocabulaire tout neuf qui rendait son jargon un peu plus compréhensible pour lui narrer en détail les dernières péripéties de sa vie enfantine, et elle n'avait pas été peu fière de lui montrer que, depuis une dizaine de jours, elle pouvait enfin se passer de couche !

La *señorita Isabel* avait bien sûr accepté qu'Andrés passe la nuit au château et Pepe et sa femme Concha avaient gentiment cédé la petite chambre, juste une alcôve, où ils dormaient, au bas de l'escalier, près de la cuisine. Le jardinier était allé partager le lit de son camarade Juan, et Concha, celui de María Sarda.

Teresa avait savouré cette nuit entre les bras de son homme comme un cadeau d'autant plus beau qu'elle n'avait rien fait pour le mériter. Jusqu'à ces cris, ce matin.

Elle glissa adroitement son autre pied dans la seconde espadrille et rabattit sa robe sur ses cuisses.

— Cette agitation n'est quand même pas normale ! Je vais jeter un coup d'œil.

Andrés, paresseusement allongé sur le lit, brandit la culotte blanche à bout de bras telle une oriflamme.

— Garde-la, suggéra-t-elle, un brin coquine, je reviens !

Les exclamations venaient d'en haut et semblaient même s'éloigner au fur et à mesure qu'elle montait l'escalier. Teresa dépassa ainsi le premier étage où se trouvait la nursery, puis le deuxième avec les chambres des mères et du personnel, avant de rejoindre l'attroupement qui s'était formé sur le toit, sous la verrière. L'endroit était plutôt exigu et la quinzaine de femmes qui s'y pressaient déjà l'empêchaient de se faufiler plus avant. De la dernière marche de l'escalier, elle n'apercevait que des dos surmontés de coiffes blanches ajustées à la hâte ou de tresses pas encore dénouées, preuve que leurs propriétaires venaient juste de quitter leurs lits. D'ailleurs, le soleil levant, derrière elles, baignait la scène de cette lumière douce et légèrement rosée que dispense l'aurore en prélude aux journées d'été les plus étouffantes, quand le ciel immobile en perd jusqu'à sa couleur et, blanc de chaleur, pèse comme un couvercle sur la campagne brûlée.

Teresa se mit sur la pointe des pieds pour essayer de distinguer ce qui motivait un tel engouement, mais, peine perdue, elle était encore trop petite et le rempart houleux des dos était trop compact. Elle avisa alors la blouse de Celia, toujours tôt levée et déjà prête à se mettre au travail, qui avait réussi à se faufiler dans un coin. Tendant le bras, elle parvint à attraper un bout de son ourlet et réussit enfin à attirer son attention.

— Que se passe-t-il ici ? demanda-t-elle en criant pour se faire entendre malgré le brouhaha encore amplifié par l'écho des vitres.

— Un miracle ! répondit Celia sur le même ton.

Teresa, interloquée, n'eut pas le temps de l'interroger davantage. Un vagissement saccadé quoique à peine perceptible fit instantanément taire tous les bavardages.

— Chhhhh ! Vous lui faites peur à ce petit ange...

La voix de sœur Gret résonna étrangement dans le silence retrouvé. Celle de la *señorita Isabel* prit la suite :

— Il a surtout besoin d'air. Retournez dans vos chambres faire votre toilette, mesdames, nous nous occupons de tout à présent.

Même en chuchotant, elle gardait toute son autorité. Les femmes refluèrent vers l'escalier, non sans jeter un dernier coup d'œil en arrière. Plaquée contre le mur, Teresa les laissa redescendre. Ne faisait-elle pas partie du personnel à présent ? Elle avait donc le droit de rester. Carmen, le nez dans le mouchoir avec lequel elle essuyait ses larmes, la bouscula sans même s'en rendre compte. Son petit Sabiniano mort et enterré à Banyuls, sans qu'elle puisse à son grand désespoir aller se recueillir sur sa tombe, elle était revenue au château accoucher d'une fille cette fois, une Andrea aux cheveux très bruns. Pourquoi pleurait-elle ainsi alors que toutes les autres paraissaient au contraire quasiment en extase ?

Le flot des femmes s'étant enfin tari, Teresa, toujours perchée sur la dernière marche de l'escalier, put prendre pied sous la verrière et découvrir ce qui avait suscité un tel branle-bas de combat matinal.

Barbara était assise en tailleur, le dos contre le mur qui constituait le soubassement de la verrière. Près de son genou, sur le plancher de verre qui permettait au soleil de pénétrer, telle une épée de lumière, jusqu'au cœur du bâtiment, une assiette sale et, entre ses bras, un minuscule nouveau-né hoquetant qu'elle contemplait comme une divine apparition. Barbara, une blonde Majorquine, était, comme Carmen, une habituée de la maternité. En janvier 1941, elle était déjà venue y mettre au monde un petit Pedro avec qui elle était repartie au camp de Saint-Cyprien. De nouveau enceinte, elle se préparait à revenir à Elne, mais les douleurs s'étaient déclenchées brutalement, bien avant le jour prévu, et elle avait accouché à même le sable de sa baraque d'un enfant prématuré si faible qu'on avait du mal à percevoir le souffle hésitant qui soulevait à peine son étroite poitrine. Barbara n'avait aperçu qu'une lueur au fond de la nuit du désespoir qui s'était abattu sur elle : le château de la *señorita Isabel.* Elle avait remué ciel et terre pour qu'on l'amène à Elne avec ce bébé venu au monde pas tout à fait fini. Mais l'espoir qui l'avait portée jusqu'à la porte de la maternité n'avait pas duré. La directrice et les sages-femmes, navrées, s'étaient montrées pessimistes : que Barbara ne s'attache pas à lui, l'enfant ne vivrait pas. Accablée, elle était montée avec lui jusqu'à la verrière afin de voir le soleil se coucher en même temps, peut-être, que la vie quittait le petit corps. La suite, elle était en train de la raconter, moitié en espagnol, moitié en français, aux femmes en blanc penchées sur elle :

— Au milieu de la nuit, j'ai eu faim, alors je suis descendue à la cuisine. Il restait de la purée de patates douces du souper. J'en ai rempli une assiette et je suis remontée sur le toit. Je me suis rassise et là je ne sais pas ce qui m'a pris : j'ai plongé mon petit doigt dans la purée et je l'ai passé sur les lèvres du petit. Et le miracle s'est produit : il s'est mis à téter la patate douce !

Les infirmières s'exclamèrent en chœur.

— Au fil des heures, reprit Barbara, doigt après doigt, il a continué. Et regardez-le à présent !

A genoux devant elle, sœur Gret palpait le petit corps nu qui s'agitait sur le lange que Barbara avait étalé sur ses cuisses.

— J'ai déjà donné du lait en poudre à boire à des bébés malades, et même du thé, mais de la patate douce je n'y avais jamais pensé !

Elle se releva, un grand sourire illuminant son visage.

— Finalement, je pense que ce jeune homme a décidé de rester parmi nous. Souhaitons donc la bienvenue à... Comment allez-vous l'appeler, Barbara ?

— Narcisse, répondit l'heureuse maman, qui n'osait pas se relever de peur de voir le « miracle » s'évanouir.

— Bienvenue donc à Narcisse, notre nouveau pensionnaire par la grâce de Dieu, conclut la directrice en faisant signe à sœur Gret de prendre le nourrisson pour le descendre à la nursery.

Sœur Friedel, venue accompagner au château huit enfants malades et se reposer avec eux quelques jours, avait les yeux humides.

— Rien selon ma volonté, tout selon la Tienne, murmura-t-elle en esquissant un signe de croix.

Après la boîte à chaussures de Pepita, la purée de patates douces de Narcisse. Le Dieu de la *señorita Isabel* allait finir par mettre à mal l'athéisme de Teresa !

Elle eut du mal à se résoudre à refermer le battant du portail. Elle était restée un long moment à contempler la route vide jusqu'au tournant où la silhouette d'Andrés avait disparu. Jusqu'à ce que la réverbération du soleil sur l'asphalte lui fasse mal aux yeux et qu'elle sente le goudron fondu coller à ses semelles de corde. Le camion de déménagement attendait Andrés à Bages pour remonter vers Prades ; quand se reverraient-ils ? Dans combien de semaines, de mois peut-être ?

Teresa remonta l'allée à pas lents, songeuse, cherchant inconsciemment à retarder le moment où elle reprendrait sa place dans le tourbillon quotidien de la maternité. Les mains dans le dos, les paupières baissées, elle poussait avec application un caillou blanc et plat du bout de son espadrille. Elle se sentait légère et se serait volontiers mise à sauter à cloche-pied comme lorsqu'elle jouait à la marelle, petite fille à la jupe virevoltante et aux nattes enrubannées.

En guise de ciel, c'est le bas du perron que son palet improvisé vint heurter. Teresa releva la tête et vit la *señorita Isabel* en haut des marches. Elle examinait le courrier que le facteur venait de lui remettre. Elle ouvrit nerveusement une enveloppe.

— Une lettre de la mairie d'Elne, que peuvent-ils vouloir ? marmonna-t-elle en sortant le feuillet dactylographié.

Teresa s'écarta discrètement. Elle s'apprêtait à passer la porte d'entrée quand la directrice la héla avec une exclamation sourde.

— La préfecture a ordonné à chaque municipalité de recenser tous les Juifs présents sur le territoire de sa commune et on me demande de fournir la liste de ceux, mères et enfants, qui se trouvent au château.

Teresa se rapprocha, inquiète.

— Et qu'allez-vous faire ?

La *señorita Isabel* haussa les épaules.

— Répondre que toutes les femmes juives et leur progéniture qui sont passées par ici sont reparties dans leur camp d'origine. Point.

— Vous pensez qu'ils vont vous croire ? Ne risquez-vous pas des ennuis ?

La directrice secoua la tête avec assurance.

— Je ne crois pas qu'ils chercheront plus loin. Nous travaillons à présent sous l'égide de la Croix-Rouge suisse, qui cultive d'excellentes relations avec le gouvernement de Vichy !

Teresa n'était qu'à moitié rassurée.

— De toute façon, il est hors de question que je leur donne la moindre information. Qui sait ce qu'ils en feraient ?

Et, comme pour clore le chapitre, la *señorita Isabel* enfouit la feuille dans la poche de son tablier. Affaire classée. Déjà, elle ouvrait une autre enveloppe.

— Une photo de notre petit Guy !

Sa voix avait retrouvé tout son entrain.

— Regardez comme il est mignon, tout souriant et tout blond dans son landau !

Elle retourna le cliché.

— Guy, dix mois, déchiffra-t-elle. Comme c'est gentil à Hénia de nous l'envoyer ! María-Teresa, à la cuisine, sera contente de voir comme son bon lait a profité à ce joyeux bonhomme. Hénia ne pouvant le nourrir, elle était si fière de lui servir de nourrice !

Le souvenir du petit juif pendu au sein de la cuisinière espagnole arracha un sourire à Teresa.

— Ce lait fait de lui un peu mon compatriote, plaisanta-t-elle, en rendant la photo à la directrice, qui l'empocha, soudain pensive.

— La vie d'Hénia ne doit pas être facile : seule avec son bébé, et son mari caché dans le grenier d'une autre maison du village. Il faudra penser à lui envoyer un nouveau colis de lait en poudre. Heureusement qu'elle peut compter sur l'amitié de la famille Capdet. Il y a de braves gens tout de même !

Le soleil avait tourné l'angle du château et la chaleur devenait insupportable sur le perron de pierre. Dans le parc, Consuelo étendait des ribambelles de couches en pensant à son fils aîné Humberto, qui devait profiter de ce beau temps pour se baigner sur la plage de Canet avec ses camarades de la colonie tenue par les mennonites, une Eglise américaine de Pennsylvanie. Elle portait à ses pieds ses fameuses pantoufles en couverture. Consuelo était la reine de la couverture ! Au camp, dès qu'elle pouvait en dénicher une, elle la taillait et cousait une veste pour son mari, un pantalon pour son fils ou une jupe pour elle, sans oublier des pantoufles aussi confortables qu'inusables !

Teresa et la directrice entrèrent à la recherche d'un peu de fraîcheur. On avait ouvert toutes les fenêtres de la grande salle octogonale et un léger courant d'air faisait voleter les cheveux des mères assises autour des tables. Les enfants les plus grands jouaient avec des bouchons de liège à même le carrelage, sur lequel ils s'allongeaient et se roulaient avec délice. Elisabeth traversa la pièce d'un pas vif ; elle avait trop à faire pour s'offrir le luxe de s'asseoir pour se reposer et papoter un instant.

Teresa, qui attendait ses ordres, la suivit jusqu'au pied de l'escalier, où sœur Friedel, dégringolant du premier étage, les rejoignit. Le visage animé, l'infirmière de Rivesaltes s'adressa en suisse allemand à celle qu'elle n'appelait jamais que « Bethli ». Sa demande avait l'air pressante, importante. Pourtant, en l'entendant, la directrice ne parut guère s'émouvoir. Elle leva juste un sourcil en accent circonflexe, amusée, et acquiesça. Sœur Friedel tourna les talons et remonta les marches à toute allure. Elle était toujours en mouvement.

— Que voulait-elle ? interrogea Teresa, perplexe.

La *señorita Isabel* riait sous cape, trois doigts plaqués sur ses lèvres pour contenir son hilarité.

— Friedel me demandait la permission de décrocher la reproduction du tableau de Van Gogh qui décore la chambre, pouffa-t-elle en espagnol. Il paraît qu'il la détourne de son travail !

Devant la mine ahurie de Teresa, elle eut le plus grand mal à reprendre son sérieux.

— Vous savez que notre amie est une artiste : elle peint merveilleusement. D'ailleurs, elle a passé un an et demi en Italie, à Florence, avant la guerre. Au camp, quand elle a un peu de temps, elle continue à dessiner. Mais, dans une telle misère, ses croquis sont sombres, son trait est dur. Ici, elle retrouve la beauté du monde et l'envie irrépressible d'y mettre des couleurs. Le Van Gogh est trop tentant !

Une main sur la rampe d'escalier, elle ajouta en souriant :

— Moi, je crois surtout qu'elle est amoureuse.

Elle jeta un coup d'œil autour d'elle pour s'assurer que personne ne pouvait l'entendre et se pencha vers Teresa avec des mines de conspiratrice.

— Elle jure qu'ils ne sont que de bons amis, mais je suis sûre qu'elle a un tendre penchant pour Gusti. Vous vous souvenez de lui, n'est-ce pas ? August Bohny, le directeur des maisons du Chambon-sur-Lignon, en Haute-Loire. Il est déjà venu ici à l'occasion de réunions.

Bien sûr qu'elle se souvenait : le grand jeune homme blond qui plaisait tant aux infirmières !

— Pourtant, leur premier contact a été plutôt tendu, poursuivait la *señorita Isabel,* en veine de confidences. Friedel lui avait envoyé une petite juive tuberculeuse au milieu d'autres enfants qui n'étaient que sous-alimentés. August lui a écrit pour protester : Anna était contagieuse et il avait eu le plus grand mal à la garder à l'isolement avant de réussir à la faire transporter à l'hôpital de Valence, dans un camion de cercueils, cela ne s'invente pas ! Friedel était furieuse contre lui : « Ce type n'y comprend rien, répétait-elle, ce sont les enfants comme Anna qui ont le plus besoin d'air pur et de soins. » Du coup, la fois suivante, elle a accompagné elle-même ses petits protégés de Rivesaltes et quand Gusti est venu les chercher à la gare de Lyon... disons qu'elle a changé d'avis sur lui ! Il n'y a qu'à entendre comme elle en parle maintenant !

Teresa trouvait finalement réconfortant que ces bénévoles qui se dévouaient sans compter pour tous les réprouvés des camps, abandonnant tout confort et même toute vie personnelle pour rendre le quotidien des internés un peu moins insupportable, puissent aussi avoir des coups de cœur. Elle souhaitait la même chance à la *señorita Isabel.*

— Oh, moi, les hommes ! se récria cette dernière avec un clappement de langue dubitatif. Je ne crois pas avoir le caractère d'une bonne épouse.

— Il y a des hommes, comme mon Andrés, qui aiment les femmes qui savent ce qu'elles veulent, protesta Teresa. Quand tout cela sera fini et que vous reprendrez le cours de votre vie en Suisse, vous aussi vous aurez une famille, vous aussi vous aurez des enfants.

— Des enfants ? s'exclama la directrice avec un geste éloquent en direction de la nursery, au-dessus de leurs têtes. Des enfants, j'en ai déjà.

13

L'obscurité compacte, presque solide, les assiégeait, trouée seulement par les deux flaques de lumière jaune des phares qui couraient devant la voiture. Les nuages qui roulaient dans le ciel couleur d'encre éteignaient la lune et les étoiles. Teresa avait l'impression de descendre dans un souterrain aux murs épais de moellons, qui devenait de plus en plus étroit jusqu'à se refermer sur elle. L'angoisse qui étreignait son cœur n'était sans doute pas étrangère à cette sensation d'oppression. Il ne fallait pas se mentir : cette sortie nocturne était risquée. D'ailleurs, le silence de la *señorita Isabel,* qui ne quittait pas la route des yeux, les mâchoires crispées, était assez éloquent. Bien sûr, elle avait un laissez-passer officiel, délivré par les Allemands, qui l'autorisait à circuler la nuit pour aller chercher un médecin ou une femme sur le point d'accoucher. Mais ce n'était évidemment pas le cas ce soir. La directrice serrait contre elle l'oreiller qu'elle avait pris la précaution d'emporter. En quittant le château, après avoir refermé le battant du grand portail derrière elles, elle avait lancé, farouche :

« Et maintenant, nous allons violer les consignes ! »

Et elle avait claqué la portière, donnant ainsi le signal du départ.

« Tâchons au moins de ne pas nous faire prendre, sinon il pourrait m'arriver la même chose qu'à Rösli ! »

Rösli Näf était une collègue du Secours suisse aux enfants. Elle dirigeait la maison de La Hille dans l'Ariège, qui accueillait des enfants juifs d'origine allemande. Les malheureux gamins avaient fui les nazis en Belgique, puis en France, par les routes de l'exode, avant d'être recueillis par Rösli. Fin août 1942, la gendarmerie française était venue arrêter certains adolescents et des adultes qui les encadraient. Maurice Dubois s'était rendu à Vichy pour les faire libérer et Rösli était allée les rechercher elle-même au camp du Vernet.

Mais en novembre, comme Teresa le pressentait depuis le début, sous prétexte du débarquement allié en Afrique du Nord, l'armée allemande avait passé la ligne de démarcation et occupé la zone dite jusque-là « libre ». Le spectre d'une nouvelle rafle s'était fait de plus en plus tangible à La Hille. Rösli avait demandé, et demandé encore, à Berne de permettre à ses pensionnaires de se réfugier en Suisse. En vain. De guerre lasse et sentant la menace grandir à l'horizon, à la fin de l'année, elle les avait finalement aidés à partir par petits groupes vers les Alpes ou les Pyrénées pour tenter de passer la frontière. Certains avaient réussi, mais d'autres, c'était inévitable, s'étaient fait prendre. L'affaire découverte, Rösli Näf avait été sommée de démissionner et rappelée en Suisse.

En apprenant la nouvelle, Elisabeth avait piqué une de ses rares colères. Teresa l'avait entendue pendant des nuits tourner en rond et tempêter à voix basse dans sa chambre.

Et son humeur ne s'était pas arrangée lorsqu'elle avait reçu la circulaire que le Comité exécutif à Berne avait envoyée à tous les collaborateurs de la Croix-Rouge suisse – Secours aux enfants en France !

« Lis donc ça, Teresa », avait-elle ordonné en lui tendant le feuillet dactylographié.

Et on sentait qu'elle prenait sur elle pour ne pas éclater.

Gênée, Teresa avait pris la circulaire pour y jeter un coup d'œil : le Comité exécutif rappelait la stricte neutralité politique, confessionnelle et idéologique de l'organisation.

« Plus bas, là, insistait la directrice en tapotant du doigt le paragraphe suivant. "Les lois et les décrets du gouvernement de France doivent être exécutés exactement et il ne nous appartient pas d'en juger" et plus loin : "Si la situation se développe à l'avenir de telle façon que vous estimiez qu'il vous est impossible d'assumer votre tâche, nous vous demanderons de donner votre démission plutôt que de risquer de compromettre le prestige de la Croix-Rouge suisse et de notre pays."

— En clair, avait traduit Teresa, que le langage administratif avait toujours hérissée et qui n'avait pas les mêmes raisons que la *señorita Isabel* de s'obliger à la prudence, livrez les Juifs, les Tziganes, les Espagnols si on vous le demande et ne faites rien pour les soustraire aux rafles ! Quand je pense à tout le mal que s'est donnée sœur Friedel, en août, septembre et octobre, quand l'administration de Vichy multipliait les convois pour expédier les Juifs vers Drancy et de là vers l'Est, aux stratagèmes qu'elle a imaginés pour que ses protégés ne montent pas dans les wagons, et comme elle se rendait malade et se sentait coupable, complice de cette infâmie même, en se demandant si elle avait le droit d'agir ainsi puisque, pour faire le nombre, d'autres partaient à la place de ceux qu'elle sauvait ! Et vous, qui vous démenez pour trouver du travail aux internées afin qu'elles puissent sortir des camps, qui les gardez ici pendant des mois, bien plus que leur état ne le nécessite, qui leur procurez parfois de faux papiers, qui, qui... »

L'indignation la faisait bégayer.

« Qu'allez-vous faire ? » interrogea-t-elle, la voix mal assurée.

Elisabeth avait recouvré son calme. Elle avait posé la feuille sur le bureau et mis par-dessus toute une pile de chemises cartonnées et de papiers divers. Et, pour faire bonne mesure, elle avait même rajouté le livre de comptes tenu par Teresa.

« Continuer. »

Et c'est ce qu'elles faisaient ensemble en cette nuit noire, fonçant vers Thuir sans échanger un mot, la gorge serrée et les mains moites. Teresa avait revêtu le tablier blanc et le bonnet empesé de sœur Bettina afin de pouvoir passer pour une infirmière si elles étaient arrêtées en chemin. Un déguisement qui lui semblait à présent si transparent !

L'Opel avait traversé Trouillas endormi sans éveiller d'autres échos que l'aboiement frénétique d'un chien, qui disparut très vite, loin derrière, avalé par la vitesse et l'obscurité. Les doigts crispés sur le volant, Teresa était sûre qu'on entendait le vrombissement du moteur au moins jusqu'à Perpignan !

— Je me demande qui a pu dénoncer Hénia.

La voix de la *señorita Isabel* résonnant dans l'habitacle fit sursauter Teresa.

— Qui peut avoir intérêt à faire interner une mère et son bébé ? On imagine quelqu'un d'envieux, de mesquin, de sournois, de cruel, poursuivit-elle sans détacher son regard de la route. Un monstre. Mais en fait c'est sûrement quelqu'un de normal, un voisin, la dernière personne à laquelle on penserait. C'est ce qui est le plus effrayant !

— Heureusement, quelqu'un d'autre l'a prévenue !

— Quelqu'un d'aussi anodin que le premier sans doute, qui lui ressemble peut-être. En ces temps troublés, pour certains la limite qui sépare le bien du mal est bien difficile à discerner. Heureusement, il y a des Français courageux pour réparer les fautes de ceux qui le sont moins.

Parler leur faisait du bien finalement. La tension nerveuse qui raidissait leurs muscles se relâchait doucement.

— Hénia a bien fait de nous appeler tout de suite, reprit la directrice.

— Elle n'est pas du genre à attendre qu'on vienne l'arrêter les bras croisés, opina Teresa, tout en négociant un grand virage. Ce n'est pas comme la nouvelle qui est arrivée hier !

— Esther ? Pauvre enfant, elle me fait pitié : elle est complètement anéantie.

— Elle est surtout incapable de réagir !

L'ancienne milicienne remontrait le bout de son nez. Le fait de se retrouver de nouveau chargée de mener une mission dangereuse semblait faire revenir à la surface ses vieux réflexes, mais aussi son impatience, voire son intransigeance.

— Ne sois pas si dure envers elle. A t'écouter, tout est toujours ou blanc ou noir. Esther n'est pas habituée à se battre comme toi, c'est tout !

— Je sais, madame est la fille d'un marchand de biens, madame a grandi dans le luxe, madame a pris des leçons de piano et de peinture.

La *señorita Isabel* dissimula un sourire.

— Ce n'est pas un crime ! Tu ne vas pas lui reprocher son éducation.

Mais Teresa n'était pas du genre à s'avouer si vite vaincue. Elle grimaça :

— Cette fleur de salon représente tout ce contre quoi mes parents ont toujours combattu, et moi aussi : la grande bourgeoisie d'affaires, les rapaces.

— Comme je l'ai dit à la police allemande pas plus tard que la semaine dernière, la coupa fermement la directrice, je ne demande jamais aux femmes qui arrivent à la maternité leur carte d'identité, pas plus que leur origine sociale ou religieuse !

Que répliquer à cela ? Lorsque les longues voitures noires s'étaient arrêtées devant le portail et que Pepe avait accouru, hors d'haleine, prévenir de l'inquiétante visite des hommes en pardessus de cuir noir, Elisabeth avait ordonné à ses pensionnaires juives d'aller se cacher, vite, vite, dans les vergers avoisinants et de ne surtout pas se montrer avant qu'elle n'aille les y rechercher. Puis elle était sortie à la rencontre de ces messieurs. Comme la discussion s'était faite en allemand, Teresa n'avait pas compris ce que la directrice avait répondu à l'homme au chapeau mou et au manteau de cuir qui semblait commander le groupe. Seul le mot « Schweiz[1] », qui revenait avec régularité dans sa bouche, indiquait qu'elle mettait en avant la territorialité helvétique de la maternité. Les bras croisés sur son tablier, les pieds ancrés dans le gravier de l'allée, elle n'avait pas bougé d'un pouce, interdisant, par sa seule présence, l'entrée du château. Dissimulée dans l'embrasure d'une des deux étroites fenêtres qui encadraient la porte d'entrée, Teresa avait admiré sa calme autorité et la façon crâne dont elle ne s'était pas laissée impressionner. Et les policiers allemands avaient fait demi-tour sans mettre seulement le pied sur la première marche du perron.

— Si la lune pouvait sortir de derrière les nuages, on pourrait se repérer plus facilement, marmonna Teresa, penaude, histoire de changer de sujet de conversation.

— Avec la clarté de la lune, c'est Hénia qui se ferait repérer !

1. « La Suisse » en allemand.

Le rendez-vous avait été fixé à minuit, à l'entrée de Llupia, un village juste avant Thuir. Teresa ralentit en approchant des premières maisons puis se gara sur le bas-côté et éteignit les phares de l'Opel. Elles restèrent un moment sans parler dans le silence de la voiture obscure dont le moteur s'était tu. Les fenêtres aveugles les fixaient de leurs yeux morts.

Soudain, une silhouette plus sombre que la nuit sortit de derrière un arbre et vint toquer à la vitre du côté passager. La *señorita Isabel* entrouvrit la portière et elles reconnurent l'accent très prononcé de Maurice Eckstein. Elles sortirent. La nuit de printemps était plutôt fraîche et Teresa frissonna sous son mince chandail. Ses semelles de bois glissaient sur l'herbe mouillée. Le temps de faire précautionneusement le tour de l'Opel et elle buta sur Hénia, qui étreignait la directrice avec reconnaissance. Monsieur Capdet, le paysan français qui cachait son mari dans son pailler, était là aussi. Les deux hommes allèrent chercher le landau où le petit Guy, nullement perturbé par cette balade nocturne, dormait sous la couverture en tricot bleu qui l'avait enveloppé le jour de sa circoncision. Monsieur Eckstein le souleva délicatement pour ne pas le réveiller. Il le garda un instant dans ses bras, contemplant avec intensité le visage joufflu sous ses fins cheveux blonds, comme s'il voulait imprimer dans sa mémoire l'image de ce fils qu'il ne reverrait sans doute pas d'ici à de longues semaines. Puis il déposa un baiser sur le petit front chaud de sommeil et très vite, pour qu'on ne voie pas les larmes qui noyaient ses yeux, il passa son tendre fardeau à son épouse. Teresa aida Hénia, qui sanglotait doucement, le nez dans la couverture bleue, à s'installer sur la banquette arrière. Elle lui glissa l'oreiller sous sa robe. On ne pouvait pas exclure un contrôle sur le chemin du retour. Pendant ce temps, Elisabeth prenait les paquets des mains des deux hommes, qui restèrent les bras ballants. Mieux valait écourter les adieux. Teresa remit le contact et fit tourner l'Opel sur la route. Elle attendit de l'avoir remise le nez dans la direction d'Elne pour rallumer les phares et accélérer. Dans le rétroviseur, elle aperçut, le cœur serré, Maurice Eckstein, flanqué de son ange gardien, qui repartait vers sa cachette en poussant le landau vide.

María vint leur ouvrir, les yeux bouffis de sommeil, une veilleuse à la main. Derrière la bougie vacillante dans son verre, elles traversèrent la grande salle en faisant attention à ne pas accrocher les tables et les chaises, puis gravirent l'escalier sur la pointe des pieds. Même endormie, la maternité n'était jamais totalement silencieuse : le grincement d'une latte de parquet à l'étage au-dessus trahissait le lever furtif d'une femme enceinte allant aux toilettes, un bébé pleurait dans son rêve, l'infirmière de garde préparait le biberon du petit squelette arrivé la veille et qu'il fallait nourrir, un peu, toutes les heures. C'était comme une respiration, lente et régulière, rassurante.

Elles installèrent Guy à « Barcelone ». Juste le temps de le déposer dans un lit vacant, toujours enveloppé dans sa couverture bleue, et de refermer la porte sans faire de bruit. Le bambin n'avait même pas soulevé une paupière. Hénia avait ensuite posé ses paquets à « Santander » et s'était couchée à son tour ; elle aurait bien le temps de ranger le lendemain.

La mère et l'enfant étaient désormais à l'abri, tout était en ordre.

Teresa se détendit enfin. Ses épaules crispées étaient endolories et la fatigue lui tomba dessus d'un seul coup.

La tête lui tournait légèrement et elle n'avait qu'une envie à présent : retrouver son lit. Elle ôta la coiffe d'infirmière d'une main lasse et se dirigea en traînant les pieds vers sa chambre.

— Teresa ! Je peux encore te dire un mot ?

La *señorita Isabel* était adossée près du téléphone, le visage pensif. Teresa, qui s'apprêtait à tourner le bouton de la porte de « Bilbao », interrompit son geste, mais ne bougea pas. Ses semelles étaient comme du plomb et elle n'avait plus la force de traverser le palier. Elle se contenta d'acquiescer d'un mouvement de menton et d'attendre.

— J'ai bien compris que tu ne l'appréciais pas beaucoup, mais je voudrais que tu t'occupes de la jeune Esther.

— Mais vous n'arrêtez donc jamais ? protesta Teresa. Comment faites-vous ? Vous n'êtes jamais fatiguée ?

Elisabeth eut un sourire dubitatif, mais ne perdit pas de temps à nier. Elle poursuivit :

— C'est vrai, sa famille était riche et Esther a mené une existence très protégée jusqu'ici. Même lorsqu'ils ont quitté Lille après avoir été déchus de leur nationalité française acquise comme beaucoup dans les années 1930, leur fuite a plutôt ressemblé à un voyage d'agrément : Nice, Cassis et finalement Collioure. Une saison de villégiature un peu prolongée, c'est tout. Par rapport à ce que d'autres ont vécu, je te l'accorde, c'est presque indécent. Du moins jusqu'à ce qu'ils soient arrêtés. Tu imagines le choc qu'elle a alors ressenti ? Elle n'était pas préparée à cela.

— Personne ne l'est, commenta sèchement Teresa, que l'épuisement n'incitait pas à l'indulgence.

— Mais elle sans doute moins que toute autre. Jeune mariée, elle n'avait jusque-là d'autre préoccupation que de préparer la venue de son bébé et la voilà précipitée dans cet univers inhumain et absurde. Elle ne sait plus qui elle est, où elle est. Toi seule peux l'aider à reprendre pied, Teresa.

Comment résister quand la *señorita Isabel* lui parlait ainsi, comme à une amie, quelqu'un à qui elle savait pouvoir faire confiance. Teresa pouvait-elle lui tourner le dos et la laisser se débrouiller seule ? Elle se serait montrée bien ingrate après la patience dont la directrice avait fait preuve à son égard. Malgré les rebuffades qu'elle avait essuyées, les emportements et les initiatives intempestives, celle-ci lui avait toujours tendu la main. C'était à son tour maintenant de se montrer compréhensive.

— Je ne vous promets rien, mais je ferai de mon mieux.

— Je savais que je pouvais compter sur toi. Je te remercie.

D'un signe de la main, Teresa lui fit comprendre qu'il n'y avait pas de quoi.

— Et si on allait dormir maintenant ? *Buenas noches, señorita Isabel.*

— Depuis plus de trois ans que nous nous voyons tous les jours, tu pourrais laisser tomber le « señorita » !

La proposition la cueillit au cœur, mais elle n'était pas encore prête.

— Bonne nuit, *Schwester Elisabeth,* répéta-t-elle.

Et elle referma la porte de la chambre.

La directrice esquissa un nouveau sourire las en entrant dans la sienne. Cette fois, c'était Teresa qui avait eu le dernier mot.

14

Ça n'avait l'air de rien, mais tordre un drap mouillé était une rude tâche. L'eau alourdissait le tissu, qui échappait à ses mains rougies et fripées par la lessive. Campée face à sœur Bettina, Teresa prit une grande inspiration, banda ses muscles et donna un tour de plus. Les gouttes tombèrent en cataracte sur le gravier. Elles avaient décidé de donner un jour de congé aux lingères. Il y avait tant de chemises, de draps, de housses d'oreillers, de couches à laver et relaver jour après jour qu'elles méritaient bien vingt-quatre heures sans brosse ni savon !

Confortablement installée dans un fauteuil, les reins bien calés par un coussin, Esther les regardait en faisant sécher ses longs cheveux au soleil. Ils n'avaient sans doute pas connu les ciseaux du coiffeur depuis qu'elle était toute petite et, lorsqu'ils n'étaient pas roulés en chignon, ils lui tombaient jusqu'à mi-cuisses. Elle n'avait passé que quelques jours derrière les barreaux avant de bénéficier d'une libération inattendue pour accoucher, et les poux n'avaient pas eu le temps de coloniser cette toison somptueuse ; on n'avait pas eu besoin de la lui couper.

La jeune femme en prenait un soin jaloux. Elle passait des heures à les peigner avec une brosse au manche d'argent qu'elle avait pu sauver lors de la rafle, en la cachant au milieu de quelques maigres effets. Elle se tordait le cou pour essayer d'atteindre les mèches qui couvraient son dos ; on voyait qu'elle avait l'habitude que quelqu'un, sa mère peut-être ou une domestique, la coiffe tous les jours. Teresa s'était un instant amusée de la voir ainsi se débattre et puis elle s'était souvenue de la promesse qu'elle avait faite à *Isabel*.

L'immense respect qu'elle éprouvait à son égard l'empêchait encore d'appeler la directrice ainsi lorsqu'elles se parlaient, mais désormais c'était sous son seul prénom que Teresa pensait à elle. C'était un progrès.

Donc, elle avait accepté de se charger de la jeune Juive. Mais comment établir le contact ? Esther semblait toujours comme hébétée, ailleurs. Alors pourquoi pas le brossage des cheveux ? Teresa avait entrepris de démêler la magnifique crinière brune aux doux reflets fauves et Esther s'était laissé faire. Elle avait fermé les yeux et deux larmes avaient coulé le long de ses joues. Teresa avait été plus touchée qu'elle ne l'aurait cru et s'était remise au travail avec ardeur.

Et ce qui n'était au début qu'une corvée qu'elle s'imposait pour faire plaisir à *Isabel* avait fini par devenir un plaisir, un moment privilégié entre la « fleur de salon » et elle. La tête en arrière tandis que Teresa brossait sa chevelure jusqu'à ce qu'elle soit douce et brillante comme de la soie, Esther avait en effet commencé à parler de nouveau. Peu d'abord, juste quelques phrases entrecoupées de longs silences et parfois de pleurs, et puis davantage, jusqu'à ne plus pouvoir s'arrêter par moments. Elle était cultivée et, outre le français et le yiddish, parlait le polonais de son enfance, et même un peu d'anglais. Elle aimait Chopin et Brahms, et avait beaucoup lu. Elle avait même parcouru *La Condition humaine* de Malraux et elles en avaient débattu pendant plusieurs jours, ce qui avait sans doute beaucoup contribué à faire tomber les dernières préventions de Teresa. Mais, pour ce qui était de la vie et de ses vicissitudes, Esther était quasiment aussi ignorante que Llibertat ! Par exemple, sur la destination des neuf convois qui avaient emporté la moitié des Juifs du camp de Rivesaltes juste avant l'arrivée des Allemands dans le département, elle émettait des hypothèses d'une naïveté qui aurait prêté à sourire si elle ne donnait pas envie de pleurer. Avait-elle seulement entendu parler de Drancy ? Elle demandait si le journal annonçait le procès de ses parents et de son mari. Puisqu'ils avaient été arrêtés, n'est-ce pas ? Le mépris initial de Teresa s'était rapidement mué en une sorte de pitié attendrie.

— Tu ne veux pas prendre la place du drap, Esther ? plaisanta-t-elle. Tu vois, un tour, et hop, tu retrouverais d'un coup ta taille de guêpe !

Esther posa la main avec coquetterie sur son ventre épanoui.

— Avant, j'étais tellement mince que Daniel pouvait faire le tour de ma taille avec ses deux mains !

Teresa prit son élan pour faire passer le drap pardessus la corde à linge.

— Vous vous connaissiez depuis longtemps avant de vous marier ?

Esther rit en secouant la tête pour mieux étaler sa chevelure sur le dossier du fauteuil.

— Depuis toujours ! Nos familles sont très amies et nous avons quasiment grandi ensemble. J'ai toujours su qu'il serait mon mari. Petits, nous nous déguisions en cachette avec les vêtements de nos parents et nous répétions la cérémonie. Je n'ai jamais pensé à un autre homme que lui.

Teresa tira sur le drap et se saisit de la pince qu'elle tenait entre les dents.

— Mais tu l'aimes ?

— Oui, beaucoup. Il est si gentil, si sensible. C'est un musicien, tu sais !

Teresa interrompit son geste.

— Ce n'est pas ce que je t'ai demandé, insista-t-elle. Es-tu amoureuse de lui ?

Esther parut étonnée. Son teint très clair se colora délicatement de rouge et son regard se troubla.

— Je ne me suis jamais posé la question.

Teresa se mit à lisser le drap avec un soin exagéré pour qu'il n'y ait pas de plis. Pauvre petite fille riche à la vie si bien tracée. *Isabel* avait raison : quel choc cela avait dû être quand elle avait déraillé pour verser dans l'abîme !

Teresa s'empara d'une taie d'oreiller dans le panier et fit mine de s'en coiffer. Sœur Bettina protesta que ce n'était pas hygiénique, mais qu'importe, elle avait atteint son but : Esther avait retrouvé le sourire.

Dans le jardin, la directrice faisait quelques pas en compagnie d'une autre jeune Juive, une réfugiée allemande de dix-huit ans à peine, arrivée la veille de Perpignan complètement désorientée. Elle avait quitté sa famille le temps d'aller faire quelques courses et, lorsqu'elle était revenue, l'appartement était vide. Affolée, parlant très peu le français, Lucie s'était précipitée à la Kommandantur pour déclarer la disparition des siens et implorer de l'aide. Etait-il possible que pas une seconde elle n'ait imaginé que c'était justement la police qui était venue arrêter sa famille ? Ou préférait-elle risquer elle aussi l'arrestation et la déportation plutôt que de rester seule dans ce pays qui lui était étranger et où elle n'avait plus personne ? Heureusement, compte tenu de son état, on l'avait relâchée, non sans avoir noté l'endroit où elle comptait se rendre pour accoucher : la maternité suisse d'Elne, adresse que les autorités allemandes connaissaient déjà.

Le bras passé sous celui de la nouvelle venue, *Isabel* faisait apparemment de son mieux pour la rassurer, non sans jeter de temps en temps un regard vers Teresa et Esther. Elle surveillait de loin l'évolution de sa petite « expérience ».

La lessive était étendue ; le soleil et la tramontane n'avaient plus qu'à remplir leur office. Teresa essuya ses mains mouillées sur le tablier qu'elle avait enfilé pour protéger sa robe, prit la brosse à manche d'argent sur les genoux d'Esther et se mit à la coiffer à grands gestes larges.

L'horloge écarquillait son œil unique sur le mur ocre du clocher coiffé d'un campanile de fer forgé. Les aiguilles enlacées sur le douze formaient comme un point d'exclamation qui lui donnait l'air étonné. Les deux femmes avaient choisi l'heure du repas en espérant passer inaperçues dans les rues désertes. Comment savoir derrière quelle fenêtre se cachait celui ou celle qui avait dénoncé les Eckstein ? Hénia avait noué un foulard en turban autour de sa tête et chaussé des lunettes à verres fumés pour ne pas être reconnue, mais il y avait quand même un risque. Il restait à espérer que la chance soit de leur côté !

Teresa, crispée, essayait déjà de ne pas s'égarer dans le dédale de petites rues qui entourait l'église de Thuir.

— Là, à droite, le chemin des Tuileries ! s'exclama soudain Hénia.

Elle se forçait au calme, mais, à voir son buste tendu vers l'avant, comme pour précéder la voiture, on devinait que, si elle s'était écoutée, elle aurait sauté de l'Opel pour finir le chemin en courant. Teresa dépassa sans ralentir la maison des Capdet et la cour d'une ferme, pour se garer un peu plus loin sous les arbres, à l'endroit où la route étroite surplombait le cimetière avant de se perdre dans les champs. Ainsi, elles attireraient moins l'attention. Elles revinrent sur leurs pas comme en se promenant, le petit Guy suspendu à leurs mains et trottinant entre elles. C'était un enfant très sage qu'on n'entendait pour ainsi dire jamais, ce qui était heureux en la circonstance. Lili à sa place n'aurait eu de cesse de leur échapper pour gambader à son aise en poussant de grands cris de joie. Ç'aurait été du joli !

Hénia montra discrètement à Teresa le sentier entre les jardins, qui communiquait avec l'impasse voisine où elle louait une chambre dans une jolie maison blanche avant d'être dénoncée. C'est par ce sentier qu'elle venait acheter du lait aux Capdet et c'est ainsi qu'ils avaient sympathisé. Elle se contenta d'un regard appuyé pour la fenêtre du pailler où était caché son mari. Parfois, la nuit, il sautait sur le toit de l'appentis voisin et rejoignait son hôte, Sébastien Capdet, avec qui il allait se dégourdir les jambes près du canal.

Quelqu'un devait les guetter derrière les rideaux, car la porte s'ouvrit dès qu'elles arrivèrent devant la façade. Elles s'engouffrèrent très vite à l'intérieur.

— Guitou ! Mon Dieu, qu'est-ce qu'il a grandi !

Deux bras se saisirent du bambin et le décollèrent de terre. Il rit sous l'avalanche de baisers que madame Capdet piquait sur ses joues, son front et son cou.

La cuisine ne prenait le jour que par une petite fenêtre donnant sur la rue. Ce mois de mai était chaud, et l'âtre de la cheminée, soigneusement balayé, vide et froid. Un réchaud à gaz posé sur une console sifflotait doucement sous une casserole fumante. De l'autre côté de la pièce, un homme et deux enfants étaient attablés devant des assiettes pleines de haricots blancs à la tomate.

— Cécette, Tétin, venez donc dire bonjour !

Le garçon, qui devait avoir une dizaine d'années, se leva précipitamment et, ne sachant que faire ensuite, se dandina d'un pied sur l'autre, la tête baissée, intimidé. La fillette, en robe à carreaux bleu ciel et gros nœud blanc dans les cheveux, vint tendre sa joue.

— Voici Francette, et le *galapian* là-bas, rouge jusqu'aux oreilles, s'appelle Sébastien comme son père, que vous connaissez déjà. Moi, c'est Juliette, mais tout le monde m'appelle Juju. Et vous êtes Teresa, bien sûr !

Personne ne pouvait résister à la bonne humeur et à la vitalité de « Juju » Capdet. Petite et mince, elle évoquait un lutin blond toujours en mouvement. Teresa savait par Hénia qu'elle était la secrétaire de monsieur Violet, dont l'entreprise fabriquait le Byrrh et qui avait son siège à Thuir. Née à Paris, elle parlait français avec un soupçon d'accent pointu qui ne manquait pas de charme, tandis que son mari, lui, ne s'exprimait qu'en catalan. Après avoir essuyé sa bouche avec sa serviette et salué brièvement ses visiteuses, il annonça qu'il avait à faire dans l'étable. Sans doute voulait-il faire le guet.

— Ne parlez pas de monsieur Eckstein devant les enfants, souffla « Juju » Capdet à l'oreille de Teresa, ils ignorent que nous avons un invité là-haut ! Avez-vous mangé ? Voulez-vous un peu d'eau ?

Teresa, l'estomac noué, refusa les haricots, mais accepta le rafraîchissement. Les enfants jouaient avec des billes en terre cuite sur les tomettes rouges qui carrelaient le sol.

— Quand je dis qu'ils ne savent rien, reprit « Juju » Capdet sur le même ton en lui tendant un verre d'eau, je parle de Francette. Savez-vous ce que Tétin a fait l'autre jour ? Il nous a menacés de raconter qu'il y avait quelqu'un dans le grenier si on ne lui donnait pas du chocolat !

Teresa eut un hoquet et faillit avaler sa gorgée d'eau fraîche de travers.

— Et qu'avez-vous fait ? chuchota-t-elle quand elle eut repris son souffle.

Son hôtesse lui ôta son verre des mains avec un petit rire.

— Nous lui avons donné le chocolat qu'il réclamait !

Comme les choses paraissaient simples dans sa bouche ! Elle en parlait comme si la situation était tout à fait normale, comme si elle ne risquait pas tous les jours sa vie et celle de sa famille.

— Vous prenez beaucoup de risques, s'inquiéta Teresa.

« Juju » Capdet haussa pudiquement les épaules :

— On m'a appris qu'il fallait aider ceux qui en ont besoin.

Isabel ne se serait pas exprimée autrement.

— Ne le dites pas à madame Eckstein, mais les Allemands sont venus il y a dix jours, reprit-elle, toujours à voix basse. Ils fouillaient toutes les maisons. Quand ils sont montés au grenier, j'ai cru que c'était fini ! Ils ont remué la paille à grands coups de fourche. Monsieur Eckstein aurait pu être embroché ! Ne me demandez pas comment ils l'ont raté, c'est un miracle !

Teresa jeta un coup d'œil furtif à Hénia pour voir si elle avait surpris ces dernières paroles. Mais la mère du petit Guy ne les écoutait pas. Immobile au milieu de la pièce, elle paraissait plongée dans un rêve éveillé. Teresa suivit la direction de son regard, qui ne quittait pas un rideau masquant sans doute l'emplacement d'une porte, près de la table.

Toujours vautrés sur les tomettes, Francette et Tétin chatouillaient leur petit visiteur, qui laissa échapper un cri ravi. Le rideau frémit imperceptiblement et Teresa comprit : dissimulé juste derrière, dans l'escalier qui menait à sa cachette, Maurice Eckstein regardait jouer ce fils à qui il n'avait pas le droit de se montrer.

— Ah, Teresa, enfin ! Tout s'est bien passé à Thuir ?

La directrice dégringola l'escalier de pierre du perron à leur rencontre. Elle paraissait plutôt agitée. S'était-elle donc tant inquiétée pour elles ?

— Il n'y a pas eu de problème, personne n'a...

Isabel ne laissa pas à Teresa le temps de finir sa phrase. Déjà, elle la prenait par le bras et l'entraînait vers les marches. Finalement ce n'était pas le risque encouru en rendant visite aux Capdet qui la mettait dans cet état !

— Vite, vite, houspilla-t-elle Teresa éberluée, en la poussant à l'intérieur. Esther est en travail au *Marueco !*

— Depuis longtemps ?

— Deux bonnes heures. Elle est paniquée. Teresa, s'il te plaît, elle a besoin...

— Besoin de moi, je sais. Ne vous inquiétez pas, j'y vais tout de suite !

Et, sans demander son reste, elle s'élança dans l'escalier. Elisabeth pouvait être satisfaite : elle avait réussi son coup.

Veillée par sœur Edith, Esther gisait sur le lit d'accouchement, ses longs cheveux humides de transpiration étalés sur l'oreiller tel un châle de soie sombre aux reflets brillants. Les paupières crispées, elle gémissait confusément en faisant aller sa tête de droite et de gauche comme si elle refusait ce qui était en train de lui arriver. En s'approchant, Teresa réussit à saisir le mot que la jeune Juive répétait en une incantation décousue, rythmée par les contractions qui taraudaient son ventre : elle appelait désespérément sa mère au secours. Sa main gauche se tendait spasmodiquement comme pour l'implorer, mais elle ne rencontrait que le vide. Bouleversée, Teresa s'en saisit et la serra très fort dans la sienne. Esther s'y agrippa avec un petit cri d'oisillon. Sans même y réfléchir, Teresa se mit à fredonner :

— Què li darem a n'el noi de la Mare ?
Què li darem que li sàpiga bo ?
Panses i figues i nous i olives,
Panses i figues i mel i mato.

Qu'allons-nous lui donner, à l'enfant de la mère ?
Qu'allons-nous lui donner qui lui fasse plaisir ?
Des grains de raisin et des figues et des noix et des olives,
Des grains de raisin et des figues et du miel et du fromage.

C'était la berceuse avec laquelle sa propre mère l'endormait, le soir à Sabadell, et que son père n'aimait pas, Teresa n'avait jamais compris pourquoi[1].

Le visage d'Esther cessa son va-et-vient obsédant et se détendit un peu. Sœur Edith encouragea du geste Teresa à continuer. Celle-ci posa sa joue fraîche sur le front brûlant de cette petite sœur que la directrice lui avait donnée, et reprit tout contre son oreille :

— No ploris, no, manyaguet de la Mare,
No ploris, no, que em daries tristor,
Feu-li « non-non » al ninet, que no plori,
Feu-li « non-non » al ninet, que no dorm !

Ne pleure pas, non, petit chéri de la mère,
Ne pleure pas, non, tu me rendrais triste,
Bercez-le, le petit, pour qu'il ne pleure plus,
Bercez-le, le petit qui ne dort pas !

---

1. Cette berceuse catalane parle en fait de l'enfant Jésus dans les bras de Marie.

15

Et soudain on n'était plus à Elne, mais quelque part dans les montagnes suisses ! Les cheveux nattés enroulés sur les oreilles ou en couronne autour de la tête, les fichus fleuris, les jupes amples, les bas blancs et les souliers noirs à boucles, rien ne manquait. Les infirmières et les sages-femmes avaient revêtu leur costume national et paradaient sur les marches du perron éclaboussées de soleil. Pour parfaire l'illusion, certaines s'étaient habillées en homme, culottes de peau et chapeau de feutre, et tendaient leur avant-bras à leurs camarades. Teresa appuya sur le déclencheur du Rolleiflex. L'effet était vraiment très réussi et la directrice applaudit avec enthousiasme.

Il avait fallu l'occuper pendant toute la matinée pour qu'elle ne surprenne pas les va-et-vient excités, les retouches de dernière minute et les séances de coiffage des unes par les autres. Teresa l'avait maintenue dans sa chambre-bureau à force de questions sur un formulaire qu'elle prétendait ne pas savoir remplir. De là, elle avait fait dévier la discussion sur les dernières nouvelles entendues à la radio : l'appel à la paix de Franco, les bombardements alliés sur la France et la chute du ghetto de Varsovie insurgé. On n'apprenait ce qui s'était passé qu'avec du retard et par bribes, censure oblige, mais il était malheureusement aisé d'imaginer le reste. De suppositions en commentaires apitoyés ou indignés, elles avaient conversé plus d'une heure tandis que deux étages en dessous les portes claquaient et les préparatifs allaient leur train. Teresa ne savait plus quoi imaginer pour la garder encore un peu au deuxième étage quand un toc-toc discret à la porte la sauva : Celia venait annoncer que la *señorita Isabel* était attendue en bas.

On avait installé pour elle un fauteuil dans l'allée, face au perron, autour duquel les pensionnaires enceintes, quelques mamans et leurs enfants endimanchés étaient rassemblés. Etonnée et amusée, la directrice alla s'asseoir au milieu des applaudissements. Et puis le défilé avait commencé.

Quand le personnel suisse eut fini de virevolter, ce fut au tour des Espagnoles en robe à volants à pois d'exécuter quelques gracieuses sévillanes, les bras levés et la taille cambrée. Pendant ce temps, Teresa rajustait la barrette qui retenait les cheveux de Llibertat, qui n'avait bien sûr pas été capable de rester sage deux minutes et s'était complètement décoiffée. La gamine, énervée, n'arrêtait pas de sautiller sur place et sa mère avait le plus grand mal à rattacher ses mèches. Teresa finit par la menacer de confier le bouquet à Celita, qui savait se tenir sage, elle, pour que Lili se calme enfin. Il était temps, toutes les femmes en étaient à reprendre en chœur l'hymne du Secours suisse :

— Toi qui fais de nos misères
Disparaître la moitié
Viens nous faire vivre en frères,
Charme pur de l'amitié.

Protestantes, catholiques, juives et athées mêlaient leurs voix avec enthousiasme, et tant pis si certaines chantaient un peu faux, on faisait mine de ne pas l'entendre. Même Esther, sa somptueuse chevelure relevée en un chignon lâche qui lui faisait le cou gracile et flexible comme celui d'un cygne, fredonnait en contemplant son fils, dont c'était la première sortie. David était né trois semaines avant terme et il paraissait minuscule au creux de ses bras. Une fois avait suffi, la directrice n'avait pas parlé d'appeler un rabbin. Avec les Allemands dans le département, ç'aurait été de la folie. Guy Eckstein resterait le seul enfant circoncis au château !

Isabel était revenue la veille de Perpignan avec des nouvelles : on lui avait parlé de l'engouement des officiers de la division *Waffen SS Totenkopf* cantonnée à la citadelle de la ville pour les talents de violoniste virtuose d'un de leurs prisonniers juifs. Esther n'avait aucun doute : il s'agissait de son Daniel. Il avait gagné plusieurs prix au conservatoire et ne se séparait jamais de son instrument, qu'il avait emporté avec lui lors de son arrestation. Le goût des Allemands pour la musique lui avait donc permis pour l'instant de rester à Perpignan. Esther ignorait si ses parents étaient encore avec lui ou s'ils avaient été séparés, mais savoir Daniel à quelques kilomètres d'elle, a priori en bonne santé, lui faisait du bien.

Teresa tendit à sa fille le bouquet que María venait de rapporter de la cuisine où on l'avait laissé à tremper dans un seau. Le jardin du château était couvert de fleurs en ce 12 juin et il aurait été aisé de cueillir de quoi faire une gerbe champêtre aux couleurs flamboyantes, mais, pour Teresa, une femme exceptionnelle méritait un bouquet exceptionnel. Elle avait mis de côté l'argent de poche que la directrice lui octroyait, comme à toutes les Espagnoles du personnel de la maternité, et sollicité une fois de plus Maguy. La toujours souriante marchande de légumes avait réussi à trouver des roses fraîches en bouton d'une jolie couleur saumon que Teresa trouvait convenir parfaitement à la personnalité d'*Isabel*, à la fois discrète et subtile.

Llibertat, subitement intimidée, s'approcha de la directrice à petits pas, les yeux baissés, le nez dans les roses comme si elle voulait disparaître derrière. Arrivée à deux pas du fauteuil, elle plia le genou en une révérence un peu raide et maladroite, mais sans trébucher pour une fois. Rassurée, elle prit une profonde inspiration, jeta un coup d'œil vers sœur Bettina, qui l'encouragea d'un signe de tête, et se lança :

— *Gratuliere zum Geburtstag*[1].

L'accent n'était sans doute pas très orthodoxe et le dernier mot avait eu du mal à sortir, mais les leçons de sœur Bettina avaient porté leurs fruits. L'infirmière envoya un baiser du bout des doigts à la fillette, qui conclut triomphalement en français, en espagnol et en catalan, d'un trait :

— Bon anniversaire, *feliz cumpleaños… i per molts anys !*

Des acclamations frénétiques saluèrent l'exploit et la *señorita Isabel*, les larmes aux yeux, se baissa pour embrasser dans un même élan Lili et le bouquet.

Teresa attendit qu'Elisabeth se redresse en essuyant du revers de l'index l'ourlet humide de ses yeux pour lui présenter une corbeille où elle avait rassemblé les messages arrivés pour son anniversaire. Là aussi, il avait fallu guetter le facteur pour intercepter les lettres avant qu'elles n'arrivent sur le bureau directorial et Teresa avait ouvert les enveloppes pour que le dépouillement en soit plus facile. Parmi les expéditeurs des missives, elle avait reconnu le nom de quelques femmes qui étaient passées par la maternité et exprimaient avec émotion vœux et reconnaissance, en espagnol, en français, en

1. « Nous vous félicitons pour votre anniversaire », en suisse allemand.

allemand, certaines en mots très simples, d'autres en phrases plus inspirées, comme celle qui écrivait : « Vous êtes comme une lampe au foyer, toujours égale et dont on perçoit le paisible et chaud rayonnement. Sur votre visage, on ne lit jamais rien parce que vous ne pensez qu'aux autres. » Il y avait aussi une longue lettre de sœur Friedel et d'August Bohny, qu'elle n'avait bien sûr pas lue. Lorsque en novembre de l'année précédente les Allemands avaient fermé le camp de rétention de Rivesaltes pour lui rendre sa vocation strictement militaire et y installer un dépôt de matériel, l'énergique infirmière avait rejoint son « Gusti » en Haute-Loire, où elle avait été nommée directrice d'une des maisons d'enfants du Chambon-sur-Lignon. Les deux collaborateurs du Secours suisse étaient fiancés et, selon *Isabel*, le mariage était imminent ! Sur le dessus, Teresa avait posé le courrier venant de la famille de la directrice. Cela faisait une sacrée pile. Ma foi, on ne fêtait pas tous les jours ses trente ans !

Isabel tendit en souriant son bouquet à Lucie, qui se tenait debout juste à côté de son fauteuil afin de pouvoir se saisir plus commodément de la corbeille. La jeune Juive allemande, encore sous le choc de l'arrestation des siens, avait comme Esther accouché avant la date prévue, mais son enfant, un garçon également, n'avait pas vécu. *Isabel* n'avait pu se résoudre à la relâcher dans la nature une fois rétablie de ses couches. Et d'ailleurs où serait-elle allée ? Au premier pas en dehors du château, elle risquait l'arrestation. La directrice avait décidé de la garder jusqu'à ce qu'elle ait trouvé une solution et, en attendant, pour l'aider à oublier son malheur, elle lui avait proposé d'allaiter les nouveau-nés que leurs mères ne suffisaient pas à nourrir. Lucie se dévouait donc docilement, mais son regard restait grave et souvent triste. Elle s'inquiétait beaucoup du sort de sa famille, dont elle était toujours sans nouvelles. Elle ignorait même si les siens étaient encore emprisonnés quelque part à Perpignan ou si déjà on les avait envoyés ailleurs, loin. Elle ferma les yeux et respira le parfum suave qu'exhalaient les roses à peine écloses tandis qu'Elisabeth prenait connaissance de tous les messages d'amour et d'amitié arrivés à son intention.

Les enfants commençaient à chahuter et il fallut les écarter du chemin de Virtudes et María, qui arrivaient à pas comptés de la cuisine, portant précautionneusement le plateau sur lequel reposait l'imposant gâteau confectionné pour l'occasion, quand sœur Marie apparut, essoufflée, en haut des marches du perron. La directrice leva la tête de la carte qu'elle était en train de lire.

— Une nouvelle naissance ? interrogea-t-elle.

Son visage rayonnait comme si la sage-femme venait lui offrir un cadeau de plus pour son anniversaire.

Sœur Marie, les joues rouges et le souffle court, secoua la tête.

— Non, *Schwester Elisabeth,* pas une, mais deux ! Marise et André...

Une petite Espagnole et un petit Juif. La directrice était comblée !

16

Le cheval fendait le sillon le long de la haie de cyprès. L'homme penché sur la charrue avait mis sa casquette à l'envers pour protéger sa nuque de l'impitoyable soleil de juillet. Il avait également ôté sa chemise et de larges taches plus sombres de transpiration s'élargissaient dans le dos de son marcel blanc.

Teresa obligea Esther à se mettre à plat ventre dans un petit espace à peu près dégagé au cœur de la haie et s'allongea près d'elle. La terre poudreuse était chaude sous la paume de ses mains et les herbes sèches chatouillaient ses narines. Elle inspira à fond pour reprendre haleine et le parfum puissant du fenouil, exalté par la chaleur, lui fit tourner la tête. Contre son flanc, elle sentait Esther trembler de tout son corps. Teresa prit sa main comme elle l'avait fait le jour de la naissance de David et la jeune Juive se calma un peu. Les yeux fermés, elle se mit à psalmodier à voix très basse dans une langue que Teresa n'avait entendue qu'une fois, lors de la circoncision de Guitou, de l'hébreu sans doute. Le moment de panique était passé.

Teresa risqua un œil par une trouée entre les roseaux. Elle aperçut justement Hénia qui disparaissait derrière les arbres chargés de fruits duveteux et odorants d'un verger de pêchers, de l'autre côté du chemin. Ce n'était pas la première fois qu'elle devait se cacher ainsi précipitamment et elle saurait se débrouiller. Esther en revanche avait grand besoin d'une présence rassurante et c'est pourquoi Teresa avait quitté le château avec elle lorsque Pepe avait accouru annoncer l'arrivée de la police allemande et qu'*Isabel* avait commandé à ses pensionnaires juives de s'enfuir et de ne pas reparaître avant qu'elle ait réglé l'affaire.

Teresa essayait de réfléchir vite. Elle se félicitait d'avoir préféré ce matin ses habituelles espadrilles, malgré l'usure qui menaçait de trouer le tissu fané, plutôt que les sandales blanches à semelles de bois que lui avait offertes sœur Gret, qui avait la même pointure qu'elle, avant de repartir en Suisse. En cas d'urgence, elle pourrait mieux courir.

Elle coula un regard vers Esther qui priait toujours, la bouche contre sa main libre afin d'étouffer sa voix. Sa somptueuse toison ondulait dans son dos comme les vagues d'une mer crépusculaire. Teresa se pencha à son oreille et lui conseilla d'attacher ses cheveux aussi étroitement qu'elle le pouvait. Combien de fugitives avaient été rattrapées par une poigne avide qui avait saisi au vol des mèches flottant trop librement derrière elles ?

Esther libéra sa main pour repêcher au fond de sa poche peignes et épingles et entreprit de discipliner tant bien que mal sa crinière, dans laquelle le soleil allumait des reflets cuivrés. La laissant à ses contorsions silencieuses, Teresa rampa sur le côté, vers la bordure de la haie, pour essayer de distinguer ce qui se passait devant la maternité. A chaque mouvement elle s'écorchait les genoux sur les cailloux aux arêtes vives et elle regretta amèrement son pantalon d'uniforme soigneusement plié dans la caisse en bois qui lui servait de commode. La jupe ne valait décidément rien au combat !

Elle se laissa glisser au fond d'un fossé qui permettait d'évacuer les eaux de pluie en automne. Heureusement le reste de l'année il était à sec ! Il n'y avait plus qu'à espérer qu'une vipère n'avait pas eu la mauvaise idée de s'y lover pour faire la sieste.

Elle s'immobilisa, les nerfs tendus à se rompre. Les insectes, un instant muets, reprirent leurs stridulations obsédantes qui couvraient presque par moments les aboiements humains qui faisaient vibrer l'air à une vingtaine de mètres de là.

L'homme avait troqué son manteau de cuir contre un costume clair, mais Teresa était quasiment sûre qu'il s'agissait du même policier qu'en mars. *Isabel* lui tenait tête avec son obstination coutumière, mais l'Allemand ne paraissait pas décidé à se laisser impressionner cette fois. Il tenait un papier à la main, un ordre d'arrestation sans doute. Des soldats l'accompagnaient, arme à l'épaule.

Teresa perçut un mouvement derrière elle. En tournant la tête, elle vit Esther qui essayait de la rejoindre. *Hostia,* il ne manquait plus que ça ! Elle allait se faire repérer, c'est sûr ! Teresa lui fit signe de rester où elle était et surtout de ne pas faire de bruit. Comme elle posait son index sur ses lèvres, son regard saisit une silhouette furtive à travers le rideau de roseaux, derrière Esther : se tordant les chevilles sur les mottes retournées, Lucie traversait en courant le champ labouré. Le paysan appuyé sur sa charrue la dévisagea, bouche bée. Leurs regards se croisèrent puis Lucie se jeta dans la haie. Au même moment, une fillette de sept ans environ arrivait sur le chemin, un panier à la main. Sans doute la fille de l'agriculteur, venant lui apporter son repas. La gamine s'arrêta, apparemment incertaine sur la conduite à tenir.

Des bruits de bottes, de buissons piétinés. Des ordres, des cris en allemand. Le paysan fit signe à sa fille de s'en retourner chez eux. Vite. La gamine prit ses jambes à son cou au moment où les soldats déboulaient à leur tour sur le labour. Très énervés, ils entourèrent l'homme en marcel, le pressant de questions. Teresa vit le paysan ôter sa casquette, se gratter le front, puis hausser les épaules dans un geste d'incompréhension. Un des soldats lui agita son arme sous le nez, menaçant. Le laboureur désigna finalement la haie… à l'opposé de celle où s'était faufilée Lucie. Les uniformes vert-de-gris partirent en courant dans la direction qu'il venait de leur indiquer.

Esther profita de leur départ pour désobéir à Teresa et la rejoindre au fond du fossé dans un grand froissement d'herbes ; seule, elle avait trop peur. Teresa n'eut pas le cœur de la renvoyer derrière les roseaux protecteurs. Elle se contenta de l'attirer plus près d'elle, appuyant du plat de la main entre ses omoplates pour la forcer à se coucher davantage malgré l'inconfort de la situation.

Les vociférations continuaient au pied du perron. L'homme au complet beige clair pointait un index menaçant vers la directrice, impassible, que sœur Anna avait rejointe.

— Il affirme qu'il ne repartira pas sans Lucie, souffla Esther.

— Tu comprends ce qu'il dit ? s'étonna Teresa, sans la regarder, les yeux rivés sur Elisabeth, qui secouait la tête sans perdre son calme.

— Le yiddish est proche de l'allemand, ce n'est pas si difficile. Il répète que le mandat d'arrestation est libellé au nom de Lucie. Il dit qu'elle a laissé cette adresse à la Kommandantur et…

Elle s'interrompit net. Teresa, surprise par ce brusque silence, se retourna vers elle et la découvrit la bouche ouverte en un oh ! muet mais visiblement effaré.

— Que se passe-t-il ? la pressa-t-elle.

La voix d'Esther était blanche, comme vidée de toute émotion par la stupeur et l'angoisse, quand elle répondit :

— Il vient de dire que, si ses hommes ne trouvent pas Lucie, il emmènera *Schwester* Elisabeth à sa place !

— Quoi ?

La bouffée d'indignation qui sauta à la gorge de Teresa faillit lui faire perdre toute prudence. Déjà elle agrippait une touffe d'herbe pour s'extirper du fossé. Esther la retint par la ceinture de sa jupe.

— N'y va pas, supplia-t-elle. Qu'est-ce que tu veux faire contre eux ?

Teresa se laissa retomber en maugréant entre ses dents.

— Si seulement j'avais mon fusil !

— Chut ! la coupa Esther, l'oreille aux aguets. *Schwester* Elisabeth lui répond.

La mince silhouette enveloppée de son habituel tablier blanc ne paraissait pas décidée à capituler. Les bras croisés, elle faisait face.

— Qu'est-ce qu'elle dit ?

— Qu'elle va faire sa valise tout de suite. Elle demande juste qu'on lui laisse le temps de prévenir par téléphone Maurice Dubois à Toulouse afin qu'il envoie quelqu'un pour la remplacer.

La mince silhouette tourna les talons. Sœur Anna tenta de la retenir, mais la directrice se dégagea et remonta l'escalier du perron d'un pas décidé. L'Allemand en costume clair fit signe à un des soldats de la suivre pour éviter sans doute qu'elle ne s'éclipse par une autre porte. Comme il connaissait mal *Isabel* ! Ce n'était pas son genre de laisser ses pensionnaires seules aux prises avec leur pire ennemi.

Sœur Anna apostropha vivement le policier resté au bas des marches.

— Elle lui dit qu'il devrait avoir honte de s'en prendre ainsi à des femmes sans défense, et surtout à *Schwester* Elisabeth qui se dévoue tant pour les autres sans jamais penser à elle, continua à traduire Esther.

Teresa savait pourquoi sœur Anna parlait si fort. Il était convenu que les femmes ne devaient pas sortir de leur cachette tant qu'elles entendraient du bruit. Un brusque silence dans la conversation pouvait en induire une ou plusieurs en erreur et ce serait la catastrophe. Les Allemands venaient chercher Lucie, mais, faute de mettre la main dessus, ils ne dédaigneraient pas d'embarquer les autres !

Sœur Anna continuait ses reproches jusqu'à s'en érailler la voix. Le policier préféra lui tourner le dos et, l'ignorant ostensiblement, se mit à discuter à voix basse avec l'officier qui l'accompagnait.

La scène avait quelque chose d'irréel. Comme dans ces cauchemars nocturnes où les pieds restent collés au sol alors même qu'on veut désespérément fuir. Ce n'était pas possible, *Isabel* ne pouvait pas partir ainsi, entre deux soldats, pour aller croupir en prison ! Il fallait faire quelque chose. Mais les doigts d'Esther agrippaient son chemisier et Teresa ne pouvait pas bouger. Si elle se montrait, la jeune Juive serait découverte et arrêtée à son tour. Elle n'avait pas le choix : il lui fallait rester cachée et assister, impuissante, à la catastrophe.

Des événements qui suivirent, elle ne put jamais dire ultérieurement dans quel ordre ils s'étaient déroulés. Elle avait eu la sensation d'embrasser toute la scène d'un même regard, or, c'était impossible, son champ de vision n'était pas si vaste. Mais les images successives s'étaient tellement entrechoquées dans sa mémoire qu'elles avaient fini par se fondre en une seule, à jamais gravée en elle.

Elisabeth sort sur le pas de la porte, en haut du perron, sa valise à la main. L'homme en costume clair ne la voit pas. Un rictus satisfait étire vilainement la commissure de ses lèvres. Remontant l'allée de gravier, Lucie s'avance, livide, d'un pas mécanique mais décidé. Des uniformes l'entourent dans un grand cliquetis d'armes. Elisabeth, pâle comme la mort, laisse tomber sa valise. Sœur Anna se cache le visage entre les mains. Elle vient de comprendre que, en s'indignant à haute voix, elle a permis à Lucie d'apprendre ce qui était en train de se passer, ce qui l'a poussée à revenir et à se livrer. Le policier allemand, triomphant, empoigne par les cheveux celle qui s'est imaginée pouvoir lui échapper. Lucie serre les dents, mais ne crie pas. L'homme lui balance un coup de pied dans les chevilles. Dans le fossé, Teresa doit bâillonner Esther de ses deux mains, jusqu'à lui faire mal, pour étouffer le gémissement qui monte à ses lèvres. Mais le policier ne regarde plus autour de lui : il tient sa proie. Il joue même les grands seigneurs et autorise sœur Anna, effondrée, à aller rassembler dans un balluchon quelques affaires pour Lucie. Puis il fait signe nonchalamment à l'officier qui lance un ordre guttural et le détachement s'en va en emmenant sa prisonnière. Malgré la poigne de fer qui lui broie le bras, Lucie essaie de se retourner pour embrasser d'un dernier regard ce château où elle a cru durant quelques semaines trouver un refuge. Voit-elle Elisabeth, toujours pétrifiée en haut du perron ? Teresa sait déjà qu'aussi longtemps qu'elle vivra elle n'oubliera jamais la désolation peinte sur le visage de son amie. La directrice semble soudain si jeune, si fragile. Le sanctuaire qu'elle a créé et qu'elle s'est acharnée à défendre bec et ongles depuis deux ans et demi vient d'être violé et elle n'a rien pu faire.

Elles longeaient le quai, au pas de course, le nez en l'air, essayant de repérer par l'entrebâillement d'une porte, l'ouverture d'une fenêtre, le visage de Lucie au milieu de ses compagnons d'infortune. Des uniformes vert-de-gris grouillaient dans tous les coins ; pas moins de deux compagnies étaient stationnées à Elne. Un haut-parleur déversait sur leur tête des annonces en français et en allemand, du moins elles le supposaient, car les grésillements les rendaient également incompréhensibles.

La veille, Elisabeth avait passé la soirée au téléphone pour essayer de tirer Lucie de là. Elle avait joint toutes les personnes qu'elle connaissait et qui pouvaient avoir quelque influence, mais en vain. Teresa l'avait entendue toute la nuit tourner comme un fauve en cage dans sa chambre. Elle-même n'avait pu fermer l'œil. Tout le château était sous le choc. Les femmes avaient à peine touché au repas du soir et la veillée, dans la grande salle octogonale du devant, avait été silencieuse. Teresa n'avait pas lâché la main d'Esther, qui tremblait sans pouvoir s'en empêcher. Même Hénia, qui avait déjà traversé avec courage tant de moments difficiles, était blême. Elle serrait farouchement contre son cœur son petit Guitou, qui ouvrait de grands yeux étonnés. Qu'aurait-il pu comprendre à la peur éprouvée par sa mère, le pauvre amour ?

Au matin, après une nuit blanche, Elisabeth, les yeux battus, avait décidé d'aller à la gare pour essayer de revoir une dernière fois Lucie et peut-être de savoir où on l'emmenait. La voyant aussi bouleversée, Teresa avait pris le volant d'autorité et Celia, qui avait rassemblé dans un torchon quelques vivres prélevés dans le garde-manger de la maternité, s'était engouffrée à sa suite dans l'Opel. Il était à peine six heures quand elles avaient passé le portail. L'aurore teintait de rose les toits de tuiles qui se pressaient au pied de la cathédrale d'Elne, si bien que le monument semblait jaillir du cœur d'une fleur à peine éclose. Teresa crut entendre la voix de sœur Friedel, qui s'étonnait : comment tant d'atrocités pouvaient-elles être perpétrées au milieu d'une telle beauté ?

Le quai de la gare était déjà noir de monde et elles avaient eu du mal à se frayer un chemin dans la foule qui se pressait aux abords des wagons. Il y avait là de simples voyageurs aux yeux encore un peu embrumés de sommeil et dont les joues gardaient le souvenir des baisers de leurs proches, qu'ils comptaient retrouver très bientôt, et puis ceux qui n'avaient pas choisi d'être là et qu'on reconnaissait à leur regard hagard, traqué ou résigné tandis que les feldgendarmes les pressaient de toutes parts pour qu'ils se hissent, *schnell*[1], dans les voitures qui servaient d'ordinaire à transporter le bétail. Des hommes, des femmes, des vieillards et même, elles en frémirent d'horreur, des enfants. Qu'allait-il advenir de ces malheureux innocents ?

— *Schwester* Elisabeth !

Oh, ce cri où se mêlaient la terreur mûrie par une nuit sans sommeil et l'espoir, irraisonné, illusoire, cruel ! Fallait-il, en venant, faire rejaillir cette étincelle pour l'étouffer aussitôt et replonger Lucie dans une nuit encore plus noire, plus impénétrable ? Teresa n'eut pas le cœur de s'approcher davantage. Elle laissa la directrice et Celia se faufiler entre les gardes vers la main fine et gracieuse tendue entre un dos revêtu d'une veste d'un noir lustré par l'usure et une épaule de femme réchauf-

1. « Vite ».

fée par un gilet en coton crocheté. Prenant appui sur le marchepied, Elisabeth se saisit de cette main implorante et la serra très fort entre les siennes. Un des soldats voulut la repousser et elle parlementa un instant avec lui en allemand. Celia n'eut que le temps de placer dans la main sans visage le nœud du torchon gonflé de provisions et déjà le sifflet strident du chef de gare donnait le signal du départ. Le train commença à glisser le long du quai avec de longs soupirs navrés, comme pour exprimer sa désapprobation quant au rôle que les hommes l'obligeaient à jouer. Il y eut un à-coup et les prisonniers qui s'accrochaient à la porte entrouverte afin de profiter encore un peu de l'air frais du matin furent déséquilibrés. Dans le mouvement, Teresa crut apercevoir l'espace d'une seconde le visage juvénile de Lucie.

Et cette main encore qui s'agitait en un au revoir pathétique.

17

Le jour n'en finissait pas de s'alanguir sur la vallée de la Têt. La lune, bulle de savon translucide suspendue au-dessus du sommet sans neige du Canigou, essayait discrètement de rappeler au soleil qu'il était temps de laisser la place jusqu'au lendemain. Mais celui-ci s'attardait, allongeant à l'infini les ombres des arbres et du clocher sur la terre roussie par la chaleur de l'été. Le sentier qui montait à l'assaut de la colline, entre les vignes en terrasses appuyées sur des murets de pierres sèches, était abrupt. De petits cailloux ronds roulaient sous leurs semelles et elles devaient se raccrocher aux buissons d'épineux pour ne pas glisser. Le havresac lourdement chargé tirait sur ses épaules, Teresa cala son pied sur une grosse pierre et se pencha pour hisser Esther jusqu'à elle. Les bras encombrés par son petit David, celle-ci avait le plus grand mal à garder son équilibre.

— Allons, encore un effort, l'encouragea Teresa. Nous sommes presque au sommet !

Andrés avait dit : la chapelle en ruine en haut du promontoire entre Rodès et Vinça. Ce ne pouvait être que là. Elle soulagea Esther, en difficulté dans un raidillon, de son précieux fardeau et la tira par la main sur les derniers mètres. Enfin, toutes deux purent se laisser tomber, en sueur et hors d'haleine, sur les marches branlantes envahies par la végétation devant la porte de la vieille église. Il ne restait plus qu'à attendre.

« Il ne faut pas que les Juives restent ici ! »

Dès leur retour de la gare, Teresa avait suivi Elisabeth dans sa chambre-bureau. Elle répugnait à la harceler ainsi alors même qu'elle sentait la directrice si profondément touchée et fragilisée par ce qui venait d'arriver à Lucie. Les cernes sombres sous ses yeux et la crispation de sa bouche disaient assez combien elle devait prendre sur elle pour ne pas s'effondrer. Mais Teresa n'avait pas le choix : il fallait faire vite. La prochaine fois, ils viendraient chercher Esther. Ou Hénia. Ou une autre.

D'un geste las, Elisabeth lui fit signe de s'asseoir sur son lit tandis qu'elle-même prenait place à son bureau. Elle massa un instant la racine de son nez, pour décontracter son front crispé peut-être, pour se donner aussi le temps de réfléchir sans doute. Teresa se força à la patience.

« Où seraient-elles mieux à l'abri qu'à la maternité ? finit par articuler la directrice en faisant une pause entre chaque groupe de mots, comme si elle les pesait. Aucun refuge n'est plus sûr à présent.

— Ne pourrait-on pas les envoyer dans une des maisons d'enfants du Secours suisse ? Chez sœur Friedel par exemple. »

Elisabeth secoua la tête.

« Cela ne changerait rien ; les Allemands sont partout. Ils les trouveraient là-bas aussi. »

Teresa se leva d'un bond. Ce n'était pas possible ! N'y avait-il donc rien à faire ?

« Mais on ne peut pas attendre les bras croisés qu'ils viennent toutes les arrêter ! protesta-t-elle avec véhémence. Il doit bien y avoir un endroit, quelque part. »

Quand elle était enfant et qu'elle séchait sur un problème de robinet qui fuyait ou de trains qui se poursuivaient, doña Magdalena, l'épouse du pasteur qui dirigeait l'école protestante de la rue del Sol à Sabadell, ne lui répétait-elle pas qu'à tout problème il y avait une solution ? Il suffisait de chercher.

« Et si on trouvait une famille comme les Capdet qui se porte volontaire pour les cacher ? suggéra-t-elle. Enfin, plusieurs familles, chacune accueillant une "invitée" et son enfant. »

La proposition laissa Elisabeth songeuse.

« Il y a bien ce pâtissier de Perpignan qui cachait les Wettreich, les amis des Eckstein. Figarola, il s'appelle. Sa femme travaille à la préfecture et fournit de faux papiers aux proscrits qu'ils hébergent. Je suis sûre que ces braves gens pourraient nous mettre en rapport avec des personnes de confiance… Non, ce serait trop compliqué et toutes ces allées et venues alerteraient la Gestapo. Les Allemands doivent d'ailleurs nous avoir déjà mises sous surveillance. Mais, tant qu'ils n'ont pas de noms précis, ils ne reviendront pas. Non, décidément, il vaut mieux garder ces femmes ici. La diplomatie de la Croix-Rouge suisse a un côté positif, les Allemands ne voudront pas se la mettre à dos par une rafle en aveugle !

— Mais ils ont le nom d'Esther. Ils ont déjà arrêté toute sa famille ! »

Le regard d'Elisabeth s'assombrit de nouveau. Elle frottait ses mains l'une contre l'autre dans un geste machinal qui l'aidait peut-être à réfléchir plus vite.

« Il est vrai qu'elle est la plus exposée. Oh, mon Dieu, quel dilemme ! »

Elle passa une main découragée dans ses cheveux et s'empara d'un papier qui traînait sur son bureau.

« C'est ce que j'étais en train d'écrire dans mon rapport hier, avant que… enfin, avant que Lucie ne s'en aille. »

Il y avait des mots qu'elle ne parvenait pas encore à prononcer. Elle se mit à lire, la voix brisée par l'émotion :

« "La situation la plus triste est celle des Israélites, toujours dans la peur d'être arrêtées ; on ne peut s'imaginer cette vie que si l'on vit avec ces personnes et ressentons toute la peur avec elles. Plusieurs fois nous avons eu la police allemande dans notre maison et pendant des semaines cette atmosphère de panique a duré[1]." J'ignorais que le pire était encore à venir ! »

Les deux femmes se turent, accablées. Elisabeth fixait le brouillon de son rapport comme si elle pouvait en changer le sens et du même coup ce qui s'était passé depuis la veille. Teresa, debout devant la fenêtre, s'était perdue dans la contemplation du Canigou. Quoi qu'il arrive, il était toujours là, magnifique, immuable, indifférent à la folie des hommes. Dans ce monde qui partait à vau-l'eau, le voir ainsi égal à lui-même avait quelque chose de rassurant. Et puis chaque fois elle scrutait ses pentes et pensait à Andrés...

Elle se retourna soudain, les yeux brillants.

« Et si Esther passait la frontière ? D'Espagne, elle pourrait aller en Angleterre et de là aux Etats-Unis. »

Les mains de la directrice interrompirent leur manège angoissé.

« Pour le visa américain, je peux en parler à nos amis quakers, mais il faudrait trouver un passeur sûr. On m'a parlé d'une filière en Cerdagne par l'intermédiaire d'un douanier français de La Cabanasse, d'une autre par le propriétaire d'un hôtel de Vernet-les-Bains et aussi d'un charbonnier de Céret. Il faudrait prendre contact. »

Teresa se rapprocha et baissa la voix pour que personne ne puisse l'entendre.

1. Extrait du rapport d'Elisabeth Eidenbenz pour l'année 1943.

« Il y a plus simple. Je ne connais pas les détails, bien sûr, mais, au maquis, Andrés appartient à un réseau dénommé Sainte-Jeanne. Il m'a dit que son secteur était dirigé par un instituteur comme lui[1] et qu'ils étaient spécialisés dans le renseignement et le passage des aviateurs alliés vers l'Espagne. Pourquoi ne pas lui demander de nous aider à sauver Esther ?

— Le petit David est encore tellement chétif. Pourra-t-il supporter ce périlleux voyage à travers la montagne ? »

Teresa balaya l'objection avec assurance.

« De ce point de vue-là, je ne m'inquiète pas. Nous sommes en juillet et il fait un temps splendide, même en altitude. Les résistants connaissent ce coin des Pyrénées comme leur poche et ils trouveront le chemin le plus sûr. Andrés sait qu'Esther est mon amie et il veillera sur elle et son bébé comme s'il s'agissait de Lili et de moi ! »

Le front plissé, la directrice réfléchissait.

« Et il viendrait la chercher jusqu'ici ? C'est un bien gros risque à courir. Il pourrait se faire repérer. Si les Allemands nous surveillent comme je le redoute... »

Mais Teresa avait réponse à tout.

« Alors c'est moi qui accompagnerai Esther jusqu'à lui. J'ai l'habitude de sortir pour aller faire les courses, je n'attirerai pas l'attention ! »

Elisabeth hocha lentement la tête : Teresa avait raison, ça pouvait marcher.

« Alors, c'est d'accord ? J'appelle l'hôtel Salètes pour joindre Andrés ? »

Elle avait hâte de passer à l'action. De briser ce carcan d'impuissance insupportable qui lui avait lié les mains quand les Allemands avaient fait irruption au château et l'avait obligée de nouveau à subir. Elisabeth sourit en

1. René Horte, instituteur de Valmanya.

son for intérieur : le petit soldat Teresa était de retour. Déjà, elle décrochait le téléphone.

« Encore un mot si tu veux bien. »

La main qui s'apprêtait à décrocher le combiné retomba. Teresa se retourna, surprise.

« Un jour, tu m'as demandé pourquoi je me donnais tant de mal pour les autres, lui rappela Elisabeth. Aujourd'hui, c'est à mon tour de te poser la question : pourquoi prends-tu tant de risques pour Esther ? »

Elles se dévisagèrent un instant, face à face sur le palier du deuxième étage. A ce moment précis, il n'y avait plus ni directrice ni employée. Juste deux femmes qui avaient décidé de se battre. Chacune à sa façon. Non pas en semant la mort comme tant d'autres, mais en préservant la vie.

« Tu me l'as confiée, finit par répondre Teresa. Je suis responsable d'elle, c'est aussi simple que cela. Et, aujourd'hui plus que jamais, elle a besoin de mon aide. »

Elle esquissa un sourire en coin, tentant de surmonter l'émotion qui l'étreignait.

« Il semblerait que ce soit contagieux, n'est-ce pas ? »

Elle fut heureuse de voir Elisabeth lui rendre son sourire malgré la tristesse qui voilait encore son beau regard limpide.

« Non pas que je me compare à toi, rectifia aussitôt Teresa, embarrassée. Ce que je m'apprête à faire est bien modeste. Il s'agit de sauver une seule personne. Enfin, deux, avec le bébé. Alors que nous sommes des centaines sans doute à te devoir la vie ! »

Une larme brilla au coin de l'œil d'Elisabeth. Il y en avait une au moins qu'elle n'avait pas réussi à sauver.

« Lucie disait, c'est dans le Talmud, je crois, que celui qui sauve une vie sauve l'humanité tout entière, Teresa. »

Le soleil consentait enfin à décliner derrière la barrière hérissée des Pyrénées. L'ombre avait envahi la vallée au fond de laquelle la Têt glissait sur son lit de galets blancs trop grand pour elle durant la sécheresse estivale et elle commençait à remonter les pentes boisées vers les sommets, que la lumière dorait encore. Il était neuf heures. Teresa jeta dans un fourré le trognon de la pomme qui venait de lui servir de souper et se leva pour vérifier une fois de plus que l'Opel était bien dissimulée sous le couvert des arbres.

Ç'avait été un jeu d'enfant de faire quitter la maternité à Esther : allongée avec son bébé sur la banquette arrière et recouverte d'une couverture sur laquelle on avait entassé des cagettes et des bonbonnes vides, elle était invisible. Suivant les conseils avisés d'Elisabeth, Teresa avait pris grand soin de suivre le plus possible son itinéraire habituel afin de déjouer toute surveillance éventuelle. Elle se sentait curieusement calme. Elle savait pourtant ce qui l'attendait si on la surprenait à convoyer ainsi une fugitive et, lorsqu'elle avait embrassé Lili avant de partir du château, la pensée qu'elle voyait peut-être sa fille pour la dernière fois avant longtemps lui avait broyé le cœur. Pourtant, rien ne pouvait la faire renoncer. C'était comme si quelque chose d'impérieux la poussait en avant. Elle avait une mission à remplir. Une mission sacrée.

Tout en conduisant, elle s'était fait la réflexion que ce seul mot avait dû faire se retourner ses parents dans leur tombe. Il fallait croire qu'une certaine fille de pasteur déteignait encore plus qu'elle ne le pensait sur elle !

Essayant de se remémorer les indications d'Elisabeth lors de leur pénible visite au mas de l'Oliu, elle était arrivée par les petites routes jusqu'à Saint-Féliu-d'Avall. Ensuite, sûre de ne pas avoir été suivie, elle avait pris la nationale qui montait vers Prades. Après le col de Ternère et la grande descente plongeant sous le pont de chemin de fer, elle avait enfin découvert la chapelle Saint-Pierre-de-Belloc, perchée sur son éperon rocheux volanté de vignes. Andrés avait raison : on ne pouvait pas la manquer. Au téléphone, il lui avait donné ses instructions en code : il viendrait prendre livraison des « colis » à la nuit tombée, tout était arrangé avec le « facteur ».

Encore une heure à attendre et son homme serait là. Ensuite, Teresa passerait la nuit dans les ruines. Il était interdit de circuler entre onze heures du soir et cinq heures du matin et mieux valait ne pas attirer l'attention. Passer une nuit à la belle étoile, la belle affaire ! Elle repartirait vers Elne à l'aube.

Elle entendit Esther, qui avait sans doute fini d'allaiter David, se lever derrière elle et s'approcher.

— Ne t'inquiète pas, la rassura-t-elle sans se retourner. Tout va très bien se passer. Andrés prendra soin de toi.

Esther vint se camper à côté d'elle sur le bord du muret qui empêchait la terre de s'écrouler sur la terrasse en dessous.

— Je ne m'inquiète pas, répondit-elle. Je ne pars pas.

18

Teresa crut d'abord que c'était l'appréhension et la peur qui la faisaient parler ainsi. A vrai dire, elle s'attendait à cette reculade depuis le départ de la maternité. Quitter le cocon du château et la chaude amitié d'Elisabeth, du personnel et de ses compagnes d'infortune pour suivre, seule, des maquisards en pleine nuit et en pleine montagne, c'était un peu comme se jeter dans le vide. Mais la voix d'Esther ne tremblait pas. Au contraire, elle n'avait jamais été aussi ferme et assurée.

— Qu'est-ce que tu veux dire par : « Je ne pars pas » ? interrogea Teresa, interloquée.

Elle se pencha pour mieux voir le visage de son amie. Esther, les yeux levés, contemplait le ciel couleur de lavande où s'allumaient les premières étoiles. David endormi au creux de son bras, elle répéta :

— Je ne pars pas, Teresa. Je ne peux pas.

C'est le moment que choisit Andrés pour prendre pied sur la plate-forme devant la chapelle. Un peu plus bas sur le sentier, un autre *guerrillero* faisait le guet derrière un chêne vert au tronc torturé ; le pistolet dégainé, collé à l'écorce rugueuse, il surveillait la route au travers des branches.

Comme lui, Andrés avait noirci ses joues à la poussière de charbon pour mieux se fondre dans la nuit. Le sourire, qui avait illuminé son visage d'un éclair blanc, s'évanouit dès qu'il vit les deux femmes face à face.

— Que se passe-t-il ? Vous faites une drôle de mine !

Il jeta un coup d'œil inquiet autour de lui, s'attendant presque à voir des gendarmes ou des Allemands surgir de l'intérieur des ruines ou de derrière les arbres alentour. Mais, hormis quelques cigales que la chaleur restituée par les pierres inspirait encore malgré l'heure tardive, aucun bruit ne venait troubler la quiétude vespérale. Andrés tourna vers Teresa un regard interrogateur.

— Esther ne veut plus partir, expliqua sa compagne en réponse à sa question muette.

Andrés hocha la tête, rasséréné. D'ordinaire, ses « colis » étaient des militaires alliés dont l'avion avait été abattu au-dessus du territoire français, des durs à cuire à qui rien ne faisait peur ; mais une jeune mère, évidemment, ça n'est pas habitué à l'aventure ! Il fallait la rassurer, voilà tout.

— Vous savez, Esther, vous n'avez pas de raisons de vous inquiéter. En cette saison, c'est presque une promenade hygiénique. Quant aux douaniers allemands, nous savons comment les éviter. Les fermiers qui nous ravitaillent, les bergers dans la montagne nous préviennent de leur passage !

Teresa l'interrompit d'un geste.

— Elle n'a pas peur, n'est-ce pas, Esther ?

Les deux femmes se dévisageaient gravement comme si chacune pouvait lire dans l'esprit de l'autre par un étrange pouvoir de télépathie. Andrés, lui, évidemment, n'y comprenait rien et commençait à s'énerver de cette connivence de femmes qui le laissait à l'écart. Esther dut le sentir, car elle se retourna soudain vers lui avec un sourire désolé.

— Ne m'en veuillez pas tous les deux. Je sais tout le mal que vous vous êtes donné et je vous en remercie. Mais je ne peux pas laisser Daniel.

— Votre mari ? se récria-t-il avec feu. Mais il serait le premier à vous demander de partir, voyons !

Il fut sombrement satisfait d'entendre Teresa abonder dans son sens :

— Andrés a raison : Daniel serait sans doute rassuré de vous savoir, David et toi, en sécurité.

Esther secoua doucement la tête.

— Mais moi je ne peux pas partir en sachant où il est ! J'aurais l'impression de le trahir.

En dessous d'eux, le *guerrillero* commençait à s'impatienter. Les feuilles du chêne derrière lequel il se dissimulait bruissaient tandis qu'il essayait d'apercevoir ce qui se passait devant la chapelle. *Hostia,* il ne fallait pas tant de temps pour prendre livraison de deux « colis » !

Mais Esther tenait à expliquer sa volte-face. Elle reprit, à voix basse pour ne pas réveiller son fils qui s'agitait contre sa poitrine :

— Un jour, Teresa, tu m'as demandé si j'étais amoureuse de Daniel, tu t'en souviens ? Tu étais en train d'étendre le linge et moi je n'ai pas su quoi te répondre, je ne m'étais jamais posé la question.

Teresa hocha la tête. Bien sûr qu'elle se souvenait.

— Eh bien, maintenant je sais ! Dans la voiture, au fur et à mesure qu'on s'éloignait de la plaine, je me sentais de plus en plus mal. Ce n'était pas de l'angoisse, c'était plutôt comme si on m'arrachait l'âme et le cœur. Il aura fallu ces circonstances dramatiques pour que je le comprenne enfin : j'aime Daniel et je ne peux pas vivre sans lui ! Et, puisque nous sommes séparés, je vais me battre pour le retrouver.

Andrés porta la main à son front, effaré. Cette fille était folle. Ou inconsciente. En tout cas, elle avait perdu tout sens des réalités ! Teresa elle-même resta un instant la bouche ouverte. Un tel langage était tellement inattendu dans la bouche de la tendre et douce Esther ! Elle réussit néanmoins à dissimuler son trouble pour interroger calmement :

— Te battre, mais comment ?

— En trouvant un moyen de le sortir de prison, répondit Esther de la même façon. N'est-ce pas ce que toi-même tu ferais si Andrés était arrêté ?

L'argument était imparable.

— C'est vrai, admit Teresa. Mais, Esther, rends-toi compte : ton mari est enfermé à la citadelle de Perpignan. Je suis déjà passée devant et, foi de soldat, je t'assure que c'est une forteresse impressionnante. Des murs énormes, des tours, des bastions et des soldats partout. On dit qu'il est impossible de s'en évader ! Et toi, ma petite « fleur de salon » qui n'est jamais sortie du giron familial, tu t'imagines enfiler ton armure et monter à l'assaut ?

Sa voix s'était faite volontairement cinglante. Il fallait à tout prix dissuader Esther de se lancer dans une telle entreprise. Mais la jeune Juive ne se laissa pas démonter.

— Je sais que je n'y arriverai pas seule. Il faut que je trouve de l'aide auprès de gens compétents, qui ont l'habitude. Ils se chargeront du gros du travail. Mais il me reste des bijoux cousus dans l'ourlet de ma veste et je pourrais peut-être acheter quelques complicités.

Elle se tourna vers Andrés.

— Votre réseau a sûrement des correspondants à Perpignan. Mettez-moi en relation avec eux et ensemble nous trouverons un moyen. Si les SS apprécient tant la musique de Daniel, ils le feront peut-être jouer lors d'une réception officielle, pour la venue d'un invité de marque par exemple. S'ils le sortent de la citadelle, ce devrait être possible, n'est-ce pas ?

Elle y avait vraiment réfléchi. Elle n'agissait pas dans un élan romantique et vaguement suicidaire qui aurait pu séduire la « fleur de salon » nourrie de grands auteurs et de préludes pour piano qu'elle était jusque-là ; elle entendait bien mettre au point un plan audacieux sans doute, mais qui ait une chance de réussir. Teresa ne put retenir un sourire admiratif. Sentant qu'elle avait quasiment partie gagnée, Esther lui prit la main.

— J'étais complètement perdue et tu m'as aidée à me trouver, Teresa. J'étais une victime passive et tu m'as appris à me battre. Daniel est un artiste, il est d'un autre monde. Même si c'est un homme, il n'est pas plus prêt à affronter de telles épreuves que je ne l'étais... C'est à mon tour de m'occuper de lui !

Teresa savait qu'elle aurait dû insister, se mettre en colère, faire preuve d'autorité, pourquoi pas, pour la ramener à la raison. C'est sans doute ce qu'Elisabeth aurait fait. Mais elle se tut. Au fond d'elle-même, elle ne pouvait s'empêcher d'éprouver une pointe de fierté devant une telle détermination. Pour la première fois en vingt ans d'existence, Esther venait de décider de sa vie.

— Et le *nen*[1] ? grommela Andrés, réprobateur. Qu'allez-vous en faire ? Vous n'allez pas l'embarquer là-dedans tout de même ?

Esther ne lui répondit pas directement. Elle se pencha vers le petit être qui dormait, confiant, bercé par le cœur de sa mère, et déposa un baiser sur son front comme pour le rassurer.

— Je vais le laisser à la maternité, bien sûr. Il y sera à l'abri. Je te le confie, Teresa.

Une minuscule étoile s'alluma au bord de ses cils et glissa sur sa joue. Andrés s'écarta pudiquement : en tant qu'homme, il n'avait pas à intervenir dans cet engagement solennel de mère à mère. Teresa attendit qu'il ait disparu dans le sentier pour aller rejoindre son camarade

1. Petit.

guerrillero et le mettre au courant de la situation, avant de répondre :

— Tu peux compter sur moi : je m'occuperai de lui comme s'il était mon propre fils.

Elle voulut embrasser à son tour la petite tête duveteuse pour sceller son serment, mais le visage bouleversé d'Esther la retint. Visiblement la jeune Juive avait encore quelque chose à ajouter, mais les mots ne parvenaient pas à franchir ses lèvres. Finalement, Esther prit une profonde inspiration et se lança, la voix rauque et tremblante :

— Je vais te demander davantage : je souhaite que David devienne vraiment ton propre fils.

Teresa crut avoir mal entendu.

— Je ne comprends pas.

Esther, livide, se força à continuer :

— Si les choses tournent mal et que la Gestapo apprend que j'ai un enfant...

— Mais ce n'est qu'un bébé ! Que veux-tu qu'elle lui fasse ?

— Les Allemands pourraient s'en servir pour m'obliger à dénoncer mes complices. Et je sais que je ne pourrais pas résister.

A cette pensée, elle ferma les yeux et frissonna. Teresa, horrifiée, voulut la supplier de renoncer et de partir comme c'était prévu, il était encore temps, mais Esther ne lui laissa pas le temps d'intervenir. Les paupières toujours closes, elle poursuivit :

— Et, même si je réussis, il nous faudra fuir, Daniel et moi, avec toute la police à nos trousses, nous cacher, vivre comme des clandestins. Ce n'est pas une vie pour un petit enfant. Il se passera peut-être des mois, des années, qui sait, avant que nous puissions récupérer David. Et il ne fait pas bon vivre actuellement avec un nom juif ! C'est pourquoi je veux que *Schwester* Elisabeth lui fasse de faux papiers et qu'il soit officiellement ton fils, Teresa. Enfin, votre fils à tous les deux, avec Andrés.

— Tu en es vraiment sûre ?

Teresa hésitait. Dans la même situation, elle-même serait-elle allée jusqu'à donner ainsi Lili à une autre femme ? Oui, sans doute. La mort dans l'âme, mais oui.

— J'ai confiance en toi, insistait Esther. Accepte.

Teresa capitula. Emue comme peut-être jamais elle ne l'avait été, elle prit la mère et l'enfant dans ses bras, les enveloppant dans une même étreinte. Si seulement elle pouvait les protéger tous les deux !

19

La terrasse du bar du Chat noir était bondée en cette fin de matinée. Le soleil n'était pas encore au zénith, mais il faisait déjà chaud et les Allemands suaient sous leurs uniformes. Aux tables voisines, des Perpignanais en bras de chemise sirotaient leur pastis ou leur Byrrh sans même paraître remarquer leurs très voyants voisins. Septembre était toujours un mois magnifique en Roussillon. Teresa traversa la place des Poilus tout droit, sans chercher à éviter les regards, ce qui l'aurait rendue immédiatement suspecte. En remontant la rue de la Fusterie, sur le trottoir à l'ombre, comme tous les autres passants à la recherche d'un peu de fraîcheur, elle s'autorisa un coup d'œil dans le miroir d'une vitrine : jupe fleurie et chemisier blanc pimpant, une jolie fille comme il y en avait tant dans les rues de la ville lui souriait. Personne ne pouvait deviner d'où elle venait et où elle allait.

La semelle de bois de ses chaussures d'été claquait sur le pavé. Elle finit de gravir les derniers mètres de la côte sans même ralentir le pas, laissa à sa gauche le socle vide où se dressait encore quelques mois auparavant la statue du peintre Rigaud, qui avait, disait le journal, « mystérieusement disparu » une nuit, et s'engouffra dans la rue Petite-la-Réal. Dans le petit sac de cuir à bandoulière qui battait son flanc, elle avait rangé l'enveloppe contenant les tirages des derniers clichés pris par Elisabeth, qu'elle venait de récupérer chez le photographe. Au milieu du paquet, entre les minois souriants et joufflus d'autres enfants de la maternité, le plus récent portrait de Joseph.

C'est le prénom qu'elle avait choisi pour le fils d'Esther quand il était devenu officiellement le sien.

Elisabeth avait été anéantie lorsqu'elle avait vu revenir les deux femmes le lendemain du rendez-vous avorté de Vinça. Elle s'était enfermée avec Esther dans sa chambre-bureau pour tenter de la détourner de son projet insensé. Le tête-à-tête avait duré plus de deux heures, pendant lesquelles Elisabeth avait dépeint sous le jour le plus noir ce qui ne saurait manquer d'arriver à une jeune femme aussi inexpérimentée que sa protégée. Elle ne lui épargna rien : interrogatoire, torture, viol, déportation, exécution. Esther se contentait de hocher la tête : oui, elle savait tout cela. Mais elle voulait essayer quand même. En désespoir de cause, Elisabeth fit appeler Teresa.

« Notre amie ici présente a combattu dans l'armée républicaine. Elle est donc entraînée, aguerrie même, pour mener éventuellement à bien ce genre d'opération et faire évader le père de sa fille. L'a-t-elle tenté quand il était à Argelès ? Non ! »

Elisabeth n'aurait pas dû choisir cet argument. La vieille honte que lui inspirait sa situation privilégiée face aux souffrances de ceux qui étaient restés ou revenus dans les camps remonta d'un seul coup aux joues de Teresa. S'était-elle assez reprochée de profiter lâchement du cocon confortable du château quand les autres n'avaient qu'une vieille couverture sur le dos et quelques carottes et navets à se mettre sous la dent ! Sa gêne la poussa à rectifier :

« Contrairement à Daniel, Andrés ne risquait pas sa vie et je le savais fort capable de se sortir de là tout seul ! »

Elisabeth lui lança un regard lourd de reproches. Voilà qui allait l'aider à convaincre Esther de renoncer !

« C'est la vérité, se défendit Teresa. Si aujourd'hui Andrés se retrouvait aux mains des SS, j'essaierais sans doute de l'aider à s'évader. »

Voyant Elisabeth accuser le coup, elle tenta de se rattraper.

« Mais, bien sûr, même si c'est à présent un peu loin, j'ai l'habitude des armes et des coups de main. Et Andrés aussi. Je sais que dans ce cas, même s'il n'était pas prévenu de la tentative, il saurait réagir. Alors que Daniel est aussi inexpérimenté que toi, Esther, et, l'un plus l'autre, cela risque de tourner à la catastrophe. »

Elisabeth lui posa une main reconnaissante sur le bras.

« Teresa a trouvé le mot juste : tu vas droit à la catastrophe. »

Mais ces mises en garde glissaient sur Esther comme de l'eau sur les plumes d'un canard. Voulait-on qu'elle attende patiemment ici qu'on vienne la cueillir comme la malheureuse Lucie ? Quitte à se faire arrêter, elle préférait que ce soit en se battant pour Daniel. Elisabeth et Teresa la trouvaient trop jeune ? Mais, d'après ce qu'elles lui avaient raconté, certaines filles de seize ans et même moins ne servaient-elles pas de courrier au maquis ?

Elle savait exactement ce qu'elle devait faire : elle allait quitter la maternité, s'installer à Perpignan sous une fausse identité, prendre contact avec la résistance et financer un commando qui attendrait le bon moment pour passer à l'action. Et si elle se faisait engager à l'Hôtel de France, à côté de la préfecture, sur les quais de la Basse, où logeait le commandant de la division SS Totenkopf ? Elle comprenait l'allemand et pourrait glaner des renseignements utiles.

Bref, elle avait réponse à tout.

Elisabeth dut se rendre à l'évidence : elle avait trouvé plus têtue qu'elle. Il fallait se méfier des « fleurs de salon » gardées trop longtemps sous serre, elles pouvaient se transformer sans crier gare en lionnes !

Heureusement un tel plan ne se mettait pas sur pied du jour au lendemain et, si elle rencontrait des difficultés, Esther avait encore le temps de changer d'avis.

Car Elisabeth continuait à penser que sa jeune protégée aurait mieux fait de passer en Espagne.

C'est alors que, début août, la nouvelle leur parvint d'un accrochage entre maquisards et douaniers allemands au mas des Cabanats, au-dessus de Valmanya. D'après le journal, un douanier avait été tué et les auteurs des coups de feu s'étaient enfuis. Malheureusement, le propriétaire du mas[1] avait été arrêté. Teresa passa plusieurs jours d'angoisse à se demander si Andrés faisait partie du commando et où il pouvait bien se trouver à présent. Un bref message codé de Brigitte Salètes la rassura enfin : Andrés et ses camarades avaient franchi les crêtes pour se réfugier en Vallespir, le réseau était dissous.

Dire qu'Esther et son bébé auraient pu se trouver là, à détaler dans la montagne, les balles sifflant à leurs oreilles ! Même Elisabeth reconnut que le passage de la frontière n'était somme toute peut-être pas la solution.

La mort dans l'âme, elle entra alors en action. Une Espagnole venait de faire une fausse couche à sept mois de grossesse. D'ordinaire, le fœtus était enterré anonymement dans un coin du parc, mais, cette fois, la direc-

1. Abdon Casso.

trice demanda à Juan de confectionner un petit cercueil et elle déclara la mort de David. Le même jour, elle établit un faux certificat de naissance pour le second « enfant » de Teresa. Fort heureusement le nouveau frère de Llibertat était un petit bébé pour ses deux mois ; dans quelques semaines, on ne verrait plus la différence entre son âge réel et celui de son état civil.

Quand il s'agit de lui trouver un prénom, Joseph s'imposa d'emblée. Il avait le double avantage d'être à la fois le nom d'un patriarche hébreu et celui de Staline et convenait aussi bien au fils d'un couple juif qu'au rejeton d'une réfugiée républicaine espagnole. En plus, c'était le nom de guerre d'Andrés au maquis.

Cependant, « Joseph » fut déclaré né de père inconnu : Andrés était toujours en cavale et inscrire son nom aurait été admettre au moins une rencontre avec Teresa neuf mois plus tôt !

Sa dernière nuit à la maternité, Esther la passa à veiller celui qui n'était plus officiellement son fils. Tandis qu'il dormait dans le berceau de ses bras, elle le huma, le respira pendant que les heures s'égrenaient au cadran de la pendule. Elle écouta battre son cœur et s'imprégna de sa chaleur en retenant ses larmes pour ne pas le réveiller.

Quand Teresa vint la chercher au petit matin et qu'elle découvrit la mère et l'enfant ainsi soudés, elle se dit qu'Esther allait flancher et renoncer à partir. A vrai dire, elle souhaita ardemment que ce soit le cas.

Mais cette « petite sœur » qu'elle avait prise sous son aile n'en finissait pas de l'étonner !

Esther déposa délicatement « Joseph » entre ses bras, rajusta sur lui la petite couverture de coton qui avait glissé et quitta la pièce sans se retourner. Teresa l'entendit faire ses adieux à Elisabeth puis la vit par la fenêtre de la nursery descendre l'allée jusqu'au portail, fière et droite, sa petite valise à la main, sa splendide chevelure brune sagement roulée en un lourd chignon qui pesait sur son cou gracile. Tout au bout, elle tourna à gauche en direction d'Elne, sans un regard en arrière, sans doute pour ne pas perdre le courage qu'elle avait eu tant de mal à trouver. Et puis elle disparut derrière la maison du gardien et les arbres qui bordaient la route. Elle irait à pied jusqu'à la gare, il ne fallait pas qu'on la voie descendre de l'Opel de la maternité, bien connue de tous les Illibériens. Désormais, elle n'avait plus aucun lien avec le château. Elle était quelqu'un d'autre.

L'impasse des Amandiers ne devait plus être très loin. Teresa avait mémorisé l'itinéraire avec soin afin de ne pas éveiller l'attention en demandant son chemin. Esther avait réussi à leur faire connaître sa nouvelle adresse par l'intermédiaire d'un « plombier », venu sonner à la porte du château sous prétexte de réparer la tuyauterie, effectivement récalcitrante. Elisabeth avait repéré l'endroit sur un plan de Perpignan : c'était à deux pas de la citadelle. Quelle folie !

« Autant se jeter dans la gueule du loup », avait commenté la directrice, envahie par un sombre pressentiment.

Et Teresa avait cru entendre la voix de son amie répondre comme elle l'avait fait un jour, quelques semaines auparavant :

« C'est entre les oreilles du loup qu'on risque le moins ; ses mâchoires ne peuvent pas vous atteindre ! »

Elle avait peut-être raison après tout. C'était du moins ce que Teresa voulait croire en s'engageant dans l'étroite impasse malodorante. Les amandiers qui lui avaient donné son nom avaient disparu depuis longtemps ! Au-dessus de sa tête, les toits de guingois semblaient se rejoindre et il faisait si sombre qu'elle eut du mal à repérer le numéro qu'elle cherchait. Un serin solitaire pépiait tristement dans une cage accrochée au balcon écaillé du premier étage et Teresa repensa à madame Rosa et au triple menton de celle-ci, à Sabadell. Dans un immeuble aussi miteux, il n'y avait évidemment pas de concierge, ce qui était aussi bien, vu les circonstances. Après un coup d'œil dans la rue pour s'assurer que personne ne l'avait suivie, elle poussa la porte et s'engouffra dans la cage d'escalier. Les marches, recouvertes de tomettes rouges ébréchées, étaient inégales et elle devait faire attention à ne pas trébucher dans le noir. Le bruit d'une dispute lui parvenait à travers la cloison. Voix criarde de femme, basse menaçante d'homme. Une odeur puissante d'urine l'accueillit sur le palier du deuxième et elle éternua. Elle se figea. Pourvu que personne ne l'ait entendue ! Mais aucun pas ne se fit entendre. Dans l'appartement voisin, la querelle continuait crescendo. Teresa reprit son ascension, le cœur battant.

Pourvu qu'Esther soit chez elle ! Elle ignorait la visite de son amie ; la faire avertir aurait été difficile autant qu'imprudent. Si le message avait été intercepté…

Tandis qu'une jeune femme venant à l'improviste saluer une camarade nouvellement installée en ville, quoi de plus naturel ? Teresa souriait en gravissant les dernières marches. Comme Esther allait être surprise et heureuse de la voir et comme elle avait hâte de lui raconter les progrès de « leur » enfant en lui offrant la photo prise par Elisabeth sous les orangers ! Mais peut-être Esther avait-elle déjà trouvé du travail ? Dans ce cas, Teresa lui glisserait le cliché sous la porte et Esther le trouverait à son retour.

Un fenestron était ouvert sur le palier du troisième et la poussière dansait dans le rayon de soleil qui léchait le plancher usé mais propre. Esther avait dû passer un coup de balai pour rendre l'abord de son logis un peu plus accueillant.

Teresa, impatiente, leva la main pour toquer au battant, mais elle ne termina pas son geste. La porte était entrouverte.

Elle sut avant même de la pousser que quelque chose de terrible s'était passé.

Il régnait dans la petite pièce qui servait de salle de séjour un chaos indescriptible : table et chaises renversées, assiettes brisées, vêtements éparpillés sur le carrelage noir et blanc, papiers froissés. Tout avait été fouillé, saccagé, mis sens dessus dessous.

Le spectacle de désolation était le même dans l'alcôve en enfilade qui ne prenait le jour que par le haut vitré de la cloison. Le matelas avait été jeté à terre, le sommier retourné, la caisse de bois qui servait de table de chevet brisée et le rideau à rayures qui isolait le minuscule cabinet de toilette pendait, à moitié arraché de ses anneaux.

D'un geste mécanique, Teresa ramassa une chemise de nuit portant encore la trace noire des semelles qui l'avaient piétinée et revint dans la pièce principale en la serrant sur son cœur. Là, elle releva une chaise et s'effondra dessus, le nez enfoui dans le fin morceau de tissu roulé en boule ; il était encore imprégné du parfum d'Esther. Ce fut comme si elle recevait un coup-de-poing à l'estomac. Une nausée la secoua. Elle se pencha en avant, la tête entre les genoux. Son regard tomba sur un bout de cordelette sombre au pied du seul meuble encore debout, une commode bancale qui bâillait de tous ses tiroirs ouverts. Cette cordelette oubliée la fascinait. Elle la saisit entre deux doigts et l'éleva à hauteur de ses yeux. Elle passa son index dessus : la ficelle était douce, soyeuse.

Dans leur fureur destructrice, les Allemands ne l'avaient pas vue glisser le long de la plinthe du mur. A moins qu'Esther ne s'en soit elle-même débarrassée afin qu'ils ne soupçonnent rien.

Teresa ouvrit son sac et sortit le paquet de photos qu'elle avait été si heureuse de venir montrer à son amie. Dans l'enveloppe elle glissa précautionneusement le porte-bonheur qu'Esther s'était fabriqué, sans doute la nuit précédant son départ de la maternité, en tressant quelques fins cheveux noirs coupés sur la tête de son fils.

Puis elle quitta l'appartement dévasté, la tête en feu. Elles auraient dû l'empêcher de quitter la maternité, l'enfermer à double tour dans sa chambre s'il le fallait ! Pourquoi s'étaient-elles laissées convaincre ? Pourquoi ?

Sur le palier, par le fenestron ouvert, Teresa, éperdue, aperçut le haut des tours et le toit herbeux des casemates de la citadelle.

Que le Dieu d'Elisabeth lui vienne en aide ; Esther était à présent dans la gueule du loup.

Epilogue

Elne, 22 mars 2002

— Mais tu te trompes, voyons ! Ce n'est pas le chemin du château.

Lili posa une main apaisante sur celle de sa mère, assise à son côté sur la banquette arrière de la voiture.

— Ne t'inquiète pas. Regarde, il y a des panneaux : « Maternité suisse d'Elne. » C'est bien ici.

— Ce n'est pas parce que je suis vieille et que j'ai besoin de lunettes qu'on peut me faire croire n'importe quoi, grommela Teresa, dont l'âge n'avait pas entamé l'obstination. J'y ai quand même passé quatre ans de ma vie !

La voiture stoppa dans un doux crissement de freins, à peine perceptible, devant un grand portail ouvert et, laissant le moteur tourner, l'aimable jeune homme qui les conduisait abandonna le volant pour venir ouvrir la portière.

Teresa saisit la main qu'il lui tendait et s'extirpa péniblement de l'habitacle. Maudite vieillesse ! Ses articulations lui faisaient mal et sa hanche l'obligeait à présent à s'appuyer sur une canne. Ma foi, que pouvait-elle espérer d'autre ? N'allait-elle pas fêter dans trois semaines ses « quatre-vingt-huit printemps », comme le disait gentiment son petit-fils Charles ?

Lili, très élégante dans un joli tailleur bleu qui l'amincissait, lui offrit son bras tandis que leur charmant chauffeur s'éloignait pour aller garer la voiture sur le parking prévu à cet effet un peu plus loin. Llibertat n'aimait pas conduire sur d'aussi longues distances et elles avaient pris le train pour venir de Toulouse. C'était moins fatigant, mais bien sûr il avait fallu prévoir quelqu'un pour les conduire de la gare de Perpignan à Elne.

Teresa rajusta sur son chemisier le cœur en or et grenat, cadeau de mariage de son cher Andrés, et, satisfaite de sa mise, jeta enfin un regard curieux au travers de ce portail qui ne lui rappelait décidément rien.

C'est alors qu'elle la vit.

La maternité. Blanche et rouge sur le ciel bleu, comme dans son souvenir. Mais de côté, avec le perron, autour duquel s'enroulait le double escalier, de profil. L'ancienne allée, qui arrivait droit dessus depuis la route d'Elne à Montescot, avait été abandonnée au profit d'une nouvelle, tracée plein ouest. De ce côté, une aile du château avait disparu, remplacée par une grande verrière verticale décorée d'un magnifique vitrail qui donnait sur une piscine bleu turquoise. Pour une vieille dame qui avait connu des décennies d'abandon, la maternité avait belle allure. Teresa sentit ses yeux se mouiller. Allons, elle n'allait pas se mettre à pleurer si tôt dans la journée !

L'inévitable tramontane soufflait en rafales, l'obligeant à resserrer son manteau pour éviter que sa jupe ne se retrousse. A son âge, ce n'était plus un spectacle très affriolant.

Il y avait déjà foule au pied des marches et sur la terrasse circulaire devant la porte d'entrée. Peu de jeunes, et ceux qui étaient là, au bras d'un grand-père ou d'une grand-mère sans doute, paraissaient un peu perdus. La plupart semblaient au moins sexagénaires.

Un grand monsieur aux gestes amples et au large sourire vint à leur rencontre. Il se présenta : François Charpentier, maître verrier de son état et heureux propriétaire de ce château, où il avait plaisir à les accueillir en ce grand jour. Llibertat lui tendit la lettre d'invitation qu'elles avaient reçue.

— Vous êtes « maman Teresa », s'exclama-t-il. J'ai tellement entendu parler de vous ! Permettez que je vous embrasse.

Joignant le geste à la parole, il prit le visage ridé de Teresa, éberluée, entre ses grandes mains et déposa délicatement un baiser sur chacune de ses joues rosissantes.

— Et vous devez être la petite Lili ! poursuivit-il en répétant l'opération sur Llibertat. Je vous accompagne à l'intérieur. Vous êtes très attendues, vous savez.

Leur frayant un chemin entre les groupes compacts qui discutaient avec animation dans l'escalier, il les devança jusqu'en haut du perron où se tenait le maire d'Elne, un moustachu jovial lui-même descendant d'exilés républicains espagnols, et d'autres personnages d'allure très officielle.

Arrivée devant la porte vitrée, Teresa lâcha le bras de sa fille. En décembre 1939, c'était seule qu'elle avait tenu à entrer pour la première fois dans ce bâtiment dont elle ignorait encore qu'il allait devenir sa maison pour plus de quatre ans. Pitoyable et absurdement fière. C'était seule de nouveau qu'elle voulait en repasser le seuil, cinquante-huit ans, presque jour pour jour, après avoir été obligée de la quitter.

Après les arrestations de Lucie et d'Esther, Elisabeth avait accusé le coup, mais elle avait continué bravement sa mission : d'autres mamans et d'autres enfants avaient encore besoin d'elle. Teresa, effondrée, avait mis ses pas dans les siens pour remonter la pente et retrouver l'énergie de se rendre utile à la vie du château et de ses hôtes. Elle s'était même forcée à sourire. Pour Lili et « Joseph ».

Semaine après semaine, le *Marueco* était le théâtre de nouvelles naissances ; Elisabeth tenait les comptes. On en était exactement à cinq cent quatre-vingt-dix-sept quand, en avril 1944, les Allemands étaient revenus. Cette fois, ils ne venaient arrêter personne. Le château était réquisitionné ; ses occupants avaient trois jours pour déguerpir. Trois jours ! Entre les coups de téléphone, les camions à trouver, les affaires à emballer, ç'avait été un vrai branle-bas de combat. Il fallait déménager le matériel, le personnel, les femmes et les enfants dans un nouveau lieu d'accueil, en Aveyron. Elisabeth avait proposé à Celia et à Teresa d'y partir avec elle, mais elles avaient toutes deux décliné l'invitation. Le mari de Celia était toujours en Allemagne et elle tenait à ne pas s'éloigner de l'Espagne plus qu'elle ne l'était déjà. Teresa, elle, voulait bien sûr rester à proximité d'Andrés, toujours au maquis dans les montagnes. C'était ainsi, le jour de Pâques, que leurs chemins s'étaient séparés.

Celia avait trouvé du travail auprès d'une famille d'Elne, qui la traitait bien. Teresa avait préféré s'installer à Perpignan avec « ses » deux enfants. Ils n'y étaient pas restés longtemps : le 19 août, la résistance avait libéré la ville. Andrés avait défilé avec ses camarades, l'arme à l'épaule et le jarret martial, le long des quais et de la place Arago, sous les vivats de la population. Pendant ce temps, les Allemands quittaient le département, talonnés par les maquisards, FTP et FFI. Pour eux, c'était la fin. Le 25 août, le général de Gaulle entrait dans Paris libéré à son tour par la 2e DB du général Leclerc, qui comptait dans ses rangs, dans la 9e compagnie, des soldats espagnols.

Rendu à la vie civile et à sa famille « agrandie », Andrés avait décidé de partir pour la région toulousaine, où les exilés espagnols étaient nombreux et organisés. Pas question de repasser les Pyrénées : la défaite des forces de l'Axe n'avait pas entraîné la chute de Franco, comme les exilés de la *retirada* l'avaient tant espéré.

Andrés avait retrouvé son métier d'instituteur. Comme son statut d'apatride lui interdisait l'enseignement public, l'ironie du sort avait voulu qu'il trouve du travail dans une école catholique, grâce à un prêtre qui avait joué un rôle important dans la résistance locale !

A petits pas, Teresa traversa la grande salle octogonale, où elle avait passé tant d'heures, pour gagner la cage d'escalier, Llibertat sur ses talons. Levant les yeux, elle fut un peu déçue de ne pas voir un bout du ciel bleu et des nuages filant au gré du vent à travers la verrière du toit : les plafonds en verre n'avaient pas résisté au temps ; ils avaient été remplacés par des planchers. Au lieu de venir d'en haut, la lumière entrait à flots par les grandes vitres du côté ouest. Sur le mur blanc, une photographie montrait à quoi ressemblait le bâtiment avant sa restauration. Il était dans un bien piteux état. Il fallait être un artiste comme ce monsieur Charpentier pour imaginer qu'il était possible de le ressusciter ! Celui-ci était en train d'expliquer à Llibertat, de sa voix douce et enthousiaste, comment il avait eu le coup de foudre pour cette ruine et comment il en avait appris l'histoire tout à fait par hasard. Teresa ferma un instant les yeux. Le soleil chauffait sa joue à travers le vitrail coloré comme au temps où elle montait s'isoler dans le clocheton pour contempler la barrière des Albères qui la séparait de son pays. Elle serait bien incapable d'y grimper aujourd'hui ! Mais, si elle se concentrait bien, peut-être entendrait-elle de nouveau les cris et les rires des enfants qui s'étaient succédé entre ces murs, turbulents et insoucieux de la réalité terrible qui les attendait au-dehors.

Mais le brouhaha des conversations éteignait jusqu'à leur souvenir. Elle rouvrit les yeux.

Son regard tomba alors sur une vieille femme – Lili se moquait toujours d'elle quand elle employait cette expression : « Cette dame doit avoir ton âge, maman ! » – qui se mettait presque à genoux pour caresser une marche de marbre de l'escalier.

— C'est grâce à lui que je suis restée ici, l'entendit-elle murmurer. La *señorita Isabel* m'avait vue le laver et m'a demandé si je voulais aider au ménage et aux soins des enfants.

Etait-ce possible ? Teresa s'approcha, presque intimidée.

— Celia ?

C'était bien elle. Et celle qui la soutenait, c'était bien sûr sa Celita ! Elles tombèrent dans les bras les unes des autres sous le regard attendri de monsieur Charpentier.

— J'ai encore une surprise pour vous, renchérit-il tandis qu'elles s'essuyaient discrètement les yeux du coin de leur mouchoir. Regardez qui je vous amène !

Et, tel un magicien sortant un lapin de son chapeau, il happa au vol un monsieur d'âge mûr à l'allure très respectable avec son blazer et ses lunettes et qui paraissait très ému.

— Vous ne le reconnaissez pas ?

Teresa scruta ce visage qui lui rappelait vaguement quelqu'un. Mais qui ?

— Sa maman, Hénia, est allée s'asseoir un moment dans la salle de derrière.

— Guitou !

C'était trop d'émotions. Teresa vacilla et le monsieur en blazer qui ressemblait tant à Maurice Eckstein, à présent elle se souvenait, se précipita pour lui donner une chaise, tandis que François Charpentier faisait de même avec Celia. Et tous deux de raconter, en leur tapotant affectueusement les mains pour qu'elles reprennent leurs esprits, comment le verrier avait annoncé un jour l'achat du château dans la pharmacie où il avait l'habitude d'aller à Saint-Cyprien et comment la femme du pharmacien s'était exclamée : « Mais c'est le château de Guy ! » La dame n'était autre que Francette, la petite « Cécette », fille de Juju et Sébastien Capdet qui avaient caché monsieur Eckstein pendant toute la durée de la guerre. Depuis, Guy et ses parents, repartis en Belgique, revenaient tous les ans dans les Pyrénées-Orientales pour rendre visite à ceux à qui ils devaient une éternelle reconnaissance et voir ce qui restait de la maternité tomber chaque fois un peu plus en ruine. Guy, qui avait fait carrière aux Nations unies, d'abord à Madagascar puis à Genève où il occupait un poste important, s'était promis qu'un jour il rachèterait ce bâtiment auquel il devait deux fois la vie. François Charpentier avait été plus rapide que lui !

— Savez-vous qu'il est à l'origine des retrouvailles d'aujourd'hui ? reprit leur hôte. Il m'a appris ce qui s'était passé dans ce château et que tout le monde avait oublié, et en plus il a retrouvé Elisabeth.

Ce seul prénom fit tressaillir Teresa. De joie. De reconnaissance. Elle avait perdu la trace de sa bienfaitrice quand celle-ci avait quitté l'Aveyron après la guerre. Dans la dernière lettre qu'elle avait reçue, Elisabeth lui disait qu'elle partait pour l'Autriche s'occuper des enfants des réfugiés des pays de l'Est. Des enfants, encore !

— Elle vient aussi ? s'enquit-elle, la voix pressante.

Tandis que Guy acquiesçait en souriant, Teresa se tourna d'un bloc vers sa fille.

— Tu le savais, n'est-ce pas ? Pourquoi ne m'as-tu rien dit ?

— Guy n'était pas sûr qu'elle ferait le déplacement. Elle habite à côté de Vienne, en Autriche, c'est loin. Madame Elisabeth hésitait, trouvait le voyage trop fatigant. Je ne voulais pas que tu sois déçue.

Teresa rétorqua aussitôt, la voix ferme, confiante :

— Elisabeth ne m'a jamais déçue. Elle arrive bientôt ?

Les deux hommes confirmèrent d'une même voix.

— On est allé la chercher à l'aéroport de Barcelone et elle se repose un peu avant de venir à la maternité. Elle ne sait pas que vous êtes si nombreux à l'attendre et encore moins que madame le consul général d'Israël à Marseille va lui décerner tout à l'heure la médaille de Juste parmi les Nations !

Teresa porta à sa bouche une main tremblante. Cette fois, elle sentit les larmes déborder. Tant pis si on la prenait pour une vieille folle, quel beau jour elle vivait là !

Les enfants nés à la maternité arrivaient de plus en plus nombreux : Pepita, toujours aussi pétulante, qui entama aussitôt une conversation animée avec sa « grande sœur » Llibertat, Consuelo, fine et élégante, et Sergio, devenu président de FFREEE, association regroupant localement les descendants des réfugiés républicains espagnols, et Andrea, la sœur du malheureux petit Sabiniano, et Narcisse, le miraculé de la patate douce devenu bijoutier sur la côte, et Anito, qui avait reçu un prénom espagnol pour faire oublier qu'il était juif polonais, et Anton, qu'Elisabeth n'avait déclaré que le lendemain de sa naissance, le 21 avril 1942, parce que le 20 était l'anniversaire d'Hitler, et Pedro, et Incarnación. María et son fils Felipe étaient même venus du Mexique. Pauvre María qui avait quitté le château à la fin de 1942 pour aller rejoindre son mari outre-Atlantique et l'avait trouvé là-bas avec une autre femme, enceinte de lui qui plus est. Mais, aujourd'hui, María rayonnait en regardant Felipe étreindre son « frère » Wladimir. Quelle triste histoire également que celle du fils de la rousse Perla ! Sa mère avait été arrêtée à Lyon et déportée. Il avait été confié à une famille qui l'avait maltraité et surtout lui avait caché son passé. Il n'avait su qui il était et qui était sa mère que bien plus tard, et depuis il recherchait désespérément sur Internet la moindre bribe de renseignement sur Perla, disparue elle aussi dans l'horreur des camps, et sur ses origines.

Teresa faillit ne pas reconnaître Remei, dont le visage lumineux sous sa courte chevelure coiffée en arrière lui rappela combien la couturière de Badalona était jeune quand elle avait accouché de Rubén. Celui-ci, souriant au bras de sa mère, savait-il qu'il avait failli s'appeler Robert ? Ce prénom aurait sans doute moins bien sonné pour sa carrière de professeur de guitare espagnole !

Guy venait de tomber dans les bras de María-Teresa, la cuisinière qui l'avait allaité, et Remei de sortir de sa poche le crochet que son Joan, aujourd'hui disparu, tout comme Andrés, lui avait fabriqué en coupant un bout de fil de fer barbelé du camp d'Argelès, quand celui que Teresa guettait depuis un bon moment déjà vint les rejoindre. Il se pencha et l'embrassa affectueusement.

— Tu te souviens de Joseph ? demanda-t-elle en se tournant vers Celia. Ah, ce n'est plus le bébé que tu dorlotais !

Elle ajouta avec fierté :

— Il est premier violon à l'Opéra de Montpellier.

Joseph se pencha pour embrasser son ancienne nounou, tout en s'excusant d'être un peu en retard, mais il y avait beaucoup de circulation sur l'autoroute, vous savez ce que c'est ! C'était vraiment un bon garçon. Il perdait ses cheveux et prenait du ventre, mais il avait toujours ce caractère doux et prévenant qu'il tenait sans doute de ce père qu'il n'avait jamais connu.

Tandis qu'il allait saluer sa sœur et « refaire » connaissance avec ses compagnons de nursery, Celia se pencha sur son amie.

— Alors, Esther...

Elle n'osa terminer sa question. Teresa, le visage subitement assombri, secoua la tête.

— Andrés a fini par savoir par ses camarades ce qui s'était passé. Elle n'a pas commis d'imprudence, comme on le craignait, c'est son contact avec la résistance qui était suivi. Elle a été arrêtée et déportée. Elle n'est jamais revenue. Ni elle, ni son mari, ni personne de sa famille. Il semblerait qu'ils soient tous morts à Auschwitz. A la libération des camps, je l'ai recherchée partout. Je suis même montée à Paris, où arrivaient les convois, et à Lille, où elle vivait avant la guerre. J'ai écrit à tous les organismes imaginables, j'ai consulté des listes interminables, rien. J'ai remué ciel et terre, crois-moi. J'ai refusé de m'avouer vaincue pendant des années. Elle était peut-être quelque part dans un hôpital ? J'ai finalement dû me rendre à l'évidence. De toute façon, si elle était vivante, elle aurait pris contact avec moi : j'avais laissé mon adresse partout.

Une rumeur qui enfle. Des exclamations du côté du perron.

— Tant que j'y étais, compléta Teresa tandis que Joseph s'approchait pour l'aider à se lever, j'ai essayé de retrouver Lucie. Mais elle aussi a disparu.

— Quelle tragédie ! murmura Celia, le visage crispé. Est-ce que madame Elisabeth le sait ? Elle qui a tant fait pour nous préserver...

Elles n'eurent pas le loisir de s'attarder davantage sur ces tristes pensées. On les pressait de toutes parts : vite,

vite, madame Eidenbenz arrivait, les mères et leurs enfants nés à la maternité devaient se placer au premier rang sur le perron ! La mairie d'Elne n'avait pas pu tous les retrouver bien sûr, et les mères surtout étaient peu nombreuses, vu leur âge. Teresa aurait bien aimé revoir Susana par exemple. Mais elle eut beau scruter les visages vieillis, fatigués, ridés, pas un qui lui rappelât la gamine trop maquillée avec qui elle était arrivée au château. Tant pis, puisque maintenant elle allait revoir Elisabeth.

Elle était aussi menue et petite que dans son souvenir. Plus même, puisqu'elle s'était tassée avec l'âge et qu'elle s'appuyait comme Teresa sur une canne, tandis que Guy, radieux, la soutenait de l'autre côté pour l'aider à monter les marches. Ses cheveux de neige n'étaient plus nattés en couronne autour de sa tête, mais son regard n'avait rien perdu de sa vivacité et de son intelligence, tandis que, le visage levé, elle détaillait la bâtisse dont elle avait fait, en ces années si sombres, un refuge et un havre de paix et où elle revenait pour la première fois. Teresa percevait son émotion au léger tremblement qui agitait la commissure de ses lèvres. Elle-même avait bien du mal à retenir ses larmes. A tâtons, elle chercha le cœur d'Andrés sur sa poitrine et le serra très fort entre ses doigts, que l'arthrite avait rendus noueux et raides. Allons, soldat, ce n'était pas le moment de s'effondrer ! Elle fit un effort pour se ressaisir et adresser un sourire vaillant à Llibertat et Joseph, qui l'encadraient, prévenants.

Guy et Nicolas Garcia, le maire d'Elne, présentaient à Elisabeth les personnalités venues tout spécialement l'honorer en ce jour sur les lieux mêmes où elle avait donné tant d'énergie, de compassion et d'amour. Elle répondait à leur salut d'un signe de tête ; les grands mots et les mondanités n'avaient jamais été son fort. Teresa aurait voulu qu'ils soient encore plus nombreux à lui rendre l'hommage qu'elle n'avait sûrement, telle qu'elle la connaissait, jamais attendu, mais qu'elle méritait cent fois. Six cents fois.

Enfin tous les officiels eurent fini de s'incliner sur sa main parcheminée et vint le moment que Teresa attendait depuis qu'elle avait appris sa venue. Leurs regards se rencontrèrent.

S'il est vrai que les yeux sont les miroirs de l'âme, celle d'Elisabeth n'avait pas pris une ride. Et ce fut comme si les années qui s'étaient écoulées n'avaient été que des minutes. Elles s'étreignirent longuement.

— Que c'est bon de se retrouver ici, ensemble, soupira Elisabeth en se dégageant comme à regret.

— Tu as une famille, des enfants, des petits-enfants ? interrogea Teresa, en essuyant ses joues mouillées de larmes délicieuses.

Elle posait la question pour la forme, pour pouvoir présenter ensuite les siens. La réponse, elle était presque sûre de déjà la connaître : Elisabeth la lui avait donnée par anticipation bien des années auparavant.

— J'ai ceux des autres, répéta-t-elle en effet, ceux que j'ai aidés à mettre au monde et ils sont si nombreux !

— Plus de trente sont là pour toi aujourd'hui. Et, parmi eux, les miens, Lili et Joseph.

Le frère et la sœur s'avancèrent, très émus. Elisabeth les embrassa sans faire de commentaires. La façon dont Teresa avait parlé des « miens » avait suffi à l'éclairer.

Les autres mères et enfants s'approchèrent à leur tour. Elisabeth passa de bras en bras, de baisers en prénoms chuchotés à l'oreille, de sourires en larmes, beaucoup de larmes. Et puis on l'appela : il était temps de lui remettre la médaille des Justes. Mais, avant de prendre place à la grande table autour de laquelle étaient déjà assis les officiels, Elisabeth retint Teresa un instant par le bras.

— Est-ce qu'il sait ? demanda-t-elle à voix basse en désignant Joseph du regard.

— Quand j'ai compris qu'Esther et son mari ne reviendraient pas, je n'ai pas pu m'y résoudre, avoua Teresa, soudain grave. Joseph était un enfant entouré d'amour, heureux de vivre, devais-je lui annoncer le même jour que je n'étais pas sa maman et que la sienne était morte, victime de la barbarie des nazis ? Lui enlever deux mères d'un coup ?

— Il ne sait rien d'Esther ?

— Il connaît la triste histoire de cette jeune Juive qui était mon amie. Je l'ai souvent racontée à Lili et à lui. Quand il avait huit ans, Joseph m'a dit : « Tu l'aimais beaucoup, cette Esther, maman. » Que pouvais-je répondre ? J'ai dit : « Oui, beaucoup. Elle était très courageuse. »

Elisabeth accentua sa pression sur son bras.

— Il est adulte maintenant et lui-même père de famille. Il a le droit de savoir, Teresa. C'est le bon endroit et le bon moment.

Comme d'habitude, elle avait raison. Teresa inclina la tête.

— Je n'avais rien décidé, mais je crois qu'au fond c'est ce que j'envisageais.

Elle sortit de la poche de son manteau la brosse à manche d'argent avec laquelle elle avait si souvent démêlé la splendide chevelure d'Esther et que celle-ci avait oubliée dans sa chambre au château, trop pressée d'aller travailler à la délivrance de l'homme qu'elle aimait.

Le château d'En Bardou, où était installée la maternité suisse, a été racheté le 1er juillet 2005 par la ville d'Elne, grâce notamment à une grande souscription populaire.

Le but est de poursuivre l'œuvre d'Elisabeth Eidenbenz en y créant une « auberge humanitaire » pour accueillir des femmes et des enfants victimes des divers conflits qui ensanglantent notre planète.

Remerciements

Ce « roman vrai » de la maternité suisse d'Elne n'aurait pu voir le jour sans le précieux témoignage de son héroïne véritable, Elisabeth Eidenbenz, qui vit près de Vienne, en Autriche. C'est un privilège d'avoir pu la rencontrer et je peux témoigner qu'elle n'a rien perdu de son autorité naturelle ! Elle n'a bien sûr jamais eu de « chauffeur » ni de « secrétaire » à la maternité et s'est toujours débrouillée seule, mais il fallait bien que je trouve un emploi à « ma » Teresa. L'arrestation de Lucie reste un des grands regrets de sa vie.

Ce livre n'existerait pas non plus sans Guy Eckstein, né à la maternité le 10 octobre 1941, qui, après de longues années de recherche, a réussi à retrouver celle qui lui avait permis de voir le jour, et qui depuis remue ciel et terre pour que lui soit rendu l'hommage qu'elle mérite. Cet ouvrage en fait partie et il m'a apporté son aide, chapitre après chapitre.

Un grand merci aussi aux mamans qui ont accouché à la maternité et aux enfants qui y sont nés et qui ont bien voulu partager leurs souvenirs, notamment Remei Oliva et son fils Rubén (né le 5 janvier 1940), Wladimir Zandt (né le 30 décembre 1940), Celia Garcia et sa fille qui porte le même prénom (née le 14 février 1941), « Pepita » Enrich (née le 13 janvier 1941) et sa sœur aînée Juliette,

Consuelo Prieto (née le 1er septembre 1941), Sergio Barba (né le 12 avril 1941), Andrea Sala (née le 4 juin 1942), Incarnación Amat (née le 20 avril 1941), Pedro Manzanares (né le 8 janvier 1941) et son frère Narcisse (le miraculé à la patate douce de l'été 1942), Pedro Cruzado (né le 11 novembre 1941) ainsi que Sylvie Fabia, qui m'a raconté l'histoire de sa maman Pilar, la « petite abandonnée » du camp de Rivesaltes.

Je ne pouvais malheureusement pas évoquer les cinq cent quatre-vingt-dix-sept enfants nés à la maternité de décembre 1939 à Pâques 1944, mais j'espère que ceux que je n'ai pas mentionnés se reconnaîtront aussi dans cette histoire.

Merci à « Tétin » et Francette, les enfants de ces courageux époux Capdet qui cachèrent Maurice Eckstein pendant quatre ans dans leur grenier à foin.

Merci également à August Bohny, époux de Friedel Reiter, l'infirmière du camp de Rivesaltes, décédée à la fin de 2001, qui fut lui-même le directeur des maisons du Secours suisse aux enfants du Chambon-sur-Lignon.

Merci enfin à Tristan Castanier, qui écrit actuellement une thèse sur la maternité et n'a pas hésité à partager ses informations avec moi, à François Charpentier, artiste au grand cœur qui a acheté le bâtiment à l'abandon et l'a superbement restauré, et enfin à Nicolas Garcia, maire d'Elne, lui-même descendant de réfugiés espagnols, qui a fait fi ensuite de toutes les oppositions pour faire racheter la maternité par la municipalité et la transformer en lieu de mémoire et d'accueil.

Comme d'habitude j'ai écrit en musique. Merci donc à Jordi Barre et à Teresa Rebull, icône de la *Nova Cançó* catalane, qui est arrivée en France lors de la *retirada* et m'a inspiré (de loin) mon héroïne. Elle vit aujourd'hui à Banyuls-sur-Mer, où, à quatre-vingt-sept ans, elle peint et chante encore !

Merci pour terminer à ma famille et à mes amis, et surtout à mon fils Hadrien, qui était si déçu de n'avoir pas pu venir avec moi en Autriche (collège oblige) rencontrer « madame Elisabeth ».

PRODUCTION JEANNINE BALLAND

Romans « Terres de France »

Jean Anglade
Un parrain de cendre
Le Jardin de Mercure
Y a pas d'bon Dieu
La Soupe à la fourchette
Un lit d'aubépine
La Maîtresse au piquet
Le Saintier
Le Grillon vert
La Fille aux orages
Un souper de neige
Les Puysatiers
Dans le secret des roseaux
La Rose et le Lilas
Avec le temps...
L'Ecureuil des vignes
Une étrange entreprise
Le Temps et la Paille
Les Ventres jaunes
Sylvie Anne
Mélie de Sept-Vents
Le Secret des chênes
La Couze
Ciel d'orage sur Donzenac
La Maîtresse du corroyeur
Un horloger bien tranquille
Un été à Vignols
Marie-Paul Armand
La Poussière des corons
Le Vent de la haine
La Courée
tome I *La Courée*
tome II *Louise*
tome III *Benoît*
La Maîtresse d'école
La Cense aux alouettes
L'Enfance perdue
Un bouquet de dentelle
Au bonheur du matin
Le Cri du héron
Le Pain rouge
Victor Bastien
Retour au Letsing
Henriette Bernier
L'Enfant de l'autre
L'Or blanc des pâturages
L'Enfant de la dernière chance
Françoise Bourdon
La Forge au Loup
La Cour aux paons
Le Bois de lune
Le Maître ardoisier
Les Tisserands de la Licorne
Le Vent de l'aube
Les Chemins de garance
Patrick Breuzé
Le Silence des glaces
La Grande Avalanche
Nathalie de Broc
Le Patriarche du Bélon
La Dame des Forges
Annie Bruel
Le Mas des oliviers
Les Géants de pierre
Marie-Marseille
Michel Caffier
Le Hameau des mirabelliers
La Péniche Saint-Nicolas
Les Enfants du Flot
La Berline du roi Stanislas
La Plume d'or du drapier
L'Héritage du mirabellier
Jean-Pierre Chabrol
La Banquise
Claire Chazal
L'Institutrice
Didier Cornaille
Les Labours d'hiver
Les Terres abandonnées
Etrangers à la terre
L'Héritage de Ludovic Grollier
L'Alambic
Georges Coulonges
Les Terres gelées
La Fête des écoles
La Madelon de l'an 40

L'Enfant sous les étoiles
Les Flammes de la Liberté
Ma communale avait raison
Les blés deviennent paille
L'Eté du grand bonheur
Des amants de porcelaine
Le Pays des tomates plates
La Terre et le Moulin
Les Sabots de Paris
Les Sabots d'Angèle
La Liberté sur la montagne
Les Boulets rouges de la Commune
Anne Courtillé
Les Dames de Clermont
Florine
Dieu le veult
Les Messieurs de Clermont
L'Arbre des dames
Le Secret du chat-huant
L'Orfèvre de Saint-Séverin
Paul Couturiau
En passant par la Lorraine
Annie Degroote
La Kermesse du diable
Le Cœur en Flandre
L'Oubliée de Salperwick
Les Filles du Houtland
Le Moulin de la Dérobade
Les Silences du maître drapier
Le Colporteur d'étoiles
La Splendeur des Vaneyck
Les Amants de la petite reine
Alain Dubos
Les Seigneurs de la haute lande
La Palombe noire
La Sève et la Cendre
Le Secret du docteur Lescat
Marie-Bernadette Dupuy
L'Orpheline du bois des Loups
Les Enfants du Pas du Loup
La Demoiselle des Bories
Elise Fischer
Trois Reines pour une couronne
Les Alliances de cristal
Mystérieuse Manon
Le Soleil des mineurs
Les cigognes savaient
Laurence Fritsch
La Faïencière de Saint-Jean
Alain Gandy
Adieu capitaine
Un sombre été à Chaluzac
L'Enigme de Ravejouls
Les Frères Delgayroux
Les Corneilles de Toulonjac
L'Affaire Combes
Les Polonaises de Cransac
Le Nœud d'anguilles
L'Agence Combes et Cie
Suicide sans préméditation
Fatale Randonnée
Une famille assassinée
Gérard Georges
La Promesse d'un jour d'été
Les Bœufs de la Saint-Jean
L'Ecole en héritage
Le Piocheur des terres gelées
Les Amants du chanvre
Denis Humbert
La Malvialle
Un si joli village
La Rouvraie
L'Arbre à poules
Les Demi-Frères
La Dernière Vague
Yves Jacob
Marie sans terre
Les Anges maudits de Tourlaville
Les blés seront coupés
Une mère en partage
Hervé Jaouen
Que ma terre demeure
Au-dessous du calvaire
Les Ciels de la baie d'Audierne
Guillemette de La Borie
Les Dames de Tarnhac
Jean-Pierre Leclerc
Les Années de pierre
La Rouge Batelière
L'Eau et les jours
Les Sentinelles du printemps
Un amour naguère
Julien ou l'Impossible Rêve
Hélène Legrais
Le Destin des jumeaux Fabrègues
La Transbordeuse d'oranges
Les Herbes de la Saint-Jean

Louis-Jacques Liandier
Les Gens de Bois-sur-Lyre
Les Racines de l'espérance
Jean-Paul Malaval
Le Domaine de Rocheveyre
Les Vignerons de Chantegrêle
Jours de colère à Malpertuis
Quai des Chartrons
Les Compagnons de Maletaverne
Le Carnaval des loups
Les Césarines
Grand-mère Antonia
Une maison dans les arbres
Une reine de trop
Dominique Marny
A l'ombre des amandiers
La Rose des Vents
Et tout me parle de vous
Jouez cœur et gagnez
Pascal Martin
Le Trésor du Magounia
Le Bonsaï de Brocéliande
Les Fantômes du mur païen
Louis Muron
Le Chant des canuts
Henry Noullet
La Falourde
La Destalounade
Bonencontre
Le Destin de Bérengère Fayol
Le Mensonge d'Adeline
L'Evadé de Salvetat
Les Sortilèges d'Agnès d'Ayrac
Le Dernier Train de Salignac
Michel Peyramaure
Un château rose en Corrèze
Les Grandes Falaises
Frédéric Pons
Les Troupeaux du diable
Les Soleils de l'Adour
Passeurs de nuit
Jean Siccardi
Le Bois des Malines
Les Roses rouges de décembre
Le Bâtisseur de chapelles
Le Moulin de Siagne
Un parfum de rose
La Symphonie des loups
La Cour de récré
Bernard Simonay
La Fille de la pierre
La Louve de Cornouaille
Jean-Michel Thibaux
La Bastide blanche
La Fille de la garrigue
La Colère du mistral
L'Homme qui habillait les mariées
La Gasparine
L'Or des collines
Le Chanteur de sérénades
La Pénitente
L'Enfant du mistral
Jean-Max Tixier
Le Crime des Hautes Terres
La Fiancée du santonnier
Le Maître des roseaux
Marion des salins
Le Mas des terres rouges
Brigitte Varel
Un village pourtant si tranquille
Les Yeux de Manon
Emma
L'Enfant traqué
Le Chemin de Jean
L'Enfant du Trièves
Le Déshonneur d'un père
Blessure d'enfance
Louis-Olivier Vitté
La Rivière engloutie
Colette Vlérick
La Fille du goémonier
Le Brodeur de Pont-l'Abbé
La Marée du soir
Le Blé noir

Récit « Terres de France »

Albine Novarino
George Sand ou l'Amour du Berry

Collection « Sud Lointain »

Sylvie Anne
L'Appel de la pampa
Jean-Jacques Antier
Marie-Galante, La Liberté ou la Mort
La Dame du Grand-Mât
Le Sixième Condamné de l'Espérance
Erwan Bergot
Les Marches vers la gloire
Sud lointain
tome I *Le Courrier de Saïgon*
tome II *La Rivière des parfums*
tome III *Le Maître de Bao-Tan*
Rendez-vous à Vera-Cruz
Mourir au Laos
Jean Bertolino
Chaman
Fura-Tena
Anne Courtillé
Le Mosaïste de Constantinople
Paul Couturiau
Le Paravent de soie rouge
Le Paravent déchiré
L'Inconnue de Saigon
Les Amants du fleuve Rouge
Le Pianiste de La Nouvelle-Orléans
Les Brumes de San Francisco
Alain Dubos
Acadie, terre promise
Retour en Acadie
La Plantation de Bois-Joli
La Baie des maudits
Elise Fischer
L'Enfant perdu des Philippines
Hubert Huertas
L'Orque de Magellan
Hervé Jaouen
L'Adieu au Connemara
Le Testament des McGovern
Diane Lacombe
L'Hermine de Mallaig
Eric Le Nabour
Orages sur Calcutta
Les Démons de Shanghai
Sonia Marmen
La Vallée des larmes
La Saison des corbeaux
La Terre des conquêtes
La Rivière des promesses
Dominique Marny
Du côté de Pondichéry
Les Nuits du Caire
Cap Malabata
Juliette Morillot
Les Orchidées rouges de Shanghai
Michel Peyramaure
Le Pays du Bel Espoir
Les Fleuves de Babylone
Les Tambours sauvages
Le Temps des moussons
Bernard Simonay
Les Tigres de Tasmanie
La Dame d'Australie
Princesse maorie
Jean-Michel Thibaux
La Fille de Panamá
Tempête sur Panamá
La Pyramide perdue
Colette Vlérick
Le Domaine du belvédère

Romans

Hubert Huertas
Nous jouerons quand même ensemble
La Passagère de la « Struma »
Terminus Pondichéry
Denis Humbert
Un été d'illusions
Dominique Marny
Mes nuits ne sont pas les vôtres
Michel Peyramaure
Le Roman de Catherine de Médicis
Jean-Michel Thibaux
Le Roman de Cléopâtre

Composé par Nord Compo
à Villeneuve-d'Ascq

Achevé d'imprimer sur les presses de

BUSSIÈRE

GROUPE CPI

à Saint-Amand-Montrond (Cher)
en février 2007

N° d'édition : C 07169. — N° d'impression : 070802/4.
Dépôt légal : mars 2007.

Imprimé en France